Anne van den Dool

Achterland

Amsterdam · Antwerpen
Em. Querido's Uitgeverij BV
2014

Deze uitgave kwam tot stand door bemiddeling van Sebes &
Van Gelderen Literair Agentschap te Amsterdam.

Omslag Anneke Germers
Omslagbeeld Mohamad Itani / Trevillion Images
Foto auteur Elise Drenthe

ISBN 978 90 214 5497 9 / NUR 301
www.querido.nl

The eyes of others our prisons;
their thoughts our cages.

Virginia Woolf

There is a crack in everything
That's how the light gets in

Leonard Cohen

Ik hoefde alleen maar een vluchtige blik in het gangpad rechts van me te werpen om het rubber van mijn
zolen te voelen versmelten met de grond. Een schok
van herkenning – het gevoel dat er nog een tree komt
die er niet is.

Ik zag meteen dat zij het was. De manier waarop ze
haar winkelwagentje op een strategische plek had geparkeerd, zodat ze anderen zo min mogelijk in de weg
stond. Hoe ze vooroverboog om de achterste pot chocoladepasta te pakken te krijgen. De precisie waarmee
ze uitgebreid een pak rijst inspecteerde op gekreukte
hoekjes en weer terugzette alvorens een nieuw te pakken. Hoe ze alle producten in haar wagentje verschikte, zodat er niets kon omvallen.

Ik wilde mijn hand uitstrekken en haar dan al kunnen aanraken, mijn hand op de hare leggen zodat ze
mijn vingers met haar verbaasde ogen zou volgen om
te kijken wiens arm, wiens lichaam aan die hand vast-
zat. Ik wilde dat ze me dan zou aankijken en dat ik
weer vijf was en zij vijfendertig, en dat ik niet beter
wist dan dat het doen van de dagelijkse boodschappen
bij iedereen zo lang duurde.

Maar ze was verder dan een armlengte van me weg.
Ze bewoog zich alweer bij me vandaan, alsof we twee
hemellichamen waren die even heel dicht bij elkaar

hadden gestaan, wier banen elkaar bijna, na lange tijd, weer hadden gekruist.

En nu vervolgde ze haar perfect ronde cirkel weer, en ik mijn ellips.

Maar ik kon niet doen alsof ik haar niet gezien had, en dus volgde ik haar naar de zuivelproducten, tegen alles wat mij wilde tegenhouden in. Haar winkelwagen rolde soepeler dan de mijne over de glinsterende grijze betegeling. Haar karretje had witte wieltjes. Ze had altijd karretjes met witte wieltjes. Die rolden beter.

Verscholen achter het brood keek ik toe hoe ze van elk pak melk de houdbaarheidsdatum controleerde, om uiteindelijk het pak met de datum die het verst in de toekomst lag, toe te laten tot haar winkelwagen met uitverkoren producten.

Ze gleed langs de jam, de koekjes en de diepvriesafdeling naar de kassa. Mijn wagentje volgde haar automatisch, zoals het dat vroeger ook altijd had gedaan. Mijn kleine karretje met plastic vaandeltje, verstijfd halverwege een wappering, alsof de winkel een pretpark was waar de zon kon schijnen en de wind kon waaien. Mijn wagentje, dat in het niet viel bij haar grote vlaggenschip.

Soms gaf ze me een opdracht om iets te halen, iets makkelijks, iets wat niet gekeurd hoefde te worden op onvolkomenheden, wat niet stuk zou gaan als ik het liet vallen en geen kritische houdbaarheidsdatum had. Dan liep ik in mijn eentje door de gangpaden, zwevend van geluk door de immense verantwoordelijkheid die ze me had gegeven, euforisch door dat overweldigende gevoel van zelfstandigheid, en deed ik net zoals zij: ik pakte een reep chocola (altijd de allerachterste), zocht naar de datum, keurde het papier op deukjes en scheurtjes, en legde hem dan in mijn lege wagentje.

Mijn wieltjes leken bijna zo soepel te rollen als de hare als ik om de mensen heen slalommend zocht naar haar gestalte in de winkelende menigte. Plotseling leken alle vrouwen hetzelfde korte haar en smalle postuur te hebben, hetzelfde grijsgestreepte colbertje te dragen als zij – maar ik herkende haar uit duizenden, staande naast de bananen en de sinaasappels, schuivend met pakken melk en karnemelk zodat ze haar aardbeien kwijt kon. Het assortiment in haar karretje was nog nauwelijks uitgebreid ten opzichte van voor mijn expeditie.

Ik keek toe hoe andere mensen ons voorbijraasden terwijl zij stond te twijfelen tussen de ene tros bananen en de andere, en voorzichtig in afwisselend groene en iets minder groene mango's kneep. Ze wierp een blik op mijn wagentje, keurde de reep, en gaf me een mompelend complimentje omdat ik zo snel terug was geweest.

Toen we aan het einde van onze boodschappenronde langs de chocoladeafdeling reden, ruilde ze de reep in voor een andere.

Het kiezen van een rij was voor haar een kwestie waarbij een oneindige hoeveelheid factoren in overweging genomen diende te worden: welke rij is het kortst, welke caissière is het snelst, welke klanten hebben de minste boodschappen? Vandaag koos ze voor een rij van gemiddelde lengte met alleen mensen die weinig in hun mandjes en karretjes hadden. Ik sloot zo onzichtbaar mogelijk achter haar aan en keek naar de zorgvuldigheid waarmee ze alles op de band legde. Zware dingen eerst, alles zo compact mogelijk opstapelen, en toch zo snel als ze kon, om niemand te hinderen.

Vroeger was het een puzzel voor me geweest. Ik mocht altijd alleen maar toekijken hoe ze met razendsnelle bewegingen een stad van boodschappen bouwde. De nootjes, boter en thee als huizen, de vleeswaren als parken, de pakken vla als skyline. Een stad die nog geen minuut later, onder het onschuldig klinkende *bliep* van het scanapparaat, weer met onmiskenbare harteloosheid door de caissière werd afgebroken. Ook nu zag ik haar schouders bijna zichtbaar ineenkrimpen terwijl ze moest toekijken hoe het meisje, zwiepend met haar blonde paardenstaart, met een ongeïnteresseerde blik de producten die daarvoor nog met zo veel tederheid waren behandeld, de helling liet afglijden en tegen de andere boodschappen liet smakken. Plastic verfrommelde, kartonnen hoekjes deukten in. Haar werk was voor niets geweest.

Terwijl ze in haar portemonnee zocht naar de juiste munten (ze wilde altijd gepast betalen), keek ik naar haar. Ze was niet zo oud geworden als ik me had voorgesteld. Ze was nog niet grijs, had nog steeds hetzelfde korte donkerbruine haar dat ik van haar kende. Het haar zoals ze dat had laten knippen toen ik nog op de kleuterschool zat, toen ze haar krullen opeens, van de ene op de andere dag, van zich af had laten vallen.

Ze wachtte me die woensdagmiddag op bij het hek,

maar ik zag haar nergens. Al die moeders die zich om stipt kwart over drie in een grote kring rond het schoolplein hadden verzameld, leken me aan te kijken met de bezorgde blik die vrouwen reserveren voor kinderen die verwaarloosd worden.

Is ze je vergeten? vroegen hun ogen.

Ze was me niet vergeten. Ze stond op me te wachten, vlak bij het klimrek, zoals altijd.

Ze riep naar me, maar het was niet mijn moeder die me riep. Het was een vrouw met dezelfde jas en dezelfde ogen en dezelfde neus en dezelfde mond, maar zonder krullen. Ze spreidde haar armen, liep op me af, ging voor me door haar knieën en keek me aan.

Ze was het. Ze was het niet. Mijn jonge, onbezorgde, springerige moeder was vervangen door een vrouw met kort, streng haar. Haar armen om me heen voelden als die van een vreemde, maar ze rook nog steeds hetzelfde. Misschien een klein beetje naar de shampoo van de kapper. Op haar schouders lagen nog korte donkerbruine haartjes, sommige in kleine macaronibochtjes, als een laatste herinnering aan haar krullerigheid.

Die woensdagmiddag was mijn moeder een leven ouder geworden.

En nu was het diezelfde vrouw die voor me stond. Diezelfde kortgeknipte scherpte. Ook haar kledingstijl was nog dezelfde als voorheen: een zwarte broek, waarvan de wijd uitlopende pijpen altijd om haar benen dansten als ze liep; een lange donkergrijze jas met brede schouders, van het type dat ik, toen ik klein was, burgemeestersjas noemde. Geen bloemmotief te bekennen. Gelukkig.

Ze leek zo weinig veranderd. Misschien was ze wel helemaal niet veranderd. Maar terwijl ik haar daar zag staan, vreesde ik meer dan ooit dat mijn moeder in de nabije toekomst een oude vrouw zou worden. Een oude vrouw zoals alle oude vrouwen zijn.

Als klein kind was ik er al bang voor geweest. Als ze was vergeten melk te kopen, als ze even niet meer wist bij welk vriendinnetje ik vorige week had gespeeld, als ik haar eraan moest herinneren dat er iemand jarig was. Toen waren mijn zorgen nog niet terecht geweest. Misschien waren ze dat nu wel. Ik wist het niet.

Ik legde mijn boodschappen op de band, niet zo strategisch en snel als ik had gewild. Ze had nog niet omgekeken. Ergens was ik bang dat ze me niet zou herkennen als ze dat wel had gedaan.

Ik keek hoe ze haar tassen vulde met boodschappen. De andere puzzel die me vroeger zo had geïntrigeerd. Hoe mijn moeder dingen kon inpakken. Koffers, tassen, auto's. Het paste altijd. Nog steeds als ik mijn koffer inpakte om op reis te gaan, bekroop me het gevoel dat mijn moeder over mijn schouder stond mee te kijken en de efficiëntie van mijn tactiek te beoordelen. Of ik mijn sokken wel in mijn schoenen stopte om ruimte te besparen, of ik wel plaats overliet om op de terugweg souvenirs te kunnen meenemen (namen wij ooit souvenirs mee? *Allemaal troep*, zei ze hoofdschuddend als ik stond te twijfelen of ik een torentje van Pisa zou meenemen om thuis in mijn vensterbank te zetten, *dat komt mijn huis niet in*), of ik wel mijn toilettas bovenop legde, voor het geval ik plotseling mijn tandpasta, mijn lenzenvloeistof, wattenstaafjes nodig zou hebben. Drie keer zo veel onderbroeken mee als dagen, genoeg vesten, truien, lange broeken, voorbereid op alle weersomstandigheden, wat als de twee paar schoenen die je bij je hebt stukgaan (wanneer ging een paar schoenen van mij voor het laatst kapot?), wat doe je in je handbagage, wat als je je gaat vervelen — je gaat je vervelen, het is vier uur vliegen — hoe ga je vier uur vliegen overleven op één roman?

Ik gehoorzaamde haar klakkeloos.

Tijdens een korte rebelse periode had ik geprobeerd mijn sokken, onderbroeken en vesten op een andere manier op te vouwen dan zij me had aangeleerd. Truien oprollen, zoals ik andere mensen weleens had zien doen, tot een onherkenbaar hoofdkussen, zoals je dat aantrof aan het hoofdeinde van bedden in pittoreske Parijse hotels — in plaats van ze op de grond uit te spreiden, plat te drukken en de armen gekruist over de buik te leggen, alsof het katoen zichzelf omhelsde, capuchon naar binnen vouwen, nog scherper vouwen, in drieën, zoals zij altijd alles in drieën vouwde, totdat er ongeacht de vorm van het kledingstuk, een compact vierkant overbleef.

Maar zo had ik het geleerd. Afleren was onmogelijk.

Op het moment dat ik mijn eigen tassen en koffers ging inpakken, had ik, als ik op onze vakantiebestemming aangekomen mijn koffer weer opendeed, het idee dat ze alles opnieuw had opgevouwen. Het zag er te netjes uit om door mij gedaan te kunnen zijn.

Als ik haar vroeg waarom ze dat had gedaan, ontkende ze het.

Terwijl ik haar gadesloeg – of eigenlijk haar handen, die steeds sneller leken te gaan, ze was al bijna klaar – drukte de massa angst die zich in mij had verzameld alsmaar harder op mijn maag. Ik werd steeds banger voor haar lichaamstaal, de blik in haar ogen als ze me zou aankijken, waaruit ik zou kunnen opmaken of ze blij was om me te zien. Of ze überhaupt meteen zou beseffen wie ik was. Dat zou het ergste zijn: die blik, al was het maar voor even, die blik van onbegrip, van niet weten wie ik ben.

Ik slikte. Zo gaat dat vaak met dingen die onvermijdelijk zijn, dingen die moeten gebeuren. Hoe langer ik ze voor me uitschuif, hoe groter ze worden. Totdat ik te bang ben om ze nog te doen.

Ik moet. Ik moet nu, anders lukt het niet meer.

– Dag, mam.

Ze keek op van haar puzzel.

Ze zag wie ik was. Althans, ik zag geen verwarring. Ik zag zelfs een soort van vreugde. De gedoseerde, ingehouden vreugde die ik gewend was weliswaar, maar vreugde.

– Emma.

Ze wist nog hoe ik heette. Natuurlijk wist ze nog hoe ik heette, ik was haar enige dochter. Niet dat ik het minder logisch had gevonden dat ze mijn naam nog wist als ze meerdere dochters had gehad, natuurlijk niet. Wat kon er nu gebeuren in negen maanden? Negen maanden, ja, negen maanden maar, negen maanden maar een eeuwigheid.

Hoe had haar stem geklonken? Ik wist het al niet meer. Alleen maar die ene gedachte: ze weet nog hoe ik heet.

Verrast, dat was het. Alleen maar verrast. Ze was verrast om me te zien.

– Mam... Wacht, ik reken even af.

– Ja, natuurlijk.

Ze zette haar tassen met boodschappen in haar winkelwagentje en reed naar de uitgang, waar ze op me bleef wachten.

Ik probeerde mijn boodschappen zo efficiënt mogelijk in mijn plastic tasje te plaatsen, maar het idee dat mijn moeder toekeek deed mijn handen trillen. Daar staat mijn moeder, dacht ik, daar staat mijn moeder te wachten. Te wachten op mij. Tot ik klaar ben.

Terwijl ik inpakte keek ik een paar keer steels opzij naar die vrouw die mijn moeder was, naar de mensen die langs haar heen liepen zonder haar te kennen. Ik probeerde een woord te verzinnen voor haar houding. Het hield het midden tussen autonomie en eenzaamheid. Of misschien zag ik het verkeerd en was mijn blik niet objectief genoeg.

Ze keek toe hoe ik mijn winkelwagentje terugzette en hoe ik bijna vergat het muntje eruit te halen. Ik wilde niet dat ze zag hoe mijn handen trilden.

We tilden onze tassen op en liepen de supermarkt uit, langs de lingeriewinkel, de koffiezaakjes en de notenkoning. Ik probeerde aan de gezichten van voorbijgangers af te lezen of ze zagen dat we moeder en dochter waren, maar ik zag alleen maar de verwarring van mensen die te lang worden aangekeken door een vreemde en zich afvragen of ze diegene misschien toch ergens van zouden moeten kennen.

We zeiden niets. Ik wachtte wanhopig op woorden

die ik zou kunnen zeggen, maar ze kwamen niet. Van haar kant kwamen de woorden evenmin. Er was enkel die lege blik in haar ogen, een blik die ik niet kon plaatsen. Haar ogen staarden recht vooruit, leken gericht op een plek in de verte die voor mij onzichtbaar was.

De woorden komen nog wel, hield ik mezelf voor terwijl ik mijn pas versnelde om haar te kunnen bijhouden. De woorden zouden nog wel komen.

We zwegen.

Ik begon me af te vragen of de stilte in ons gesprek — konden we dit wel een gesprek noemen? — een pijnlijke stilte was. Toen besefte ik dat ik er zojuist, door het me af te vragen, een pijnlijke stilte van had gemaakt. Het was het soort stilte dat steeds zwaarder wordt naarmate ze langer duurt, alsof het universum waarin gesprekken de normaalste zaak van de wereld zijn, steeds verder vervaagt. Woorden vervluchtigen, zinnen worden steeds onbereikbaarder.

Met elke winkel die we passeerden leek ze harder te gaan lopen.

— Ben je met de auto? vroeg ik uiteindelijk, hijgend bijna.

Ze knikte.

— Daar staat 'ie al, wees ze naar een grijze Opel. Waar sta jij?

— Ik ben lopend, antwoordde ik. Dat antwoord leek haar niet te verbazen.

En toen stonden we naast haar auto. Het was een andere auto dan eerst. Ze laadde haar tassen in. Ik keek naar de mensen op straat en vroeg me af hoe dit tafereel er van buitenaf uitzag. Een vrouw, voorovergebogen, met haar bovenlichaam in de achterbak, een andere vrouw, een meisje misschien nog, met een plastic tas ernaast.

Dit was weer zo'n moment. Zo'n naderende confrontatie waarvan ik wist dat zij ging komen. Zo'n steeds groter wordend angstgevoel.

Ze richtte zich weer op en keek me aan. Het was alsof ze verwachtte dat ik iets ging zeggen.

– Nou, zei ze uiteindelijk. Ik weet niet of je al geluncht hebt?

Ik schudde mijn hoofd. Ik kon niet aan haar zien of dit antwoord haar aanstond.

Ze deed het portier open en stapte in de auto. Ik bleef even verbouwereerd staan en keek door de weerspiegelende ruiten toe hoe ze de sleutel in het contact stak. In mijn hoofd hoorde ik het geluid dat die beweging altijd maakte, als ze me vroeger naar pianoles moest brengen of als ik meeging als ze boodschappen ging doen. Ik voelde ook weer die winterse kou van de vroege ochtend en zag de beslagen ramen. Zij en ik, even alleen, zonder buitenwereld. Even samen.

Veel te laat zag ik het wenkende gebaar dat ze zittend achter het stuur naar me maakte. Niet het snelle wenken dat kinderen doen als ze hun vader een zelfgemaakte tekening willen laten zien. Het was een kalm, gedecideerd wenken, een gecontroleerde handbeweging, alsof ze zo min mogelijk lucht wilde verplaatsen.

Ze wachtte op me.

Onhandig zette ik mijn boodschappen tussen mijn benen en schoof de stoel een stuk naar achteren, en terwijl ik dat deed, schrok ik van mijn handeling. Zonder erover na te denken had ik die stoel opgeëist, alsof dit nog steeds mijn domein was, hier naast mijn moeder. Dat het een andere auto was leek niet uit te maken. Blijkbaar kunnen gebaren tijd en plaats overbruggen.

Ik wachtte met ingehouden adem tot ze de motor zou laten afslaan, zou vergeten een fietser van rechts voorrang te geven, een seconde te lang paniekerig met haar rechterhand zou zoeken naar de versnellingspook – maar ze reed nog steeds even vloeiend en geduldig als ik me herinnerde. Misschien had het me een goed gevoel gegeven als ik een foutje in haar rijgedrag had kunnen ontdekken, misschien had het me juist angst aangejaagd. Had ik het toegeschreven aan de ouderdom, het verval, de aftakeling. Mijn moeder mocht niet aftakelen. Moeders takelen niet af.

Ik had er geen moment aan getwijfeld dat ze naar het huis zou rijden waar ik geboren was. Er was geen andere mogelijkheid in me opgekomen. Maar toen ze ergens rechts afsloeg waar ik had verwacht dat ze naar links zou gaan, sloeg er een windvlaag van schrik om mijn hart. Een stroom van doemscenario's raasde door mijn hoofd. Als ze waren verhuisd, zij en mijn vader, had ik het toch wel geweten? Ze waren toch nog wel samen? Of had mijn moeder hem verlaten, of hij haar?

Aan ergere opties, opties waar ernstige ziektes en de dood in voorkwamen, durfde ik niet te denken.

Opeens leek de rit een stuk langer te duren. Overal waar ze kon afslaan, keek ik angstig opzij waar die weg heen leidde. Waar zouden ze naartoe verhuisd kunnen zijn? Toch niet ver weg? Anders zouden ze toch niet nog steeds op dezelfde plek boodschappen doen? Wat hadden ze met mijn spullen gedaan? Mijn kamer, hadden ze die zomaar achtergelaten? Mijn bureau, mijn bed, mijn boeken, waar waren die nu? Met elke meter werd mijn angst voor het onbekende groter en ik merkte dat mijn vingers zich om de stoffen bekleding van de stoel hadden gekromd. Ik probeerde de wegen te herkennen, zocht naar straatnaambordjes die me zouden kunnen kalmeren, maar de wereld leek langs me heen te schieten, veel sneller dan met de snelheid waarmee we reden. Het landschap werd een alsmaar abstracter schilderij van scherpe vegen in contrasterende kleuren.

Het begon te regenen. De ruitenwissers bewogen steeds driftiger heen en weer, en ik herinnerde me hoe ik vroeger dacht dat ze tikkertje met elkaar speelden, elkaar achtervolgend voor mijn moeders ogen. Vroeger was ik bang geweest voor de combinatie van regen en auto's: ik begreep niet hoe automobilisten zich niet konden laten afleiden door die zwarte gedaanten die voor hun neus heen en weer renden.

Ik keek opzij. De druppels op de ruiten kringelden hun weg over het raam, alsof ze controle hadden over waar ze naartoe gingen. Het waren racende kikkervisjes; ze haalden elkaar in, streden om de eerste plaats.

Na een tijdje besefte ik dat ze gewoon een andere route nam dan vroeger. Ik keek weg, naar het voorbijflitsende landschap buiten, in de hoop mijn opluchting te kunnen verbergen. De langs schietende brij van kleuren scheidde zich weer, ontspon zich tot een bekende omgeving.

Veel te bekend.

Ik kreeg het gevoel dat mensen krijgen als ze terug-komen op een plek waar ze jarenlang niet zijn geweest. Een mengeling van nostalgie en onbehagen. *Ik hoor hier niet meer.*

Ze reed de straat in. De vanzelfsprekendheid van het gevoel weer thuis te komen, alsof het niet maan-den, maar uren geleden was geweest dat ik hier was weggegaan. Alsof we terugkwamen van pianoles of boodschappen doen. Niet van een ander leven.

Ze haalde de tassen uit de kofferbak. Ik herinner-de me hoe ze me vroeger altijd de lichtste spullen liet dragen, en hoe ik altijd meer wilde dragen dan ze me gaf, totdat ik uiteindelijk behangen was met tassen en zakken en manden, zodat ik nauwelijks nog kon lopen. Het gevoel van trots als ze me de sleutel van de voor-deur gaf. Die sleutel was mijn trofee, het bewijs dat ze me vertrouwde.

Nu deed zij de deur open en liet me binnen. Auto-matisch veegde ik mijn voeten en deed ik mijn laarzen uit. Terwijl ik naar de plek liep waar ik ze vroeger zou hebben neergezet, zag ik dat daar nu andere schoenen stonden. De mijne hoorden daar niet meer.

Ik was een bezoeker geworden.

Onbeholpen zette ik mijn schoenen op een plek waar ze ongetwijfeld niet hoorden en keek naar de jassen aan de kapstok. Andere jassen. Nieuwe jassen. Minder dan vroeger. Minder zonder mij.

De woonkamer was voor mijn gevoel te weinig veranderd voor de tijd die er verstreken was. Dezelf-de vloerbedekking, die voor de buitenwereld wit was, maar voor mijn moeder al lang niet meer. Dezelfde zwarte piano, met dezelfde nocturne van Chopin op de zwartgelakte standaard. Dezelfde lange kersenhouten tafel, met dezelfde zwarte leren stoelen. Dezelfde witte muren, dezelfde abstracte schilderijen in een veelheid aan kleuren grijs.

Alles stond nog hetzelfde – het rook zelfs nog steeds naar het eten van gisteravond. Er lagen alleen andere boeken, andere enveloppen, een andere agenda op tafel. Er stonden nieuwe cd's in de kast. Maar het was nog steeds de klinische zuiverheid die ik gewend was. Het was nog steeds dezelfde catalogus als vroeger. Het waren nog steeds dezelfde glanzende pagina's in dikke designerboeken, waarin mensen onbezorgd keuvelend aan een luxueuze eettafel zaten of lachend aan het aanrecht staand van hun designerkopje cappuccino nipten.

En hetzelfde gevoel als ik altijd bij die mensen in catalogi had, had ik nu bij mijn eigen verschijning in deze smetteloze woonkamer: die mensen horen daar niet. Die mensen zijn nep, ingehuurd om te lachen en spontaan te doen, een verstoring van de steriele vacuümtoestand waarin kamers in een catalogus zich horen te bevinden. Die mensen zijn vlekken.

Die mensen was ik.

Er was hier geen plaats voor mij.

Ook in de keuken hadden geen opvallende veranderingen plaatsgevonden. Er stond nog steeds geen afwas te wachten op het glanzende aanrecht, er lag geen fruit dat eigenlijk al niet meer eetbaar was, er zaten geen spetters of bruine kringen op de kastjes of op de vloer.

De gespeelde nonchalance van de fruitschaal. Voor anderen waren het misschien gewoon nectarines, appels en kiwi's die daar lagen, maar voor haar was het een stilleven dat iedere keer wanneer er een stuk fruit van de schaal was weggenomen, herschikt moest worden. Haar handen die een paar keer per dag de mandarijnen en druiven weghaalden en weer teruglegden, zodat ze precies zo lagen als zij wilde: alsof er geen moeite voor was gedaan, maar toch perfect. Bananen lepeltje-lepeltje, hun ruggen half naar ons toe gedraaid. Jonagold bij Jonagold, Granny Smith bij Granny Smith. Altijd twee kiwi's, niet meer en niet minder. Vormen op elkaar afgestemd, beurse plekken weggemoffeld.

Het maakte niet uit hoe ik ze teruglegde, altijd zag ik haar, zodra ik weer naar boven liep, geruisloos de keuken in verdwijnen om de schade die ik had aangericht te herstellen.

Hetzelfde gold voor de koelkast. Alle pakken aan de rechterkant, met het logo naar voren. De karnemelk achterin, dan de melk, dan de yoghurt. Alle vleeswaren keurig in het plastic. De kaas naast de boter. De cola in de deur, daarnaast de limonade, daarnaast het pak appelsap. De oneindige lijst van ongeschreven regels, aan wie niemand behalve zij zou kunnen voldoen. Ik deed de koelkast dicht en dan deed zij hem weer open, om alles terug te leggen zoals het was. Zoals het hoorde.

Het waren momenten als deze die het ergste waren — niet de momenten waarop ze zei dat ik iets fout deed, dat ik iets beter op een andere manier kon doen, maar de momenten dat ik in mijn ooghoeken zag hoe ze stilzwijgend repareerde wat ik in haar ogen had verwoest.

Ze was theewater aan het opzetten. Ik durfde niet tegen haar te zeggen dat ik nog steeds geen thee lustte. Misschien was ze dat vergeten. Misschien zette ze alleen voor zichzelf.

Ze had een appeltaart gebakken, gisteren waarschijnlijk. Raar hoe ik niet bij die gebeurtenis was geweest, maar nu wel het resultaat ervan kon zien. Het zou haar wel moeite gekost hebben. Ik weet nog hoe dat vroeger ging: zogenaamd samen appeltaart bakken. Schort om – er mocht niks vies worden, alle ingrediënten in perfecte verhouding met elkaar mengen, goed kneden tot het deeg echt egaal is: zie ik daar nog een klontje boter? – maar ook niet te lang, want dan ging de boter smelten, deeg goed over de vorm verdelen, niet te hard aandrukken, niet te dun, niet te dik, appelmengsel erbij – heb ik wel genoeg suiker gebruikt? Ik had meer suiker moeten gebruiken – rest van het deeg uitrollen, niet te lang, niet te kort, genoeg bloem gebruiken, in kaarsrechte reepjes snijden, ze perfect parallel over de appelstukjes draperen, de oven in, toekijken hoe het deeg rijst, de taart er na precies een uur weer uithalen.

En dan kwamen de verzuchtingen.

– Had ik maar geen bakpapier gebruikt. Ik had er toch paneermeel bij moeten doen. Misschien zit er toch te weinig suiker in. Volgende keer moeten er meer rozijnen bij.

Ik wist hoeveel moeite het haar had gekost voordat deze taart hier zo achteloos kon staan. Laat ik een ap-

peltaart maken, moest ze op een middag hebben gedacht, ja, laat ik een appeltaart maken, en ergens moest
ze iets van de blijdschap hebben gevoeld die bij andere
mensen samengaat met spontaniteit. Ze was naar de
winkel gegaan, waar zich waarschijnlijk al de eerste
tegenslagen hadden aangediend: niet de juiste appels,
een kreukje in het laatste pak taartmix, had ze nog wel
genoeg bloem thuis, waarom had ze dat niet gecontroleerd voordat ze van huis was gegaan, zou ze nog langs
een andere winkel gaan om te kijken of ze daar wel de
juiste appels hadden, nee, nee, dit was een teken, dan
maar geen appeltaart, dan maar later.

Zo verging het haar weken achtereen. Vastbesloten
was ze om die middag te gaan bakken, bakken zou ze,
ik ga bakken, sprak ze zichzelf toe, maar het voor haar
doen impulsieve karakter van haar plan drukte zwaar
op haar schouders, benauwde haar als een hand die
zich om haar keel sloot en waarvan de greep steeds verder verstrakte, en uiteindelijk besloot ze, haar agenda
in de hand, om over twee weken een taart te gaan bakken. Op woensdagmiddag, rond een uur of drie. Dan
had ze genoeg tijd om zich voor te bereiden.

Toen ik een van de laatste dagen nog eens een appeltaart met haar had gemaakt, had ik alleen maar in-
wendig kunnen lachen om het toneelstuk dat ze opvoerde. Ik durfde niks te doen wat ook maar enigszins
fout zou kunnen gaan, en dus pakte ik een stoel en ging
ik op de eerste rij zitten. Ik keek toe hoe ze het deeg
rolde en nogmaals rolde om het zo egaal mogelijk te
krijgen. Alles wat ik kon denken was: het is maar een
appeltaart, mama, een *appeltaart*! Niemand zal ooit

een stukje van die taart met een vergrootglas gaan be-
studeren, of er een liniaal naast gaan leggen om te kijken of alle stukjes appel wel perfect gesneden zijn. En
lieve mama, over een paar dagen is hij op, morgen misschien al, en waarschijnlijk zal zelfs jij je dan niet meer
herinneren dat de bodem niet overal even dik was, dat
hij niet zo goed gelukt was als de vorige keer, dat je de
rozijnen misschien wat langer had moeten laten wel-
len...

Lieve mama, is er iets tijdelijker dan een appeltaart?

En terwijl ik die appeltaart hier nu weer zag staan,
kon ik alleen maar denken aan de worsteling die ze
had moeten doorstaan om dit resultaat te krijgen. Hoe
het resultaat voor haar waarschijnlijk altijd een com-
promis zou zijn. Ze zou nooit een foutloze appeltaart
maken. Ik betwijfelde, kijkend naar de schijnbare perfectie waarmee de appelstukjes gesneden leken te zijn,
of ze zich daar inmiddels bij had neergelegd.

– Ik heb alleen niet zo veel brood meer, zei ze en
ze haalde het gesneden bruin en de krentenbollen tevoorschijn ter illustratie. Het was nog steeds ruim voldoende voor ons tweeën.

– Ik had geen bezoek verwacht.

Ze excuseerde zich alsof ik een buitenstaander was.
Alsof ik niets meer met dit huishouden te maken had.

Ze had gelijk. Ik voelde het aan de manier waarop
ik de afwegingen maakte die mensen maken als ze bij
iemand anders thuis zijn. De voortdurende vragen wat
in dit huishouden normaal is. Wat drinken ze hier bij
de lunch? Wat is een normale hoeveelheid hagelslag?
Mag je de vleeswaren met je handen vastpakken of

moet dat met een mes of een vork? Wie zit waar aan tafel? Wanneer begin je met eten?

Ik probeerde mijn handen niet te laten trillen terwijl ik mijn boterhammen besmeerde met pindakaas.
Ik probeerde te doen alsof ik thuis was, ik probeerde
het echt, maar ik kon niet anders dan steels opzij kijken naar hoe mijn moeder de vleeswaren uit de verpakking haalde.

— Wil je melk?

Ik wilde altijd melk. Ik had nooit iets anders dan
melk gedronken bij de lunch. Alsof ze me uitdaagde
een ander mens te zijn geworden. Was dat wat ze wilde? Dat ik iemand anders geworden was?

Nog steeds dezelfde televisiegids. Dezelfde manier van
omcirkelen als er iets opgenomen moest worden. Dezelfde krant, dezelfde tijdschriften, dezelfde scheurkalender. Nog steeds dezelfde tuin met dezelfde strui-
ken, die nu bladerloos waren. Het water daarachter,
waarop tijdens de koudste dagen kinderen met wankele slagen voorbijschaatsten. De koepel van de kerk
in de verte.

Nog steeds hetzelfde koffiezetapparaat. Dezelfde la-
de voor de messen, de vorken, de lepels. Nog steeds dezelfde manier waarop ze haar boterhammen smeerde, waarop ze haar handen warmde aan haar theeglas.
Haar manier van kijken, van luisteren, van knikken,
van zwijgen. Ze zweeg.

Ik slikte. Ik wilde dingen vragen, het lef hebben
dingen te vragen, maar eerst moesten we over niets
praten. We konden niet meteen met de deur in huis

vallen, dat wist ik, maar ze bleef zwijgen en ik bleef zwijgen en er waren geen woorden, alleen een tijdloos wachten, een oneindig tikken van de stilte.

Bijna wenste ik dat ze honderduit had gepraat, over koetjes en kalfjes, zoals vrouwen van haar leeftijd zo goed konden — alleen maar om haar met een moker-slag te kunnen onderbreken, om mijn stem te kunnen verheffen, mijn glas met een klap op tafel te kunnen zetten en te kunnen zeggen:

— Zo. En nu is het klaar met dat gebabbel.

En dat we dan zouden zeggen waar het op stond, zo-dat dit tenminste over was, was het maar over — maar ze keek weg, maakte geen aanstalten tot fluisteren, schreeuwen, wat dan ook, leek niet eens behoefte te hebben aan een gesprek, en het was alsof alle stilte van nu en de maanden hiervoor bij elkaar werd opgeteld.

Ik keek zo onopvallend mogelijk in het rond, naar de plek waar alles precies hetzelfde was gebleven en tege-lijkertijd zo anders was. Ik wilde niet om me heen kij-ken zoals mensen die niet weten wat ze moeten zeggen om zich heen kijken, maar ze liet me geen keus.

Uiteindelijk besloot ik dat ik sterk zou zijn, dat ik dan maar degene moest zijn die de stilte zou doorbre-ken. Dan maar het risico om niet het goede te zeggen, om niet te voldoen aan de ongeschreven regels voor dit soort gesprekken.

Daar ga ik.

— Hoe gaat het met papa? wilde ik vragen, maar mijn zin brak halverwege af, stopte zomaar uit zichzelf. Het klopte niet meer, ik kon hem geen 'papa' meer noe-men. 'Papa' was te veel ik als kind en hij als volwassene, te veel hij als held en ik als meisje dat niet wist hoe ze haar veters moest strikken.

Misschien had ik hem nog wel zo kunnen noemen als hij tegenover me had gestaan. Maar nu, nu ik met haar over hem wilde praten, heette hij plotseling niet meer zo. Zo vanzelfsprekend als het vroeger was geweest dat iedereen oma 'oma' noemde, terwijl het alleen mijn oma was, zo misplaatst klonk het 'papa' voor de man die mijn vader was nu.

Ze leek toch te begrijpen wie ik bedoelde.

– Goed, zei ze, op de meest neutrale manier die ik ooit had gehoord. Niets kon ik eruit opmaken: of het daadwerkelijk goed met hem ging, of het goed met hem ging op de manier waarop het met heel Nederland goed gaat als een vage kennis ze vraagt naar hun gemoedstoestand, of dat het heel slecht met hem ging, maar dat ze zich groothield tegenover mij, of vond dat het mijn zaken niet meer waren, of geen behoefte had erover te praten, of welke reden dan ook.

Ik zag aan haar ogen dat ze niet goed wist wat ze verder nog over hem moest vertellen, zoals je dat soms ook niet weet als je een oude bekende tegenkomt. De twijfel welke delen van je leven je aanstipt en welke delen je weglaat. Of je over je werk begint, je huwelijk, je kinderen, of je het leuk houdt met opgewekte verhalen over eerste woordjes, geslaagde vakanties, gezellige verjaardagen – of dat je iets zegt over je onlangs overleden tante, de ruzies thuis, de problemen op je werk. Die twijfel zag ik bij haar toen ik naar mijn vader vroeg. Ik wenste dat ze nog iets aan haar eenwoordige zin zou toevoegen, inzag dat ik geen oude bekende was voor wie ze dingen kon achterhouden, dat ze voelde dat het onrechtvaardig zou zijn me niet te vertellen hoe het werkelijk met mijn vader ging, maar ze roerde zwijgend in haar thee en vouwde haar handen om haar glas.

— En hoe is het met Frank?

De toon van haar woorden sneed door mijn huid. Niet omdat die zo scherp was, juist niet, juist vanwege de gespeelde zachtheid, de geacteerde warmte en interesse. Zoals je vraagt naar een kennis die je een paar keer op verjaardagen van anderen hebt ontmoet. Iemand die je niets verwijt, jegens wie je geen haat koestert.

Ik voelde mijn bloed verstarren. Eerst praten over niks, had ik beloofd. Niet meteen over de grote dingen beginnen. Eerst over koetjes en kalfjes. Niet meteen met de deur in huis vallen. Ademen. Ademen.

Opeens begreep ik het. Ze had me niet mee naar huis gelokt om gezellig bij te praten over de tussenliggende tijd, om elkaar op de hoogte te stellen van wat zich de afgelopen maanden in onze levens had afgespeeld. Ze had me hiernaartoe gebracht om me te laten zien dat de wereld in de tussentijd dusdanig veranderd was dat ik niet meer terug kon naar vroeger. Om me te laten voelen dat ik een keuze had gemaakt. Dat ik geen kant meer op kon. Om me onder de neus te wrijven wat ik allemaal achter me had gelaten, in de hoop dat ik spijt zou hebben.

Ik keek haar aan met een zo ijzig mogelijke blik. Ze keek terug, en ik wilde iets anders zien dan ik zag, iets anders dan die angstaanjagende zelfgenoegzaamheid in haar ogen. Kijk maar goed, leek ze te willen zeggen. Kijk maar goed wat je allemaal hebt geëlimineerd door voor hem te kiezen, en niet voor ons. Kijk maar goed naar al het ongrijpbare. Kijk naar de plek waar je niet meer zal kunnen terugkeren, de plek die je kunt proberen na te bootsen door je te abonneren op dezelfde krant, dezelfde tijdschriften, door hetzelfde servies te nemen en op dezelfde manier je boterham te smeren, maar die nooit zal worden als deze plek hier.

Ik zou haar geen gelijk geven. Ik zou haar niet laten winnen.

— Heel goed, antwoordde ik opgewekt, en ik schrok van de manier waarop ik die woorden had uitgesproken, met schreeuwerige accents aigus op de *e*'s, véél te vrolijk, véél te zorgeloos, véél te veel alsof ik had overdreven in de hoop haar te overtuigen.

Het was haar woord tegen het mijne. Het was wachten tot één van ons brak. De strijd om het gelukkigste leven.

Ik kon haar niet langer aankijken. Mijn spieren zetten zich schrap, alsof ze zich voorbereidden op een klap of het kapseizen van de grond onder mijn voeten. Ik probeerde normaal in en uit te ademen, maar mijn longen leken te zijn vergeten hoe ze dat al die tijd ook alweer hadden gedaan. Ademen.

Ademen.

Ik keerde terug naar haar, keek vanuit mijn ooghoeken, in de hoop dat ze het niet zou merken, naar haar tegelijkertijd zo vertrouwde en toch zo onbekende gezicht. Nu ik haar gelaatstrekken beter bestudeerde, ontdekte ik dat er toch wat details van ouderdom in geslopen waren. Ik zag de lijntjes die zo subtiel – maar toch zo duidelijk, als je ze eenmaal zag – uit haar ooghoeken waaierden en over haar voorhoofd liepen als de naden van behangen muren: je zag ze pas als je erop ging letten, en je vroeg je af hoe je al die tijd naar die wanden had kunnen kijken zonder die verticale strepen te zien.

Ik keek nogmaals om me heen, naar dit huis, waar ik al die jaren samen met hen had gewoond. Deze spullen, die dagelijks door onze handen waren aangeraakt. Door ons, die magische drie-eenheid: mijn vader, mijn moeder en ik.

Ik keek naar de piano, waar voorzichtig het zonlicht op neerstreek. Onbewust ging er een rilling door me heen, omdat ik wist wat mijn moeder nu dacht. Zonlicht associeerde zij met het verschijnen van stof op de piano en het glazen tafelblad, met het opduiken van strepen en vegen op de ramen, met het zichtbaar worden van oneffenheden die zij het liefst zo snel mogelijk weer zou willen wegpoetsen. Zonnestralen waren voor haar plaaggeesten, die haar ermee confronteerden dat ze steken had laten vallen, dat dingen niet waren zoals ze hadden moeten zijn.

Sneeuw vond ze vreselijk. Nee, ik moet specifieker zijn: vallende sneeuw vond ze prachtig. Die schitterende, door de natuur gevormde vlokjes die neerdwarrelden op haar winterse tuin, en de houten tuinmeubelen, het stenen pad en de bladeren bedekten met een laagje wit, een deken die overal precies even dik was.

Maar na een paar minuten was dit hemelse karakter van de sneeuw verdwenen. Dan verzuchtte ze dat door de sneeuw alle andere witte dingen zo vaalgrijs leken.

En na een paar dagen was alle sneeuw zelf grauw en vuil. Dan was de hele wereld voor haar bedekt met sporen van imperfectie, die in een zo schril contrast stonden met die volmaakte vlokjes die enkele dagen daarvoor nog uit de hemel waren gevallen. Dan was de wereld voor haar een doorn in het oog, als een appeltaart waaraan ze een verkeerde hoeveelheid bloem of eigeel had toegevoegd. Dan keek ze naar de wereld alsof die lelijk was, verkeerd.

En nog steeds als ik nu in de winter naar huis reed, en ik zag hoe kleine ultiem witte sneeuwvlokjes op mijn motorkap landden, besefte ik dat ik er nu van moest genieten, nu ze nog mooi en maagdelijk waren – want over enkele ogenblikken zou dit goddelijke gevoel voorbij zijn. Dan zou de stem van mijn moeder door mijn hoofd klinken.

– De sneeuw maakt alle andere witte dingen zo grauw en vies.

Ik weet nog dat ik hem ooit naïef gevraagd had of wij een stel waren van identieken of van tegenpolen. Het waren de tijden geweest van zomerdagen in het land, van avonden in elkaars armen.

Eerst was hij alleen de geur van hooi en gras. Toen werd hij de geur van stal en kippen. Hij werd de geur van pannenkoeken met rozijnen, van limonade, van zelfgemaakte chocolademelk. Hij werd de geur van thuis, meer dan de echte geur van thuis dat was. Daarna werd hij de geur van mannendeodorant, van scheerschuim. Hij werd de geur van twee naakte lichamen onder de dekens. Hij werd de geur van verlangen naar later.

Hij werd degene die alles was. Hij werd degene die naast me zat aan tafel, wiens denkbeeldige hand ik kon vastpakken als de woorden van mijn ouders steeds harder werden, en ik niets anders wilde dan mijn ogen sluiten en langzaam vervagen tot ik in zijn armen weer verschijnen zou. Hij werd degene die ik huilend belde als we weer eens een uur zwijgend aan het ontbijt hadden gezeten. Degene die luisterde en niets hoefde te zeggen, niets hoefde te kunnen zeggen, alleen maar hoefde te wachten tot alle tranen uit mijn ogen waren gegleden en dan aan me vroeg:

— Wanneer zie ik je weer?

Hij was degene met wie ik de buitenstaander kon spelen. De buitenstaander die lachend toekeek als mijn moeder de placemats nog eens verschikte of haar appeltaart stond te perfectioneren. De buitenstaander die wist dat ik nooit zo zou worden. Dat ik er alles aan zou doen om niet zo te worden.

Hij was zo hetzelfde als ik en tegelijkertijd zo anders. Hij was van het 'we zien wel' en 'het komt wel goed'. Hij kon geen zin hebben om zijn bed op te maken en drie nachten doorbrengen in zijn slaapzak op zijn kale matras. Hij had besloten te gaan studeren op een plek waar hij nog nooit geweest was. Hij kon dat.

Hij kon zulke mooie dingen zeggen. Af en toe zei hij uit het niets zinnen als:

− Soms, als ik ergens naartoe ga, ver weg, met het vliegtuig bijvoorbeeld, ben ik bang dat de tijd opeens tweeduizend jaar teruggaat en dat ik dan niet meer terug kan naar huis.

Hij was het verlangen naar een leven waarvan ik hoopte dat het later zou komen. Ik keek naar mijn ouders als ze hun stilzwijgende ruzies hadden bijgelegd en besefte dat dat was wat ik wilde. Ik wilde op die manier met zijn tweeën op de bank naar een film liggen kijken, met verder niemand thuis. Ik wilde dat de wind rondom ons huis zou waaien. Ik wilde dat wij het waren die ruziemaakten over onbenulligheden, terwijl we in onze eigen keuken stonden, met ons eigen aanrecht en onze eigen vaatwasmachine en ons zelfgekozen servies. Ik wilde dat wij het waren die 's avonds laat de voordeur op het nachtslot deden en achter elkaar de trap op slopen, dat we staand naast elkaar onze tanden zouden poetsen in twee minuten van verplicht zwijgen, om vervolgens allebei aan één kant van ons bed onder de dekens te glijden en elkaar in het midden weer tegen te komen, en elkaar zouden omhelzen alsof we de ander jaren hadden moeten missen. Ik wilde dat wij in het donker naar elkaars hand grepen, onze gezichten naar elkaar toedraaiden, de glinstering in elkaars ogen bekijkend en wetend dat we er allebei de volgende ochtend ook nog zouden zijn. En dat het dan niets zou uitmaken of we ruzie zouden hebben, omdat we zouden weten dat dit ons leven was, ons leven samen, en dat ieder mes te bot zou zijn om ons van elkaar los te snijden.

In bepaalde opzichten leek hij zo ongelooflijk veel op mijn vader. Misschien zijn het wel trekjes die alle mannen met elkaar delen, ik weet het niet. Ik hoop dat het niet zo is. Ik hoop niet dat alle mannen zo zijn zoals zij, zo onberekenbaar en zo voorspelbaar tegelijkertijd. Zo gemakzuchtig slecht in het onthouden van verjaardagen, afspraken en jubilea. Zo de verzekering van het komt wel goed. Zo de geur van vertrouwdheid. Zo *wat er ook gebeurt, ik hou toch wel van je.*

Ik hoop niet dat alle mannen zo zijn, want dat zou betekenen dat de overeenkomsten tussen hen niet zo speciaal zijn. Ik hoop dat alleen zij zo zijn, dat alleen zij mij het gevoel kunnen geven dat ze weten dat ze niet perfect zijn en dat ik dat ook niet ben, maar dat dat geen reden is om minder graag hun neus in mijn haar te drukken en te zeggen dat ik lekker ruik.

Als ik vroeger bij mijn vader in bed lag, probeerde ik altijd in hetzelfde ritme adem te halen als hij. Het lukte me nooit: altijd ging ik te snel of te langzaam, hield ik mijn adem te lang in of juist te kort. Ik probeerde te voorspellen wanneer hij uit zou blazen, maar altijd was hij net iets eerder of later dan ik, bijna alsof hij het expres deed.

En toen lag ik opeens in *zijn* armen, precies hetzelfde maar helemaal anders – en ik lette niet eens op hoe hij ademde, zoals ik dat bij mijn vader wel altijd had gedaan.

En na een paar minuten besefte ik: onze ademhalingen lopen gelijk.

Zijn blik toen hij de trap op kwam lopen.

Ondanks dat het háár verjaardag was, ging mijn moeder rond met een schaal met zorgvuldig tentoongestelde hapjes, en controleerde ze met een vluchtige blik of iedereen nog was voorzien van een goedgevuld glas.

De mensen vormden een perfecte kring, zaten stuk voor stuk naast de voor hem of haar perfecte gesprekspartner. Er stond muziek op die perfect was voor de gelegenheid, zowel qua volume als qua genre: zacht kabbelende vrouwenstemmen die niemand wilden overschreeuwen, die hoorbaar genoten van de vanzelf-sprekendheid waarmee ze zich lieten meevoeren met de tedere gitaarritmes en het zachte kabbelen van de djembé. Iedereen voelde zich perfect op zijn gemak, praatte, lachte, schaterde zelfs af en toe, maar in plaats van eindelijk eens rustig te gaan zitten en zich te mengen onder de gasten, bleef mijn moeder vertwijfeld in de opening van de keuken staan om nogmaals te controleren of ze niet nog iets kon doen waarmee ze het verblijf in haar huis voor bepaalde mensen eventueel nog aangenamer kon maken dan het al was.

We hadden die hapjes vanochtend samen klaargemaakt. Of nou ja, 'samen' zoals wij heel veel dingen samen deden. Hetgeen betekende dat we eraan begonnen alsof we allebei een even groot aandeel zouden gaan hebben in het eindresultaat, maar altijd eindigden in een situatie waarin ik het recept aan het voorlezen was en mijn moeder verantwoordelijk was voor de uitvoering.

Terwijl we bezig waren, waagde mijn vader het de keuken in te komen lopen. Hij deed een poging haar te complimenteren met haar kleding, raakte haar aan, noemde haar naam alsof het een liefkozing was.

— Ben je naar de kapper geweest, Marie?

— Nee.

Ze keerde zich resoluut van hem af.

Ik wist hoelang ze er over had gedaan om dit allemaal voor te bereiden. De gasten kiezen, de recepten voor de hapjes uitzoeken, beslissen wat ze zou aantrekken, of ze het alleen binnen zou vieren of wellicht ook in de tuin, of ze het bij een kopje thee en een borrel zou houden, of wellicht aansluitend nog een diner zou organiseren, en zo ja, of ze iedereen daarvoor zou uitnodigen, of alleen voor een select gezelschap.

Terwijl de mensen zich vermaakten, beende mijn moeder met gehaaste pas heen en weer tussen de keuken en de woonkamer. Ik wilde haar met mijn blik tot stilstand brengen, dicht bij haar zijn, mijn armen om haar middel slaan en haar ontdooien. Ik wilde, te midden van al die mensen, in haar oor fluisteren dat het goed was, zodat alleen zij het kon horen. Ik wilde tegen haar zeggen dat iedereen het naar zijn zin had, dat ze kon gaan zitten en een toastje en een glas wijn kon pakken en een gesprek met iemand kon beginnen.

Maar ze leek zo koud, zo ongelooflijk koud.

Ik had niet geweten wat ik voor haar moest kopen. Ze wilde niets en ze had alles al. Ze hield niet van sterke drank, en ik wilde me er niet gemakkelijk van afmaken met een fles wijn of een tegoedbon.

Het waren snijplanken geworden. Vier stuks, in vier verschillende kleuren: een groene voor de groente, een blauwe voor de vis, een witte voor het brood en een rode voor het vlees. Niet dat ze dergelijke kleuren nodig had om te onthouden welke plank ze voor welke snijwerkzaamheid had gebruikt. Maar toch, het straalde orde uit. En dat kon ze vast wel waarderen.

Terwijl ze mijn cadeau aanpakte, had ze gekeken met de reserve die ik van haar gewend was. Minutenlang had ze met haar nagels aan de plakbandjes zitten peuteren, alsof ze het papier nog een keer zou gaan gebruiken, en uiteindelijk hield ze de doos in haar handen, die opeens veel te groot en opzichtig voor haar was. Haar lege blik rustte op de afbeelding van de planken op de voorkant, alsof ze naar de wereld achter het karton keek. Ze zette de doos op tafel, naast de kaarsen, boeken en cadeaubonnen die ze van anderen had gekregen. Geen glimlach of omhelzing. Enkel een mompeling die leek te beginnen met een *b*, en die ik daarom maar als een minimalistische blijk van waardering beschouwde.

Het inpakken. Zo mooi als zij het altijd deed zou het nooit worden, dat had ik van tevoren al geweten. Het papier in precies het juiste motief voor de desbetreffende gelegenheid, het van de rol geknipte stuk in exact de juiste afmetingen voor het in te pakken cadeau. Het plakband recht en zonder omgevouwen randjes, het lint in bijpassende kleuren, met een schaar gekruld tot volmaakte slierten, die samenkwamen in een strik. Alsof het was ingepakt bij de parfumerie. Alleen het glimmende gouden stickertje met haar naam ontbrak nog.

Gelukkig zaten die planken in een kartonnen doos. Hoefde ik in ieder geval niet te stoeien met onmogelijk in te pakken vormen, die standaard resulteerden in gedrochten van gekreukeld papier en een overdaad aan plakband op plaatsen waar het eigenlijk niet te zien mocht zijn.

Een uur voordat de verjaardag officieel zou beginnen, stormde ik nog naar zolder om in ons assortiment te zoeken naar het meest geschikte papier voor de gelegenheid. Alle rollen pakpapier die we nog hadden, vloekten bij het logo van de plankenfabrikant. Ik probeerde mezelf gerust te stellen met de gedachte dat, behalve zij en ik, er waarschijnlijk niemand was die het zou zien.

Natuurlijk had ik de afmetingen van die doos weer compleet verkeerd ingeschat. Het stuk dat ik had afgesneden – met een scherp keukenmes, zoals ik haar ook eens had zien doen – was eigenlijk te lang en te smal. Het paste net. Andere mensen zouden zeggen dat het precies paste, maar zo werkte dat voor ons niet. *Net wel* was voor ons een synoniem voor *precies niet*, voor *dit kan niet zo, dit moet opnieuw*.

Pas toen ik het laatste plakkertje er voor mijn gemoedsrust net iets te scheef had opgeplakt, besefte ik dat het patroon van het inpakpapier een boven- en een onderkant had. Mijn fleur de lis-achtige motief groeide nu naar beneden, de grond in.

Bijna had ik alle plakbandjes weer losgepeuterd om opnieuw te beginnen, toen ik in mijn ooghoeken Frank de deur van mijn kamer zag opendoen.

— Waarom pak je hem weer uit?

Hij trok zijn rechterwenkbrauw op. Dit zou ik hem niet kunnen uitleggen.

— Het papier zit verkeerd om. Zo klopt het patroon niet.

— En wie ziet dat?

— Zij.

— En jij.

Hoeveel je om iemand geeft wordt pas echt duidelijk wanneer je een cadeau voor diegene aan het inpakken bent.

Terwijl Frank toekeek hoe ik het papier weer van de doos scheurde, besefte ik dat ik dit nooit had gedaan als ik niet van haar had gehouden.

Zijn blik toen hij in de deuropening stond.

We hadden keurig het gênante rondje langs alle visite gemaakt. Een rondje langs mensen bij wie je iedere keer dat je ze ziet weer twijfelt op welke wang je ze moet kussen. Mensen wier hoofden dreigend op je afkomen, onduidelijk in welke richting ze zullen bewegen, links of rechts. Steeds verder bewegen ze naar je toe, met angstaanjagende zelfzekerheid, want zij weten precies waar ze naartoe gaan, steeds dichterbij komen hun ogen, tot die fatale botsing ergens halverwege, als je in een reflex beiden dezelfde richting gekozen blijkt te hebben.

Maar die trefzekere tante of buurvrouw heeft niets door, en ze grijpt je nogmaals bij beide schouders om je te verlammen met haar geur van antiek meubilair en droogbloemen. Vanuit je ooghoeken krijg je nog even macrozicht op de ingekraste lijnen rond haar ogen, die ze geprobeerd heeft te maskeren door ze op te vullen met poeder en foundation, beide twee tinten te donker, met het zonnebankeffect tot gevolg. Boven haar wimpers loopt een kriegelig zwart lijntje, dat meerimpelt met haar oogleden en dreigt te breken wanneer ze haar ogen samenknijpt als ze je overspoelt met haar hoge lach die geen enkele reden heeft om te klinken, maar waarvoor ze zich geenszins lijkt te schamen.

En dan zie je haar ogen goddank alweer afdwalen, in de richting van het volgende slachtoffer, dat zich achter je in de rij heeft aangesloten. Je voelt haar greep om je schouders verslappen. Je hebt haar van je afgeschud.

Volgende buurvrouw.

Maar zo kuste mijn moeder niet. Ze kuste geserveerd en bedeesd, en hield zelfs de meest enthousiaste zoeners op afstand met de blik in haar ogen: de kou waarmee ze voor zich uitstaarde, vergezeld door haar strakke lippen.

Ik snapte niet waarom ze het type mensen uitnodigde dat hun vingers om je bovenarmen schroefde, dat hun wangen met brute kracht tegen de jouwe aan beukte en vegen paars en aquamarijne oogschaduw op je slapen achterliet. Mensen met kleding in primaire kleuren en een schetterende lach. Die mensen pasten niet bij haar.

Maar aan de andere kant: wie wel?

Ik had er geen kaart bij gedaan. Iedere kaart zou ongepast zijn geweest. Ik had mezelf al zien lopen, eindeloos dwalend tussen die draaimolens met voorbedrukte felicitaties, betuigingen van medeleven en woordeloze glinsterkaarten, geschikt voor elke feestelijke gelegenheid. Drie euro betalen voor een slap stuk karton met een afbeelding erop die altijd net niet helemaal klopte bij de desbetreffende persoon en gelegenheid, mij niet gezien.

En stel dat ik dat wel had gedaan, dat ik de moed bij elkaar had weten te rapen zo'n kaart uit een rek te pakken en hem af te rekenen, om hem mee naar huis te nemen in zo'n omslachtig papieren zakje, om hem thuis opengevouwen voor me neer te leggen – wat dan?

Dan had ik de keuze moeten maken tussen pen en potlood. Potlood was slordig, bedoeld voor dingen die je niet zeker wist. Potlood was grauw en grijs.

Maar fouten gemaakt met potlood waren herstelbaar. Fouten met pen niet.

Er kwam een zeker moment dat ik mijn eigen naam onder de door mijn moeder geschreven verjaardagskaarten mocht schrijven. Eerst mijn vader met zijn doktershandschrift, waarin elk woord dat eindigde op een *n* werd afgesloten met een plaatsvervangende horizontale streep, waarin punten lange halen waren en je de *w* en de *m* niet van elkaar kon onderscheiden. Woorden in mijn vaders handschrift waren elektrocardiogrammen.

Dan mijn moeders naam daaronder. Eerst even met de kaart wapperen om te zorgen dat de inkt droog werd, en dan schreef zij op de graad nauwkeurig horizontaal haar naam onder de spastische schets van mijn vader.

En dan mocht ik.

Maar ik ben linkshandig. Ik veeg alles wat ik zojuist heb opgeschreven altijd met dezelfde snelheid weer uit, totdat er niets meer van de woorden overblijft dan letters die met futuristische haast voorbijstuiven.

Ik deed mijn best. Iedere verjaardagskaart weer. Maar steeds weer werden mijn handen zo zweterig op het moment dat mijn moeder haar balpen voor me neerlegde, dat ik, ondanks oneindig preventief met die kaart wapperen voordat ik mijn naam zo netjes mogelijk probeerde op te schrijven, zelfs de door mijn moeder zo vakkundig gekozen aanhef wist uit te vegen, als een trippelend hondje van Balla.

Mijn linkshandigheid, die me ook altijd parten speelde als ik tijdens het ontbijt – voor haar ogen, altijd voor haar ogen – de plastic vleeswarenverpakkingen probeerde open te knippen met onze rechtshandige schaar. De vlijmscherpe bladen, die in mijn moeders handen altijd zo vloeiend door het glimmende doorzichtige materiaal gleden, werden in mijn handen weerbarstig en bot, waardoor ik onder haar knijpende blik in al mijn gebrek aan controle het plastic voorzag van een haperend kartelrandje. En nu al wist ik dat zij iedere keer wanneer zij chorizo of geitenkaas op haar brood zou willen doen, dezelfde blik in haar ogen zou hebben als nu: een steek van gekweldheid, als van een schilder die bij zijn laatste streek op het canvas uitschiet, alsof een externe kracht plotseling zijn elleboog

46

beroerde, en daarmee de perfectie ruïneert van iedere vorm, iedere kleurschakering, iedere schaduw die hij gedurende de afgelopen maanden heeft gecreëerd.

Met mijn ogen op de grond gericht gaf ik mijn moeder de kaart weer terug. Ik kon niet toekijken, maar ik wist precies hoe ze keek als ze de kaart dan weer opensloeg, en zag hoe ik het zelfs voor elkaar had gekregen de letters te laten afgeven op de witte linkerzijde van de kaart, zodat een deel van de tekst daar in vaalblauw spiegelbeeld herhaald werd. Ze zei niets, maar ik voelde haar teleurstelling.

Na een tiental verjaardagen gaf ze het op. Voortaan schreef zij mijn naam weer op de kaarten.

Ik besloot dus dat het bijvoegen van een kaart bij mijn cadeau te veel negatieve emoties zou oproepen. Als ik het met pen zou proberen, zou ze zien dat ik nog steeds niet in staat was een vlekkeloze tekst te produceren. En als ik de toevlucht zou nemen tot het potlood, zou ze dat kunnen lezen als een vlucht, en bovendien als teken dat ik de dingen die ik had geschreven, niet zeker wist.

En wat had ik überhaupt op die kaart moeten schrijven? Ik had haar nog nooit meer geschreven dan een korte mededeling dat oma had gebeld, of dat ik bij het buurmeisje aan het spelen was. En andersom gold hetzelfde. Wij schreven elkaar kort en bondig, met informatieoverdracht als enig doel. Niet om onze emoties te uiten.

Bij andere meisjes thuis zag ik soortgelijke briefjes op tafel liggen, maar dan in een slordig, bijna onleesbaar handschrift, met regels die schuin naar beneden liepen, als kinderfietsjes die van een heuvel raceten en niet wisten hoe ze moesten remmen. Het waren dezelfde huizen waar verjaardagen van andere vriendinnetjes op de wc-kalender stonden. Kleine namen, namen van kinderen die ze zouden ontgroeien – Amy, Daantje, Bo – gevolgd door hun geboortedatum: krommende enen, krullende, met elkaar vervlochten negens. In die huizen lagen terloopse letters op de ommezijde van kassabonnetjes gekrabbeld: openlijke getuigenissen van moeders die hun dochters blauw op wit verklaarden hoeveel ze van hen hielden, op een alledaagse toon die me bijna angst aanjoeg. Dat lag daar zomaar, waar iedereen het kon lezen. In grote, krullerige letters, schreeuwerig bijna. Alsof die briefjes wilden zeggen: kijk eens wat een liefdevol gezin wij zijn, wij zeggen elke dag tegen elkaar hoeveel we van elkaar houden, zelfs in een alledaagse notitie als deze.

Mijn moeder die op de achterkant van een telefoonrekening zou schrijven dat ze van me hield. Een utopie.

Zijn blik toen hij de ravage die ik had aangericht, overzag.

Aan de andere kant van de kring zat een van mijn ooms met een overdaad aan armgebaren te vertellen over zijn analyse van een nieuwe, onlangs door hem gedetecteerde paradox in de productie van kunststoffen. Steeds meer verhief hij zijn donkere stem, en steeds meer gesprekken verstomden, omdat het onmogelijk was geworden zijn relaas te negeren. Hoofden draaiden zich half geïrriteerd, half geïnteresseerd in zijn richting. En hoe meer aandacht zijn kant op ging, des te enthousiaster werd hij over zijn eigen argumenten, des te driftiger bewoog zijn mond onder zijn borstelige snor, des te verder strekten zijn armen zich uit. In al zijn bezieling stootte hij bijna zijn cola om.

Hoe meer zijn zinnen overliepen van bijzinnen en gezegdes, des te meer verloren mensen hun interesse in zijn verhaal, en richtten ze zich weer tot hun eigen gesprekspartner. In mijn geval was dat niet heel gunstig: ik had het opsporen van drogredenen in de theorieën van mijn oom interessanter gevonden dan het door hem onderbroken relaas van mijn buurvrouw over de verzorging van haar katten als ze op busvakantie naar Lourdes was.

Verjaardagen als deze waren de perfecte plek om te zien hoe mensen het liefst de hele dag over zichzelf praten, maar doen alsof ze ook in de ander geïnteresseerd zijn. Steeds weer vragen ze hoe het met je gaat, en steeds raken ze weer afgeleid omdat hetgeen de ander zegt zo onlosmakelijk verbonden lijkt te zijn met een gebeurtenis uit hun eigen leven, dat ze zichzelf er niet van kunnen weerhouden je te onderbreken, om je over dat ene zogenaamde spectaculaire voorval te vertellen. Niet meer dan een toehoorder word je, een publiek zonder toegangskaartje, je had net zo goed iemand anders kunnen zijn, want kans om te reageren krijg je niet, aangezien alle punten in hun verhalen zijn vervangen door spaties, en spaties niet meer zijn dan korte happen adem.

Soms keren ze nog terug naar jou, maar in verreweg de meeste gevallen zul je er genoegen mee moeten ne-

men dat jouw verhaal over je bachelorscriptie is ver-
dronken in de zee van woorden die de vrouw van de
broer van de moeder van je vader opeens spuwt met
betrekking tot de studie van haar kleinkinderen. Een
zinnenstroom die overgaat in verhalen over achter-
kleinkinderen, over bevallen, over ziekenhuizen, over
vroeger, over de oorlog. Over alles behalve bachelor-
scripties.

En met een beetje geluk eindigt zo'n verhaal dan
toch nog vrij abrupt met de zinsnede:

— Maar daar hoef jij je gelukkig allemaal nog niet
druk om te maken, hè kind. Nou, ik ga maar eens met
je vader babbelen.

En zo was ik weer alleen, en waren alle stoelen rondom mij leeg. Totdat de volgende oudtante zich aan-
diende, aan me vroeg of alles goed met me was — een
zin die niet eindigde met een vraagteken maar met
een punt, alsof ze geen tegenspraak duldde — en zonder
adem te halen begon over het faillissement van haar
zwagers bloembinderij.

Ik zat daar, in een kamer met alleen maar mensen
die herhaaldelijk aan me vroegen hoe het met me
ging, hun stemmen strijdend om een Gouden Palm
voor oppervlakkigheid, om vervolgens hun aandacht
voor mij meteen weer te verliezen. Ik besloot aan het
einde van de middag een prijs te gaan uitreiken aan de
persoon die me uit zichzelf vroeg waar mijn scriptie
precies over ging.

Mijn moeder deed nogmaals een rondje met de
vraag wie er nog iets te drinken wilde.

— Zo, Emma, hoe is het?

Slecht, buurvrouw, bijzonder slecht. Ik heb me weer eens voor haar lopen uitsloven, weet u, ik ben weer eens elke winkel in de Haarlemmerstraat doorgelopen om een cadeau voor haar te vinden. Ik heb die doos zestien keer opnieuw ingepakt in de hoop dat het haar goed- keuring zou kunnen wegdragen. Ik heb nachtenlang gepiekerd of ik er een kaart bij zou doen of niet, en zo ja, waar ik die dan zou gaan kopen, en hoe duur die kaart dan zou moeten zijn, omdat ze me anders mis- schien te gierig of te geldsmijterig zou vinden. Ik heb getwijfeld of ik met potlood op die kaart zou schrijven of met pen, en zo ja, met welke kleur pen dan.

Maar het meest frustrerende, buurvrouw, was dit: ik heb dagenlang nagedacht over een tekst die ik op die kaart zou kunnen schrijven, maar ik kon niets verzin- nen. Ik kon niet bedenken wat ik op de verjaardags- kaart van mijn moeder kon zetten.

Ik had haar niets positiefs te melden, buurvrouw. Helemaal niets.

Ik besloot dat ik al die kunstmatige gesprekken zat was en begaf me naar de keuken, waar mijn moeder in haar eentje een salade aan het bereiden was. Ze be- woog haar handen zo haastig dat het leek alsof ze pro- beerde de lucht die haar omringde te ontwijken.

Ik kon niet toekijken hoe ze zichzelf dwong de kom- kommer in plakjes van exact een halve centimeter dik te snijden, en dus wendde ik mijn blik af, maar ik had mijn ogen niet nodig om te weten wat ze deed.

Haar lichaam was de snaar van een viool: kaars- recht, gespannen alsof ze met haar kruin en haar voeten bevestigd was aan een onzichtbare constructie, die haar belemmerde een natuurlijke houding aan te nemen. Haar handen bewogen steeds sneller en efficiënter, alsof ze met elke handeling schakelde naar een hogere versnelling.

Ik wachtte tot ze met gierende banden uit de bocht zou vliegen en tot stilstand zou komen tegen de vangrail.

Het gebeurde niet.

De sluiting van haar ketting was naar voren gezakt, zag ik, en bungelde nu naast het minimalistische metalen staafje op haar borst. Ik wilde bij haar zijn zonder te hoeven bewegen, net zo doeltreffend als zij dat altijd deed het sluitinkje weer naar achteren verplaatsen en met een teder gebaar in haar nek leggen. Ik wilde haar zo min mogelijk aanraken, zodat zij zou snappen dat ik haar niet had willen storen, maar toch even met mijn vingertoppen haar huid beroeren, zodat ze zou voelen dat ik er was. Ik wilde dat ze zou begrijpen dat ik haar had willen helpen, had willen bijdragen aan het beeld dat ze wilde dat andere mensen van haar hadden: verzorgd, ingetogen, gecontroleerd.

Ik wilde door het flinterdunne laagje heen breken dat vlak boven haar huid leek te zweven. Een laagje dat mij en andere mensen ervan weerhield dichterbij te komen. Maar ze zou barsten. Niet barsten in de zin van dat ze zou gaan schreeuwen. Schreeuwen deed ze niet. Ze zou barsten als een eierschaal die je stuk tikt op de rand van de pan: ze zou kleine scheurtjes gaan vertonen, maar ze zou nooit in één onbewaakte seconde kunnen breken.

Ze was als de plastic stoelen uit het relaas van mijn oom: na verloop van tijd gaan ze barstjes vertonen, heel kleine barstjes. Je ziet ze nog niet als je die stoelen een maand hebt, of twee maanden, of drie, maar na een jaar intensief gebruik worden de eerste tekenen van slijtage al zichtbaar. En plastic is geen hout of spijkerstof, dat ook zo zijn charmes heeft als je ziet dat het gebruikt is. Van plastic hoor je eigenlijk helemaal geen gebruiksvoorwerpen te maken, want van gebruiken worden ze lelijk. Paradox.

Mijn moeder had een hekel aan plastic. Plastic was als sneeuw: hoe langer je ernaar kijkt, des te lelijker het wordt.

Mijn moeder zou barsten als ik haar zou aanraken, dat wist ik zeker. Mijn moeder was niet om aan te raken. Mijn moeder was om naar te kijken, om vol bewondering te zien hoe ze probeerde toeval te ensceneren door ieder stukje komkommer te herschikken, zodat het leek alsof dat zich daar gewoon uit zichzelf zo mooi tussen die blaadjes sla had genesteld. Ze draaide het laatste tomaatje een kwartslag, al was het alleen maar om het gevoel te hebben dat ze er alles aan had gedaan om een zo kunstzinnig mogelijke salade te bereiden.

Althans, dat was hoe ik dacht dat ze dacht. Ik zou nooit weten hoe ze echt dacht. Maar ik kon me er wel een voorstelling van maken.

Want ik zou willen dat ik alleen maar van een afstandje kon glimlachen, maar diep in mij klonk ook een nerveus lachje. Een lach van angst.

Een lach van iemand die zichzelf herkende in dit tafereel.

Ze had me die ochtend bij zich geroepen. Ik trof haar aan voor de spiegel in hun slaapkamer, in een mat zwart jurkje. Aan haar linkerbeen had ze een donkerdere panty dan aan haar rechter.

— Wat vind jij? vroeg ze. Vijftien of zeventig denier?

Ze had rode vlekken in haar nek.

— Vijftien, zei ik, vastbeslotener dan ik eigenlijk was.

Ze keek me aan alsof ze meer uitleg wilde.

— Dikke panty's zijn voor jongere mensen, voegde ik toe.

Ze ging op de rand van het bed zitten en keek omlaag naar haar verschillend gekleurde benen.

— Ik doe vijftien, zei ze, alsof ze dat uit zichzelf had besloten, alsof me niet had gehoord.

— Kan ik weer weg? vroeg ik. Ik liep al naar de deur.

— Emma?

Ze had twee kettingen van haar dressoir gepakt, die ze beurtelings bij haar gezicht hield.

— Goud of zilver?

— Zilver, antwoordde ik vanuit de deuropening.

Ze keek bedenkelijk.

— Is die wel feestelijk genoeg?

— Waarom vraag je het dan?

Ik trok de deur achter me dicht.

— Emma?

Ze deed de deur weer open. Haar twee halve panty's lagen in verfrummelde hoopjes naast haar benen.

— Komt Frank nog?

— Ja, straks.

— Hoe laat? vroeg ze benauwd.

— Half vier, net als iedereen.

De rode vlekken in haar hals trokken een beetje weg.

– Want? vroeg ik, mijn hand op de deurklink.

– Ik moet nog dingen voorbereiden.

Ze rolde haar panty van haar rechterbeen.

– Dankjewel, Emma.

Ze deed de deur achter me dicht.

Ik had een fout gemaakt.

Dat wist ik zodra ik haar hand achteloos over het aanrecht zag zweven, in de richting van de keukenla. Toen ik haar op de tast het handvat zag omklemmen en haar vingers zag glijden over de balpennen en rolletjes plakband. Toen ik haar vingertoppen zag zoeken naar de schaar, maar lang genoeg zag haperen om te weten dat die daar niet was.

Haar ogen schoten razendsnel naar rechts, speurend, denkend. Ik zag de radertjes in haar hoofd inventariseren en inschattingen maken. Ik zag haar tot de conclusie komen dat de schaar er echt niet was, en dat zij niet degene was die hem voor het laatst had gebruikt.

De lucht in de keuken verstrakte. Al haar spieren en de mijne leken zich op hetzelfde moment aan te spannen, alsof ze toebehoorden aan hetzelfde lichaam.

Haar handen die razendsnel alle laden links en rechts van haar opentrokken, terwijl ze wist dat hij daar niet was. Haar hoofd dat rond- en ronddraaide, haar ogen die langs elke hoek, elke centimeter van het aanrecht flitsten. Totdat ze op één plek bleven rusten.

Ze bleven rusten op mij.

De schaar. Ik had de schaar gebruikt om haar cadeau in te pakken. Net nog.

– Emma.

Het was geen vraag. Mijn naam was een mededeling.

– Emma. Waar is de schaar?

Het pakpapier zo recht mogelijk mee geknipt. Haar cadeau zo mooi mogelijk mee ingepakt. Weer uitgepakt. Weer ingepakt. Plakkertjes scheef, losgepeuterd zonder sporen achter te laten, opnieuw opgeplakt, ditmaal iets rechter, maar nog steeds niet perfect. Uitgepakt. Ingepakt. Voor haar. Voor haar.

Ik had hem weer teruggelegd. Ik had hem niet teruggelegd. Ik wist het niet meer. Dat ding moest ergens zijn. Hij was nergens. Hij was nergens.

– Emma.

Mijn naam. Mijn naam uitgesproken als een synoniem voor vergissingen. Mijn naam, die vanuit haar mond altijd zou blijven klinken als de naam van een kind.

Een jubelende vrouwenstem riep haar naam vanuit de woonkamer. Vroeg of alles goed was. Of ze kon helpen.

Haar solide naam tegenover de loshangende klanken die de mijne vormden. Haar naam als symfonie, de mijne als kakofonie.

Ze werd geroepen, en ze reageerde kalm en beheerst, maar ik zag de vlekken in haar hals zich verspreiden over haar sleutelbeenderen, haar borstkas, haar kaken. Alsof ze achteloos haar portemonnee had geopend om te betalen, maar zich met een schok realiseerde dat ze duizenden euro's miste.

Een schaar, mama, een schaar, wilde ik tegen haar

zeggen. Ik kan nu naar de buurman lopen en er een voor je lenen. Ik kan nu naar de winkel fietsen en een nieuwe voor je kopen. Je kunt dingen kapotscheuren, opensnijden met een mes, een nagelschaartje gebruiken. Ik weet dat jij dat niet kunt, dingen kapotscheuren of scheef knippen met een schaartje dat daar niet voor bedoeld is, maar miljoenen mensen doen het dagelijks. Er is niets aan de hand, mama.

Het is maar een schaar, mama. Een scháár.

Maar in mijn hoofd was geen plaats voor weerstand. Ik voelde mezelf alleen maar krimpen, steeds verder krimpen, ik wilde verdwijnen in keukenkastjes, onder de eettafel, opgaan in het hoogpolige tapijt van de woonkamer, vervliegen tot lucht.

Ze zei niets. Ze begon alleen maar met harde, lange passen door de keuken te lopen. De woonkamer door, de trap op, naar boven, alle kamers langs. Terwijl ik naar het plafond keek, hoorde ik hoe ze haar voeten in de vloer plantte. Zo liep ze alleen als ze kwaad was. Als ze ongelooflijk kwaad was.

Ik wilde dat er in mijn hoofd ruimte was voor relativering en spot, dat ik kon bedenken hoe belachelijk dit allemaal was. Dat Frank straks de keuken zou binnenkomen en een grapje zou maken waardoor het allemaal weer goed zou zijn. Dat hij me mee zou nemen naar zijn wereld van hooi en gras, en dat de hele wereld opnieuw zou beginnen, dat iedereen alle dagen hiervoor vergeten zou.

Ik wilde dat ik een lach op mijn gezicht kon toveren, de kamer weer kon binnen lopen, mijn stoel weer kon aanschuiven en een gesprek met een willekeurige buurvrouw over kamerplanten kon beginnen. Dat ik deed alsof het voorbij was, en dat het dan voorbij zou zijn.

Maar ik hoorde alleen maar haar kille stappen, en in mijn hoofd dreunde elke voet op de grond na. Boven me zag ik haar hakken stalactieten maken in het plafond.

Frank bleef veel te lang weg. Even naar de wc, had hij gezegd. Hij mocht niet gevlucht zijn. Niet zonder mij mee te nemen.

Mijn vingers kromden zich in mijn haren. Ademhalen moest ik. Schaar. Bureau. Inpakpapier. Zolder. Plakband. Lint. Haar werkkamer. Slaapkamer. Niet daar.

In mijn gedachten lag die schaar op elk kastje, naast ieder boek, naast de shampoo, op de badrand. Hij stond tussen de tandenborstels, lag op de grond, hing aan de waslijn, lag buiten, binnen, op straat, op het dak. Overal.

Maar haar stappen bleven dreunen. Ik hoorde haar blinde paniek in het openslaan van multomappen, in het omkeren van pennenbakjes, in het open- en dichtritsen van tassen, in het leeghalen van kasten.

Frank. Red me. Haal me hier vandaan.

De visite leek niets te merken, besteedde geen aandacht aan het slaan van de deuren boven hun hoofden. Ze leken niet eens door te hebben dat er al gedurende vijf minuten niet aan hen was gevraagd of ze nog iets te eten of te drinken wilden.

Iedereen praatte door op de luchtige toon van koetjes en kalfjes. Alleen mijn vaders ogen ontmoetten de mijne toen ik de woonkamer afspeurde op zoek naar eventuele tekenen van onrust. Ik vond ze niet, zelfs niet bij hem.

Over een paar minuten is het weer over, Emma, zeiden zijn ogen. Rustig blijven, over een paar minuten is het over.

Alleen al het feit dat zijn ogen mijn naam zeiden alsof ik meer was dan een samenraapsel van klanken, zorgde ervoor dat ik een diepe zucht in weliswaar haperende, maar toch gedoseerde porties lucht kon laten ontsnappen. Ik geloofde hem. Hij kende haar nog langer dan ik. Hij wist dat deze harde stappen die door alle muren resoneerden, tijdelijk waren.

Ik ademde trillend in en besloot de confrontatie aan te gaan.

Bij iedere traptrede leek ik mijn voeten hoger te moeten optillen dan bij de vorige.

Ik trof haar aan in mijn kamer, mijn bruinleren schooltas omkerend, zodat mijn collegeblok en etui eruit kletterden. Ik hoorde het papier praktisch scheuren, voelde hoe het grafiet van de potloden in duizend stukjes braken.

Met mijn rug naar haar toe begon ik mijn kledingkast leeg te halen. Ik legde mijn op kleur gerangschikte broeken op bed, haalde mijn schoenen van de bovenste plank, legde mijn stapels T-shirts op de grijze vloerbedekking. Ik leek wel gek. Op zoek naar een schaar tussen jurkjes en jasjes. Dat ding was hier toch niet. Dat wist ik bijna zeker.

− Daar heb ik al gekeken.

Haar stem sneed door me heen. Ik wilde me omdraaien, haar recht aankijken, haar de ijzige blik tonen waarvan ik wilde dat ik die in mijn ogen had. Maar in plaats daarvan voelde ik hoe mijn ogen zich vulden met tranen.

Zwijgend legde ik alles weer terug. Achter me hoorde ik hoe ze dozen omkeerde, stapels tijdschriften verschoof en mijn prullenbak inspecteerde.

Mijn kamer leek tegelijkertijd onmetelijk klein en oneindig groot. Klein door haar aanwezigheid, groot door alle mogelijke plekken waar die schaar kon zijn.

Een schaar. Moeders worden niet boos om een vermiste schaar. Dat doen normale moeders niet.

Ik hoorde hoe ze de kamer uit beende naar de badkamer, en daar de wasmand omkieperde op de tegels.

Zij wist ook dat die schaar daar niet was. Dit was een deel van haar toneelstuk om aan mij te laten zien dat ze overal al had gezocht, dat ze ook wel wist dat ze die schaar natuurlijk nooit in de wasmand zou vinden, maar dat hij nergens anders kon zijn, omdat ze op alle andere plekken al had gekeken.

In mijn hoofd wilde ik teruggaan naar het moment dat ik die schaar voor het laatst gebruikt had. Dat ik in opperste concentratie had geprobeerd een stukje plakband zo recht mogelijk af te knippen. Dat ik die doos inpakte, uitpakte, inpakte. Dat de bel ging, visite, opendoen, weer naar boven, uitpakken, inpakken, plakband, scheef. Deur open, Frank, bel, visite, uitpakken, inpakken, nog steeds niet perfect, moet maar zo, lint, schaar, krullen. Visite, haasten, naar beneden. Cadeau, mama, voor jou, alsjeblieft. Gemompel. Halve dank.

Ik wilde teruggaan. Ik wilde het allemaal weer weten. Maar ik kon mijn herinneringen alleen maar bekijken door beslagen glas, besmeurd met afdrukken van vette vingers.

Ik liep de trap op naar zolder, begon daar te graaien tussen de rollen inpakpapier en decoratielint. Niets.

Ik hoorde haar achter me de trap op komen, maar ik weigerde me om te draaien. Kijk eens, mam, wilde ik zeggen, hoe hard ik aan het zoeken ben om te zorgen dat jij niet in blinde paniek het complete huis overhoophaalt, op zoek naar een voorwerp dat je bij zo ongeveer ieder willekeurig huishouden hier in de straat zou kunnen lenen, om vervolgens morgen een nieuwe te kopen bij de plaatselijke supermarkt vijfhonderd meter verderop. Het zal niet dezelfde schaar zijn, dat weet ik, maar ik hoop dat je volwassen genoeg bent om dat voor de verandering eens te accepteren.

Ik gaf de doos met pakpapier op en richtte me op het bureau van mijn vader. Ik trok de lades van zijn bureau open, tilde de stapels papieren van zijn bureau, verschoof het fotolijstje waarin een foto prijkte van hem en zijn beste vriend, gehuld in neongroene colberts en omhangen met roze boa's, gemaakt tijdens een bedrijfsfeestje.

Ik geloofde het niet toen ik opkeek.

Recht voor mijn neus zat mijn moeder nogmaals de inhoud van de doos met inpakpapier rol voor rol uit te stallen op de grond. Ze wist dat ik nog geen twee minuten geleden precies hetzelfde had gedaan. Ze had het gezien.

Ze vertrouwde me niet.

Ik wist dat ik niet tegen haar zou kunnen schreeuwen; dat ik niet kon opstaan, naar haar toe kon lopen, die rollen papier uit haar handen kon rukken en haar bij haar polsen kon grijpen. Ik kon haar niet door elkaar schudden, haar dwingen me aan te kijken, ik kon niets sissen, fluisteren of krijsen om haar te doen beseffen wat een dolksteek het was dat ze daar doodleuk nog een keer die doos zat te doorzoeken. Alsof het feit dat ik dat net nog had gedaan niets betekende. Alsof ik niet bestond.

– Dat heb ik net ook al gedaan.

Niet meer dan gefluister was het geweest, een schampere poging tot stemverheffing, uitgelopen op een jammerlijke mislukking.

Maar ze had me gehoord. Althans, ze keek op.

– Het zal niet de eerste keer zijn dat dingen blijken te liggen op een plek waar jullie al gekeken hadden.

De uitdagende blik in haar ogen, alsof ze zei: zeg maar eens dat het niet zo is.

En dan dat *jullie*. Jij en je vader. Alsof we een samenzwerend verbond tegen haar hadden gesloten. Alsof we haar hadden uitgesloten van deelname aan het spel dat ons leven was. Alsof wij samen een eigen wereld hadden die zij niet kon betreden.

Misschien was dat ook wel zo. Ze zou tenslotte nooit zo kunnen worden als wij. Ze zou nooit haar schouders kunnen ophalen als ze een scheef plakje ontbijtkoek had afgesneden. Ze zou nooit in alle rust kunnen zoeken als er een afstandsbediening kwijt was. Ze zou nooit kalm kunnen blijven als ze tomatensaus op haar kleding had gemorst.

Ik wilde huilen, schreeuwen, al die rollen pakpapier doormidden scheuren en het raam uitflikkeren, haar laten zien hoeveel pijn haar woorden me deden. Maar in plaats daarvan kon ik haar alleen maar aankijken met de leegste blik die ik had. Het was de enige manier om me tegen haar ijskoude ogen te beschermen.

En toen gebeurde het. Ik weet niet meer wat ik heb gezegd of gedaan, of ik haar heb aangeraakt. Ik herinner me alleen mijn armen die rijen romans uit boekenkasten sloegen. Ik zie mijn handen voor me terwijl ze pagina's uit fotoalbums scheurden. Ik voel mijn trillende benen die tegen de strijkplank aan schopten.

Ik herinner me niet haar geschreeuw of haar tranen. Ik hoor alleen nog het geluid van Franks stappen op de trap, en zijn blik op de vloer die bezaaid lag met verkrachte boeken en verscheurde foto's. Zijn ogen, die ultieme kalmte uitstraalden. Alsof ze hadden gewacht tot dit zou gaan gebeuren.

Hij kwam achter me staan. Zijn armen sloten zich om de mijne. Zijn geur, het land, ergens, ver weg. Hij streek mijn haar uit mijn gezicht.

En dan een hele tijd niets.

Dan zijn er pas weer beelden van mijn trillende handen op mijn schoot terwijl hij met knarsende banden het grindpad af rijdt. Beelden van zijn vingers, losjes om het stuur gevouwen. Zijn kortgeknipte nagels, een restje aarde onder het wit.

Ik weet niet meer of hij heeft gevraagd wat me bezielde. Ik herinner me alleen zijn hand die naar de mijne tastte, en hoe ik zijn vingers voelde trillen op mijn bovenbeen. Ik herinner me de stilte. Het was geen verwijtende stilte, geen stilte van verloren woorden of ingehouden woede, maar van samen zijn, alleen maar samen zijn, op weg naar een toneelstuk waarin wij de hoofdrollen speelden, maar waarvan we niet de tijd hadden gehad om de synopsis te lezen, laat staan om ons te buigen over het script.

Ik herinner me dat de zon scheen, en dat de lucht wolkeloos was. *Zoals zij haar het liefste zag*, dacht ik heel even, maar die gedachte verdrong ik.

Ik herinner me de bomen langs de weg, allemaal even ver bij elkaar vandaan. Bomen zoals een kind ze zou tekenen: een dunne stam, met daarboven een ronde struik. Hun zwarte silhouetten strekten zich uit over de weilanden. De schaduw van de auto, de auto waar wij in zaten, maar dan samengeperst tot een tweedimensionaal en kleurloos stuk karton, bleef trouw naast ons rijden, hoe hard we ook gingen en hoeveel bomen we ook passeerden.

De avond kleurde rood. Acht uur, dwong ik mezelf te denken. De wolken vullen zich met kinderdromen.

Ik zou willen dat het zo simpel was. Dat er alleen maar een weg achter ons lag en niet voor ons. Maar ik kon alleen maar denken aan haar, aan hoe ze nu waarschijnlijk voor de spiegel haar haar stond te fatsoeneren, haar kleren stond recht te trekken en glad te strijken en zich opmaakte om weer naar beneden te gaan, om zich onder de mensen te begeven, die ze, alsof er niets gebeurd was, gewoon weer zou vragen of ze nog iets wilden drinken. Ze zou verschrikt zien dat de toastjes op waren en zich naar de keuken haasten om nieuwe te halen.

En dan zou haar oog vallen op haar nog onafgemaakte salade en de halfopen keukenla. Ze zou met haar elleboog de la dichtduwen en doorgaan met het snijden van haar cherrytomaatjes.

Maar wel met trillende handen.

Althans, dat was wat ik hoopte. Ik hoopte dat ze dacht aan de staat waarin ze de zolder had achtergelaten omdat ze had terug gemoeten naar haar gasten. Aan het dekbed van romanpagina's en verkleurde foto's dat de grond van de bovenste verdieping van het huis bedekte, als een papieren deken die alle onderliggende verdiepingen verduisterde. Ik hoopte dat ze dacht aan de dingen die ik had geschreeuwd – ook al weet ik niet meer wat die dingen waren – en aan mijn tranen, want die moeten er geweest zijn, ik kan me niet voorstellen dat ik niet gehuild heb, maar ik weet het niet meer.

Of nee, daar hoefde ze allemaal niet aan te denken.

Als ze maar dacht aan mij.

Dingen kunnen op duizenden manieren stukgaan. Maar ze gaan nooit stuk zoals ik me had voorgesteld.

Ik ben elke dag bang dat dingen kapotgaan, dingen die me dierbaar zijn en er altijd zijn, die me elke dag weer trouwe dienst bewijzen. Maar soms denk ik net even wat minder aan het ene ding dan aan het andere, en dan gaat precies dat andere ding stuk. Alsof het aanvoelde dat ik even minder aan hem dacht, en uit pure frustratie of teleurstelling van de trap viel. Of kwijtraakte op weg van werk naar huis. Of per ongeluk onder mijn voet verbrijzelde. In ieder geval net niet zoals ik me had voorgesteld dat het stuk zou gaan.

Zo ging het ook met haar.

In mijn hoofd had ik duizenden manieren bedacht waarop het had kunnen gebeuren. Ze had me kunnen uitschelden en dat ik dan zou wegrennen — ik had nog niet vastgesteld waarheen, in mijn hoofd rende ik gewoon weg, de verte in, alsof dat een tastbare plaats was — of ik had op een avond klaar kunnen zijn met haar steken onder water, kunnen opstaan van mijn stoel en naar buiten kunnen lopen om nooit meer terug te komen. Zoals ze dat in films doen: zonder emotie, zonder bagage, de wijde wereld in.

Of ik had op een doodnormale donderdagnacht mijn spullen kunnen inpakken, heimelijk trots op mezelf dat ik wist waar alles lag zonder het licht aan te doen, en in het donker de deur achter me dichttrekken. Ik zou me zelfs kunnen voorstellen dat we op een middag schreeuwend tegenover elkaar waren geëindigd, ruziemakend over grote dingen, over haar en over mij.

Maar zoals het nu was stukgegaan, zo had ik het me nooit voorgesteld.

Ik snap het als je denkt dat ik me aanstelde. Dat zou ik ook denken. Maar ik kan het uitleggen.

Het was niet alleen die ene blik in haar ogen toen ze die doos met inpakpapier nog een keer overhoophaalde.

Het was ook haar blik van al die keren daarvoor.

Van al die keren dat ik gedwongen was toe te kijken hoe ze de kruimels die ik daar zogenaamd achtergelaten had, van tafel veegde. Van elke keer dat ze – naar eigen zeggen uit puur automatisme – de placemats die ik net had opgeborgen, weer opdiepte uit de kast, uitklopte en opnieuw opvouwde. Van al die keren dat ze de donkerblauwe plaid waaronder ik de hele avond televisie had liggen kijken en die ik naar mijn idee keurig had opgevouwen, weer achter de bank vandaan had gehaald om hem nog eens op te vouwen, maar dan op haar manier, in drieën in plaats van in vieren.

De fijnste momenten waren wanneer ze wist dat ik had afgewassen, maar voor de verandering niet ieder bord weer uit de kast pakte om het nog een keer af te drogen met een theedoek. Maar die momenten waren zeldzaam.

Ik heb geprobeerd het haar uit te leggen. Eerst met

pogingen tot grapjes, waarvan ik hoopte dat ze zou inzien dat ze een kern van waarheid bevatten. Toen met scherpe opmerkingen, waardoor anderen misschien waren teruggedeinsd, maar die bij haar juist nog minder leken aan te komen.

— Fijn dat je die deken eindelijk eens goed hebt opgevouwen, Emma.

Moed verzamelen. Moed verzamelen. Meer moed. Moeder.

— Je beseft dat je nu slecht gedrag beloont?

Ze draaide zich naar me om.

Een stilte van onbegrip. Echt of gespeeld, dat kon ik niet beoordelen.

— Wat is er slecht aan dat gedrag?

— Dat ik vouw zoals jij.

Ik slikte.

— Dat ik het doe zoals jij, in plaats van dat ding lekker te blijven opvouwen op mijn eigen manier.

Ze zweeg, alsof ze wachtte op meer.

Dat je me vertelt hoe ik moet zijn, wilde ik nog zeggen, dat je me ontneemt zelf iemand te worden. Snap je niet wat je doet, mama, snap je het niet?

Maar ik zei niets, de stilte was te zwaar, haar ogen te prangend, en ons stilzwijgen ging over in iets wat ik toentertijd bestempelde als desinteresse, maar wat misschien iets anders was. Misschien was er toen al schaamte, of ten minste het besef dat ze me zojuist een compliment had gegeven voor het worden zoals zij.

Uiteindelijk kwam altijd het zwijgen. Het zwijgen van haar en het zwijgen van mij. Zwijgend toekijken hoe ze de ruggen van mijn boeken in een strakke rechte lijn plaatste, exact vijf centimeter van de rand van de boekenplank. Zwijgend toekijken hoe ze mijn siera-den opnieuw rangschikte op kleur en grootte. Zwij-gend toekijken hoe ze mijn dekens verschikte en mijn kussen opschudde als in een hotel.

Zwijgend toekijken hoe ze dag in dag uit als een strijkijzer achter me aan leek te glijden om alle plooi-en en kreuken die ik in haar leven had veroorzaakt, weer glad te wrijven.

Ik schrok ervan hoe snel vorige week kon verworden tot een vorig leven. Ze was er niet meer, maar ze was er nog altijd. In elke persoon die ik tegenkwam, zag ik haar. Ik zag mensen op dezelfde manier hun bestek verleggen in restaurants, ik zag ze knikken op dezelfde manier als zij dat deed. Ik zag ze kijken met dezelfde angstige blik, wanneer de ober hun glas al had willen meenemen, terwijl er nog een slokje wijn in zat.

Ik zag hetzelfde opkijken, dezelfde verbaasde blikken van tafelgenoten, dezelfde haperingen in gesprekken. Ik zag hoe ik me had gevoeld als ze zulke dingen deed. Het gevoel dat de blikken van alle mensen aan alle andere tafels en al het personeel zich met één ruk op onze tafel richtten. Ik voelde weer hoe ik had willen wegkruipen achter een stoel of een plantenbak. Hoe ik naar het toilet had willen vluchten als ze haar hand opstak om een ober te wenken, om te vragen of haar dorade koud hoorde te zijn.

De vraagstelling. Of haar hoofdgerecht koud hoorde te zijn. Natuurlijk hoorde haar eten niet koud te zijn. Dat zei ze alleen maar om die arme jongen in zijn witte overhemd en met zijn zwarte schort in een hoek te drijven, om hem te laten stotteren dat haar dorade natúúrlijk niet koud hoorde te zijn, om hem daarmee impliciet de bekentenis te laten afleggen dat het restaurant een fout had gemaakt, en niet zij.

Want dat was haar grootste angst, dat weet ik zeker. De angst om een fout te maken. Ik zag het in de panische manier waarop ze wekenlang kon zoeken naar dat ene perfecte hotel voor een weekendje weg. Ik zag het in de voorzichtigheid waarmee ze gesprekken voerde. In al haar bewegingen school de angst betrapt te worden op een fout.

Ik vraag me af wat archeologen zullen denken wanneer ze ooit haar boodschappenlijstjes zullen terugvinden. Producten ingedeeld in vier categorieën, die ieder hun eigen hoek van het briefje toegewezen hadden gekregen, natuurlijk in dezelfde volgorde opgeschreven als waarin ze in de winkel lagen. Ze nam een pen mee om een krulletje te zetten bij ieder product dat ze al had. Rode paprika? Check. Boter? Check. Cornflakes? Check. Diepvriesspinazie? Check. Haar ogen die nog even vluchtig over haar karretje gleden, om zeker te weten dat ze twee pakken pandanrijst had meegenomen, dat ze de magere yoghurt wel echt mocht afvinken van haar lijstje.

Ik heb haar eens openlijk zien balen dat ze 'perssinaasappels' per ongeluk met een *s* te weinig had geschreven. Ik heb haar een nieuw blaadje zien pakken en het complete briefje zien overschrijven. Alsof ze bang was dat ze dat papiertje ergens in een openbare ruimte zou laten vallen (zou nooit gebeuren), dat iemand dat lijstje zou oppakken (minieme kans), het zou doorlezen en tot de conclusie zou komen dat ze een spelfout had gemaakt in een van de boodschappennamen (waarschijnlijkheid geschat op nul).

De angst dat iemand haar ooit op een fout zou be-
trappen.

Ik vroeg me af of ze vond dat ze leefde.

Dat dubbele gevoel toen hij de molen passeerde, de
brug over reed en de auto naast de schuur parkeerde.

Ik was hier nog nooit ongepland geweest. En nu was
ik hier ineens.

De gordijnen waren al gesloten. Het blaffen van de
hond, dat ik al die keren daarvoor had opgevat als een
signaal van herkenning en als een logische verwelko-
ming, klonk nu als een poging tot het verjagen van een
indringer.

Hij stapte uit. Zijn hand gleed van mijn schoot.

Ik wilde ook uitstappen, maar ik kon het niet. Ik wilde mijn armen om mijn benen slaan en mijn neus tussen mijn knieën begraven.

Maar ik was geen klein kind meer. Ik mocht geen
klein kind meer zijn.

Het portier bleef zweven in zijn handen.

– Kom je?

Waarheen moet ik komen? vroegen mijn gedachten wanhopig. Moet ik bij je op de bank komen zitten, naast je vader en je broers, kijkend naar het jour-
naal, naar bommen die vallen en winkels die sluiten
en mensen die sterven, en doen alsof er niets gebeurd
is? Moet ik naar ze glimlachen en een geloofwaardig
verhaal ophangen als ze vragen waarom we niet op
mijn moeders verjaardag zijn? Moet ik vanavond naast
je in bed schuiven en doen alsof we dit van tevoren
zo bedacht hadden, alsof we van plan waren vanavond

in het donker naast elkaar onder jouw eenpersoonsdekens te eindigen?

Ik snap dat je wilt dat ik bij je slaap vannacht, en misschien morgen, hooguit nog de rest van de week, maar daarna is het slaapfeestjesgevoel weg en ben ik alleen nog maar iemand die je je nachtrust onthoudt. Straks ben ik niets meer dan een lichaam dat je belemmert je om te draaien omdat ik daar al lig, iemand die in haar slaap de helft van je kussen heeft ingenomen.

– Emma?

Ik brak. Ik brak zoals mijn moeder nooit zou breken. Ik deed nog een poging mijn gezicht tussen mijn knieen te verbergen, maar ik zag mijn tranen al kringen maken op mijn spijkerbroek.

– Niet huilen, klonk zijn stem vlakbij.

Niet huilen. Als je huilt, is het alsof er nagels over het schoolbord krassen, had hij ooit gezegd.

Hij loodste me door de deur, door de hal en de keuken, waar gelukkig geen mensen waren, de trap op naar boven. De steile trap naar zijn zolderkamer. Zwijgend volgde hij me. Onhandig balancerend baande ik me een weg tussen de prullaria die zoals altijd op de treden stonden uitgestald. Ik probeerde om de doos van het gourmetstel dat nog niet opgeruimd was na de festiviteiten van kerstavond heen te manoeuvreren, maar mijn tranen belemmerden mijn zicht. Ik kon niet voorkomen dat ik zijn Rubik's cube over het hoofd zag en die van de bovenste tree naar beneden liet stuiteren, tot hij een verdieping lager op de laminaatvloer tot stilstand kwam.

Ik voelde zijn hand over mijn rug, terwijl hij me zachtjes naar zijn kamer dirigeerde.

— Heb je opgeruimd? probeerde ik luchtig te vragen, maar mijn woorden stierven weg in mijn tranen, en daarna in de stof van zijn T-shirt, die zich in de daaropvolgende minuten steeds verder om mijn lichaam sloot en me bleef vasthouden. Ik rook de vertrouwde geur van zijn deodorant, vermengd met de lentelucht van buiten. De geur die zich na ieder bezoek aan hem in mijn kleren nestelde, maar die pas waarneembaar werd op het moment dat ik de voordeur van mijn eigen huis achter me dichttrok. Dan veranderde die geur van koeien en weiland spontaan in een bijna tastbare herinnering, die me volgde door de huiskamer naar de keuken, waar mijn moeder op dat moment altijd het eten stond klaar te maken.

— Wat hebben jullie gedaan? vroeg ze dan toonloos, zonder zich om te draaien.

— Niks, antwoordde ik, trots dat wij dat konden, geen planning hebben, dat wij een hele dag lang genoeg hadden aan het land en aan elkaar.

Ik bleef staan in de hoop dat ze zou reageren (ik wist precies hoe: vinnig aan de oppervlakte maar jaloers vlak daaronder), maar ze zweeg. Ik pakte een glas uit de wasbak om het af te wassen, alleen maar om me een houding te geven, maar meteen stond ze naast me.

— Laat mij dat maar doen.

De geur van wittewijnsaus, penne en asperges deed een poging al het andere te verdrijven, maar vergeefs: het land bleef zich aan me vasthouden. En niet alleen die avond, maar ook de dagen daarna, als ik mijn kle-

dingkast opendeed en de geur van kuilgras me liefdevol groette.

Terwijl mijn moeder langs me liep, trok ze haar
neus op.

Die eerste nacht droomde ik over haar.

Het was een warrige nacht, een worsteling van zwe-
terige ledematen die onvermijdelijk met elkaar in
contact kwamen, een aaneenschakeling van periodes
van waken en slapen. Steeds werd ik wakker van zijn
zware ademhaling en zijn armen die me onbewust telkens een stukje verder over de koude ijzeren rand van
zijn bed duwden.

Ik sliep weinig. De momenten dat ik wakker lag,
dacht ik aan haar. Of eigenlijk aan haar smalle rug,
naar me toegedraaid terwijl ze appels aan het snijden
was. En daarna haar rug terwijl ze dozen overhoophaalde.

De momenten dat ik wel sliep, boden geen rust: het
waren korte neurotische dromen waarin beelden van
haar afgewisseld werden met beelden van mij. Vaak
waren het niet meer dan vage schimmen, maar soms
waren ze opeens verrassend scherp, alsof opeens de
condens van het raam waardoor ik bij mijn eigen leven naar binnen keek, in één beweging werd weggeveegd. Ik droomde beelden die zo helder waren dat het
leek alsof ik wakker was. In mijn dromen voelde ik het
zweet dat in mijn handen had gestaan in de laatste seconden dat ik haar had gezien.

En steeds wanneer ik wakker werd, constateerde ik

dat hetzelfde zweet nu weer in eenzame druppels over mijn handpalmen stroomde.

Ik droomde dat het acht uur was.

Acht uur. Dat dacht ik, maar ik durfde niet te kijken. Dat zou onbeleefd zijn. Mensen die op de klok kijken, willen weg.

Ik droomde dat ik probeerde de slagen te tellen, maar dat werd me onmogelijk gemaakt door alle staartklokken die zich in de andere kamers van het verzorgingstehuis bevonden. Een voor een, vlak na elkaar, lieten ze ieder hun typische slagen horen, die als vanzelf gepaard gingen met herinneringen aan oranje-met-bruin betegelde badkamers en orchideeën in de vensterbank, naast donkergroene nepfluwelen gordijnen.

In al die andere kamers zaten nu ook mensen zoals mijn moeder, alleen of in het gezelschap van visite, die op dit moment ongetwijfeld ook probeerde niet op te klok te kijken om te berekenen hoelang ze hier al zaten en hoelang ze hier nog zouden moeten zitten voordat het wekelijkse verplichte bezoekuurtje weer voorbij zou zijn. Ze keken toe hoe hun eigenhandig opgesloten familielid lusteloos voor zich uit zat te staren – of juist honderduit babbelde over dagelijkse dingen die niet interessant genoeg waren om naar te luisteren, of over gebeurtenissen die interessant hadden kunnen zijn als ze waargebeurd waren geweest. Ze probeerden niet te denken aan wat er op dit moment allemaal op televisie was en ze nu dus moesten missen, of aan wat er nog op tv zou komen en hoe laat dat dan kwam, en hoe laat ze dan zouden moeten vertrekken om het begin nog te kunnen zien. Ze probeerden niet te denken aan hun werk, aan wat er in de afgelopen week gebeurd was of wat er de komende week nog moest, zou of kon gebeuren. Ze probeerden niet te denken aan de afspraken van komend weekend, aan de momenten van verplichtingen en van vrije tijd, en ze probeerden al helemaal niet te denken aan de maandag die onvermijdelijk weer op het weekend zou volgen.

Toch een vluchtige blik op de klok. Vijf over acht. Over een kwartiertje zou Frank wel weg willen, dan waren we precies om half negen thuis, op tijd voor welke film er vanavond dan ook op tv kwam. Over een kwartiertje zou hij waarschijnlijk voorzichtig zijn hand op mijn onderarm leggen en dan zou ik hem aankijken, en dan sprak hij vermoedelijk de ingestudeerde woorden die ongetwijfeld voor de rest van mijn leven met de vrijdagavond verbonden zouden zijn:

– Lieverd, wilde jij niet rond half negen weer thuis zijn?

En ik zou dan op de klok kijken, alsof ik niet precies wist hoe laat het was, en dan zou ik zeggen, wellicht met enigszins gehaaste stem (zo veel vrijheid stond het script me toe):

– O ja, nou, dan moeten we misschien maar eens gaan, anders komen we te laat voor...

En die laatste paar woorden liet ik dan langzaam wegsterven in de toekomstige leegte van de kamer waarin we zaten te pulken aan de plastic zitting van haar klapstoelen, alsof we, doordat ik die woorden had uitgesproken, al min of meer waren vertrokken. Dat

79

was het script, wij waren de acteurs en deze kamer was ons podium. Elke vrijdagavond uitverkocht.

Deze kamer, die was ingericht als alle kamers hier, op een manier die mijn moeder vroeger ongetwijfeld verafschuwd zou hebben, en die we geprobeerd hadden enigszins te moderniseren met enkele voorwerpen uit haar oude huis. Een redelijk vergeefse poging, aangezien we aan het meubilair zelf niets hadden mogen veranderen. Over de kale muren, die waarschijnlijk ooit wit waren geweest, lag een grijze waas – vermoedelijk veroorzaakt door de filtersigaretten van een van de vorige bewoonsters, die, te oordelen naar de rechthoekige witte contouren die de wanden sierden, deze ruimte ooit had getracht te verfraaien met vierkante schilderijtjes. Het plastic van het nachtkastje was verkleurd tot een kinderachtig lichtblauw; de ronde buizen van haar bedframe waren van een stalen kilte. Het fletse linoleum op de grond vertoonde putten.

Ik wist niet hoeveel het haar kon schelen. Ik wist überhaupt niet hoeveel de dingen mijn moeder nog konden schelen. Ik wist niet hoeveel het haar uitmaakte of ze dit massaal bereide eten kreeg voorgeschoteld of de verse, door haarzelf met zo veel zorg bereide maaltijden van vroeger. Ik wist niet of ze het leuk vond dat we kwamen. Of ze wilde dat we vaker kwamen, of minder. Ik wist niet of ze hier wel genoeg te doen had, of ze hier niet eenzaam was.

Ik wist het niet, maar ik durfde het niet te vragen. Ik was bang dat ze opeens zou opkijken van haar urenlange staren naar de grond, haar ogen zich met onverwachtse felheid in de mijne zouden boren en me zouden blijven aankijken, zwijgend, met diezelfde blik als vroeger, waarmee ze me deed beseffen hoe dom de vraag was die ik haar zojuist had gesteld.

Nee, Emma, zou ze zeggen, drie felle lettergrepen, drie klappen in mijn gezicht. Nee, natuurlijk geniet ik niet van die troosteloze troep die ze me hier dag in dag uit weer voorschotelen, die smakeloze brij die elke keer weer vers voor ons in de magnetron wordt opgewarmd. Natuurlijk verveel ik me in dit kleine kutkamertje, dat ik nauwelijks uit kom omdat ik dan word geconfronteerd met de droefenis en reddeloosheid waarvan alles en iedereen in dit gebouw doortrokken is. Dit gebouw stinkt naar de verrotting die volgens de regels van het spel eigenlijk pas onder de grond zou moeten plaatsvinden, maar omdat de mensheid zo eigengereid is geweest met de wetten der natuur te gaan sjoemelen, eindigt het leven niet wanneer het moment daarvoor is aangebroken, maar pas ver daarna. De geur van bederfelijkheid, die daardoor al zijn intrede doet als we nog niet dood en begraven zijn, maar als we in kisten boven de grond zijn gestopt, omdat iedereen te laf is degene te zijn die de stekker er uittrekt. Ik ruik het overal en altijd, of ik nu hier aan mijn kunststof klaptafeltje mijn verplichte kruiswoordpuzzel zit te maken of als ik in de eetzaal samen met tientallen andere euthanasiekandidaten boven een bord met fijngeprakte aardappels en sperziebonen hang. Nee, Emma, natuurlijk ben ik niet gelukkig. Haal me hier weg, of maak me dood.

Ik wilde het haar niet horen zeggen. En dus vroeg ik haar niets. Ik vroeg niet naar de rummikub-avon-

den die steevast op de prikborden bij de ingang werden aangekondigd, ik vroeg niet naar haar medebewo-
ners, niet naar het eten, en al helemaal niet naar haar
mening over of ze ons gezelschap wel of niet op prijs
stelde. We zouden maar gewoon blijven komen, iedere
vrijdagavond, zonder iets te vragen. Totdat ze dood zou
gaan. Of wij.

Ik droomde dat we de auto in stapten. De avond kleurde rood. Kinderdromen.

De hele weg zeiden we niets. Het landschap flitste
voorbij als in een roadmovie of een videoclip bij een
nummer over het ontduiken van de moraliserende
hand van de maatschappij. Alleen reden wij niet in
een Amerikaanse truck, hingen wij niet gillend uit
het raam terwijl onze haren werden gestreeld door het
avondlicht, en werden wij niet begeleid door een op-
zwepende melodie en jankende gitaren. Integendeel.

Nadat hij had geparkeerd, bleven we net twee seconden langer zwijgend naast elkaar zitten dan nodig.
Ik ademde krampachtig uit. De lucht was van steen.

Ik sloeg het portier hardhandiger dicht dan ik had
gewild, en voelde dat ik dat moest compenseren met
woorden die de daaropvolgende stilte zouden verbre-
ken. Woorden die de dingen beter zouden maken, of
misschien juist erger. Ik besloot de gok te nemen: ik
had meer behoefte aan verandering dan aan dit ijskoude gebrek aan communicatie.

— Dit voelt niet goed zo, Frank.

Mijn woorden klonken zoals ze in dromen klonken:
mijn mond bewoog, maar er was geen geluid.

Hij keek op van de straatstenen. In zijn stem klonk een half glas nieuwsgierigheid, een half glas angst door. Hij keek schuin langs me heen, en in zijn blik zag ik dat hij bang was dat ik op ons doelde, of op hem, of op iets wat met hem te maken had.

– Wat niet?

– Mijn moeder. Zo, zoals het nu is. Zoals ze daar de hele dag zit.

Terwijl hij de auto op slot deed, leek hij opgelucht te zuchten.

– We hebben het hier vaker over gehad. Ze heeft hier zelf voor gekozen.

In mijn gedachten zag ik voor me hoe hij resoluut een kartonnen doos van zich afschoof, zijn ogen glashard articulerend: dit zijn niet mijn problemen. Ik ga ze niet voor je oplossen.

Ik voelde hoe mijn keel zich samenkneep en me het spreken belemmerde, en ik probeerde te slikken zodat ik hem kon antwoorden, me kon verweren, maar het lukte niet. Ik voelde alleen maar hoe in mijn lichaam nagels over schoolborden schraapten, hoe servies op keukenvloeren in stukken barstte, hoe kleren uit elkaar werden gescheurd. Het gevoel van dingen die stukgaan.

We zouden nu beiden gaan zwijgen. Dat wist ik zoals je dingen in dromen gewoon *weet*. We zouden blijven praten, maar we zouden niets meer zeggen. We zouden het over andere dingen hebben, over het eten, over het nieuws, over de rest van de avond. We zouden vergeten dat we dit gesprek hadden gehad, of in ieder geval doen alsof. Totdat we vanavond laat in bed lagen en ik aan de hoeveelheid pagina's in zijn rechterhand zag dat hij binnenkort zijn boek zou dichtslaan, naar het lichtknopje zou reiken en met een afsluitende nachtkus op mijn voorhoofd de intrede van de nacht, en daarmee ons zwijgen, zou verzegelen. De hele avond had ik mijn mond steeds weer geopend, in de ijdele hoop dat we even over haar zouden kunnen praten, maar steeds weer had ik gezwegen omdat ik het moment niet wilde verpesten, omdat ik hem niet wilde storen, omdat ik altijd het gevoel zou blijven houden dat het nooit het goede moment zou zijn. Maar nu eindelijk zou ik, misschien, me naar hem toedraaien en juist dan, uitgerekend dan, op het volstrekt verkeerde moment aan hem vragen:

— Kunnen we het misschien nog even over mijn moeder hebben?

Hij zou me waarschijnlijk willen aankijken met een voorzichtige blik van 'niet nu', maar in plaats daarvan zouden zijn ogen de woorden uitspreken die hij voor me had willen verbergen. De woorden die hij ver weg, achter in zijn hoofd had willen houden, maar die desalniettemin ontegenhoudbaar naar de oppervlakte kwamen drijven, zoals wanneer ik vroeger in het zwembad mijn opblaaskrokodil onder water wilde laten zwemmen. De woorden waarvan hij zou willen dat hij ze niet dacht, maar die daardoor niet minder waar waren.

Ik wil het er niet over hebben, zag ik zijn ogen zeggen, en niet alleen nu niet. Niet vanavond vlak voor het slapengaan, niet morgenochtend bij het ontbijt, niet op een ander onbewaakt ogenblik als er een stilte valt en de mogelijkheid zich aandient. En zeker niet de volgende keer als we bij je moeder vandaan komen, uit de auto stappen en je weer eens beseft dat we een fout hebben gemaakt, terwijl je eigenlijk zou moeten beseffen dat zij degene is die iets verkeerd heeft gedaan, en niet wij.

Met zijn hand nog steeds zwevend boven het lichtknopje zou hij, zijn lichaam half van me afgedraaid, me vragend aankijken, zodat ik hem zwijgend toestemming zou geven om het licht uit te doen, en dat zou dan het einde zijn van ons zwijgende gesprek over de vrouw wier leven ik had willen redden.

De volgende ochtend wilde ik mijn tanden gaan poetsen, toen ik besefte dat ik mijn tandenborstel natuurlijk niet meegenomen had. Slechte voorbereiding, zou mijn moeder zeggen. Hiaat in het beleid.

Toen ik beneden kwam, in een joggingbroek van Frank, waarvan de pijpen over de vloer slobberden, stond hij eieren met ham en kaas voor hem en mij te bakken, zoals hij altijd deed als ik hier bleef slapen. Twee voor hem, één voor mij.

Het was bijna zoals altijd, en als iemand me nu zou vragen wat er precies anders was, zou ik de exacte verschillen niet kunnen aanwijzen. Ik schoof niet op een andere manier een van de massieve houten stoelen naar achteren, ik ging niet aan een andere plek aan de keukentafel zitten. Ik keek niet op een andere manier naar zijn rug terwijl hij een glas melk inschonk. Het rook naar dezelfde zondagochtend als altijd, die mengeling van gras en dieren en warmte en gebakken ei.

Maar het was anders. Het voelde nu al minder tijdelijk.

Het was lente, en er werden aan de lopende band lammetjes geboren. Zijn moeder kon tijdens de koffie opeens opstaan om te assisteren bij een bevalling, om na een half uurtje met een besmeurde trui weer de woonkamer binnen te komen lopen. Ze liep de hele dag heen en weer tussen de stal en het huis, wisselend tussen zondagskleren en werktenue.

Toen ik na het ontbijt de schuur inliep, zag ik het niet meteen, maar in de hoek kwam er op dat moment een lammetje ter wereld.

Van een afstandje zag ik hoe twee pootjes uit de achterkant van het schaap staken, en bleef vertwijfeld hangen in mijn beweging. Mijn gevoel vertelde me dat ik dit niet moest willen zien, dat ik mijn ogen moest sluiten voor wat komen ging. Maar mijn ogen luisterden niet.

Naast het schaap zat Franks vader, op een krukje, met een sigaar in zijn mond. Hetzelfde geruite overhemd als altijd, mouwen opgestroopt tot halverwege de ellebogen van zijn buitenbruine bovenarmen. Zijn gezicht ging schuil achter zijn donkergrijze baard.

Er was iets in de manier waarop hij daar zat, toekijkend hoe de veearts zijn handen om de pootjes van het lam legde. Er was iets in de manier waarop de rook uit zijn sigaar omhoogkringelde, hoe zijn werkschoenen stevig tussen het stro waren geplant. Hoe hij bedeesd als altijd zijn hand opstak toen hij me zag staan. Hij was dezelfde man als altijd, de man die 's middags om vijf over half één aanschoof aan de keukentafel voor het middageten, de man die mompelend verhalen vertelde over de koeien en de trekker en het voer.

Maar hij was tegelijkertijd iemand anders.

Hij zat daar en hij keek alleen maar, maar toch snapte ik op dat moment dat er maar één zo'n kort moment nodig is om verliefd op iemand te kunnen worden.

Even wenste ik dat mijn vader ook zo'n baard had gehad. Misschien had ik dan een heldere herinnering gehad aan zijn kussen voor het slapengaan: prikkende krulharen die langs mijn wang schuurden; de zware geur van mannenshampoo; het silhouet van zijn gezicht, waarvan de grenzen werden vertroebeld door zijn verscholen kaaklijn; zijn ruwe mannenhoofd, dat zich in het tegenlicht van de deuropening nog even omdraaide en me met een zacht donker gefluister welterusten wenste.

Maar de wangen van mijn vader waren vrijwel altijd glad geweest, en dus hadden de momenten dat zijn huid de mijne raakte zich niet in mijn geheugen genesteld. Mijn herinneringen hadden niets gehad om zich aan vast te klampen, waren in al hun gladheid weggevloeid uit mijn gedachten.

Frank kwam achter me staan en legde zijn handen op mijn schouders. Zijn vingertoppen wreven over mijn schouderbladen.

– Hij is waarschijnlijk dood.

We waren even stil, keken samen naar het schaap, dat schoppend met haar poten aan de voeten van Franks vader lag.

– Hoe weet je dat? wilde ik vragen, maar mijn stem haperde. Mijn gedachten werden onderbroken door langgerekt klagend gemekker.

Ik draaide mijn hoofd weg, laf als ik was. Net had ik ergens misschien nog in een staat van bijna kinderlijke vreugde verkeerd dat ik getuige zou zijn van de geboorte van een gezond lammetje, symbool van de lente, het nieuwe leven – maar nu ik zou worden geconfronteerd met de harde kanten van de natuur, nu ik zou moeten toezien hoe een schaap haar dode kind uit zich perste, draaide mijn lichaam zich in een reflex om.

Straks, dacht ik, zou dat schaap achter zich kijken naar de plek waar haar zoon of dochter zou moeten liggen, maar in plaats daarvan lag daar dan haar dode kind. Haar kind dat zou moeten ademen, maar dat niet deed. Een mislukking. Een dood symbool van nieuw leven.

Met grote passen liep ik door de grote schuurdeuren naar buiten.

Die avond zaten we met zijn allen zwijgend aan de keukentafel terwijl Franks moeder opschepte. De lichten van de melkwagen, die drie dagen in de week rond dit uur achteruit het erf op reed om de tank in het melklokaal te legen, schenen knipperend door de keukendeur naar binnen.

Ik wist dat het gestorven lammetje inmiddels langs de kant van de weg lag, om morgenochtend door de vernietigingsdienst te worden opgehaald. Alsof het geen levend wezen was dat een waardig afscheid verdiende. Op de grote hoop.

Ik keek naar de man die schuin tegenover me zijn bord bijhield en wachtte tot zijn vrouw voor hem zou opscheppen. Ik zocht naar overeenkomsten tussen deze kleine, ruwe man en mijn lange, evenwichtige vader, wat dan ook, eenzelfde manier waarop ze hun glas oppakten en een slok namen, enige gelijkenis in het geluid dat ze maakten als ze zachtjes kuchten achter hun gevuiste hand, of ze misschien op elkaar leken als ze hun lepel naar hun mond brachten en kort bliezen voordat ze de hap spinaziestamppot in hun mond staken, maar ik vond niets.

Of hoewel, misschien alleen dat zwijgen, zij het met een totaal verschillende oorzaak: Franks vader zat, at, bromde af en toe en opeens viel ieder gesprek stil, luisterde iedereen aandachtig naar het vibrerende gebas dat uit hem kwam, en niemand vroeg ooit of hij harder wilde praten. Mijn vader daarentegen zweeg uit noodzaak, omdat mijn moeder hem de ruimte niet gaf om te spreken, te lachen, om enthousiast te zijn.

Ik keek naar de mannenarmen die mij omringden, hun ellebogen die op tafel rustten terwijl ze met mechanische gebaren hun eten naar binnen werkten.

– Jij woont in een vrouwenhuis, zei Frank altijd.

Ik dacht aan de tafel bij mij thuis, waar nu twee mensen zaten in plaats van drie. Hoe ze waarschijnlijk zwegen, hoogstens praatten over zakelijkheden, elkaar emotieloze verhalen vertelden over hoe hun dag was geweest, in woorden die tegelijkertijd alles en niets konden betekenen. Alle meters tussen daar en hier.

Ze praatten over de aanschaf van een tweede trekker, over fokken en het voederen van de stier. De details ontgingen me.

Ik zocht naar Franks hand onder tafel, maar zijn blik was volhardend op zijn bord gericht.

Ik had gehoopt dat ten minste twee dagen de opluchting zou overheersen, het genot van de bevrijding van haar priemende blik. Ik had gedacht dat mijn lichaam zou schreeuwen van geluk, dat zich op mijn gezicht een permanente glimlach zou vestigen, dat er alleen nog maar een leven vooruit zou bestaan, een leven van nu en later.

In plaats daarvan kon ik maar aan één ding denken.

Ik kan niet meer terug.

Ik wist dat het kinderachtig was, of op zijn minst laf, maar ik kon niet terug naar huis. Ik kon niet zomaar het tuinpad op lopen, de sleutel in het slot steken (want die had ik dan weer wel meegenomen) en terwijl ik mijn voeten veegde op de deurmat, enthousiast roepen dat ik weer thuis was, alsof er niets was gebeurd.

Het maakte niet uit wat ik daar zou aantreffen: of ze nu huilend in elkaars armen lagen uit pure ouderlijke bezorgdheid, elkaar stonden uit te schelden omdat ze van mening verschilden over de vraag of de politie gebeld moest worden, of dat ze rustig conform het zondagse ritueel de krant zaten te lezen, het zou allemaal even pijnlijk zijn. Of ze me nu met open armen zouden ontvangen, tegen me zouden beginnen te schreeuwen, zouden huilen van blijdschap, opluchting of verdriet, het zou allemaal niet kloppen.

Het was ook niet bijzonder nodig om naar huis te gaan. Ik had mijn tentamens net achter de rug, de komende week had ik vrij en daarna zou het nieuwe semester beginnen, met nieuwe stof, nieuwe readers, nieuwe boeken. Alsof alle vormen van geschiedenis tegelijkertijd moesten worden uitgewist.

Natuurlijk was het fijner geweest als ik meer kleren bij me had gehad, en zou het aanschaffen van nieuwe dagcrème, mascara en tandpasta niet nodig geweest zijn als ik zo intelligent was geweest van tevoren mijn toilettas in te pakken – maar ik had ook niet bedacht dat een verjaardag zo kon eindigen. Een wijze les was het in ieder geval: voortaan voor elk feestje even maatregelen treffen voor een eventuele logeerpartij.

Ik moest eerlijk zijn: er waren wel wat dingen die buitengewoon handig waren geweest om bij me te hebben. Mijn portemonnee had goddank in mijn jas gezeten, maar mijn agenda lag nog keurig op mijn bureau op me te wachten tot ik er vandaag in zou gaan bladeren. Mijn scheurkalender zou me ook wel missen, aangezien ik nog niet de kans had gehad de dag van gisteren af te scheuren. Wellicht dat mijn bed voelde dat er iets niet klopte, had het mijn lichaam vannacht gemist. Of misschien was de vloerbedekking van mijn kamer wel verbaasd geweest om niet vanochtend rond half negen mijn voeten naast mijn bed te voelen landen.

Misschien was dat wel de meest frustrerende gedachte: niet het idee dat alles gewoon zou kunnen doorgaan zonder mijn handen die de routines van alledag uitvoerden, maar de gedachte dat voorwerpen zouden blijven staan op de plek waar ze altijd stonden, liggen op de plek waar ze altijd lagen, zonder onderdeel te zijn van mijn ochtendritueel. Het idee dat ik ze niet kon aanraken, hoe ver ik mijn hand ook uitstrekte. Wellicht was er zelfs enkel lucht tussen ons, stond er ergens een raam open waardoor mijn hand naar binnen zou kunnen schieten, zou ik, als ik mijn best deed, de geur van mijn kussen kunnen ruiken.

Ik kon bijna de beweging voelen van het twee keer omdraaien van de sleutel in het slot, proefde met mijn vingertoppen bijna de koelte van het metaal van de deurknop. Ik kon de deur bijna zachtjes naar me toetrekken om er vervolgens tegenaan te duwen (want dat was de handeling die je moest uitvoeren om hem open te krijgen). Ik zag de gang, ik zag de schoenen van mijn vader, mijn moeder en van mij in hetzelfde keurige rijtje staan waarin ik ze gisteravond had achtergelaten. Ik zag mezelf in de spiegel naast de wc-deur. Ik zag de vreugde in de ogen van iemand die blij is om thuis te zijn.

Maar ik was niet thuis. Ik was eindeloos ver weg.

Die avond lag ik met gesloten ogen te luisteren naar Franks steeds zwaarder wordende ademhaling. De euforie van de vertrouwdheid: hoe ik precies kon horen wanneer hij nog wakker was en wanneer hij sliep. Zijn onderarm rustte tegen mijn bovenbeen, in de verte klonken de kikkers die in het water naast zijn huis woonden. Op de grond naast me lagen zoals altijd t-shirts, tassen en boeken uitgestald, alsof hij een zeer plaatselijke en chaotische rommelmarkt had georganiseerd. Ik zou niet eens weten welke kleur zijn vloer had.

Kleren op de grond. Die situatie hadden we bij mij thuis slechts enkele keren geprobeerd na te bootsen, als hij, heel soms, bij me bleef slapen. Samen in mijn eenpersoonsbed, net als nu onze armen tegen elkaar geplakt, onze bijna identiek gekleurde haren bij elkaar komend op het kussen.

De volgende ochtend, de gordijnen nog gesloten, zochten we met onze ruggen naar elkaar toe gedraaid naar onze sokken en ondergoed. Mijn gekreukelde shirt voelde klam aan, alsof we hadden gekampeerd.

Terwijl we aan het ontbijt zaten en hij twee keer zo veel boterhammen at als mijn ouders en ik samen, werd er gezwegen, en dankzij zijn hand die af en toe kort de mijne raakte, beeldde ik me in dat ik de ochtendvogels kon horen fluiten.

Zijn bureau lag bezaaid met allerlei papieren en schrijfgerei waar je met gemak drie etuis mee zou kunnen vullen. Alle laden en deuren van zijn kast stonden wagenwijd open, toonden zijn stapels sokken en boxers, paperbacks met verkreukelde covers, ruitjesschriften met ezelsoren.

Hij liet altijd al zijn laden en kastdeuren openstaan. Bij mij thuis vond ik dat altijd vreselijk, was ik de hele dag bezig alle keukenkastjes en besteklades weer dicht te doen die mijn vader achteloos gapend had achtergelaten. Maar bij hem niet. Bij hem zag ik het niet eens, behalve als ik in zijn bed lag; dan genoot ik van de chaos van zijn zolderkamer.

Bij hem konden die dingen allemaal. Bij hem kon ik langs slordig scheefstaande stoelen lopen zonder ze aan te schuiven. Bij hem had ik niet de onbedwingbare behoefte het aanrecht te ontruimen, alle kopjes en borden zo snel mogelijk te verstoppen in de vaatwasser, en het schone servies meteen weer in de kast te zetten. Waarschijnlijk omdat er geen beginnen aan was. Maar misschien ook omdat zij er niet was. Omdat er geen sprake was van haar potentiële aanwezigheid, die bij mij de angst opwekte om op een teken van slordigheid betrapt te worden. Omdat er geen kans bestond dat ze opeens achter me zou staan om te wachten tot ik de keuken uit zou lopen, zodat ze het glas en het bestek dat ik zojuist had afgespoeld, nog een keer onder de warme kraan kon houden. Omdat er niet de dreiging was van haar handen en woorden, die zich als een korset om mijn middel sloten en met elke klank, elke beweging de lucht verder uit mijn longen duwden. Nooit hard, altijd geleidelijk.

Had ze het maar hard gedaan, dan had ik meteen beseft hoeveel pijn het deed.

Maar haar handelingen waren sluipend geweest, sluipend en zorgvuldig. Ze had de koorden elke dag een stukje strakker aangetrokken, totdat ze mij volledig de adem had benomen.

Ik besefte pas dat mijn adem was gestokt toen ik voelde hoe Frank zich omdraaide, op zijn schouder, en in zijn beweging de deken meenam. Ik draaide me op mijn zij naar hem toe en keek naar de kinderlijke ontspanning op zijn gezicht. De kracht waarmee hij inademde zouden andere mensen wellicht als snurken bestempeld hebben, maar voor mij was het een geruststellend teken dat hij in diepe slaap verkeerde.

Hij was degene die ik het liefst met iedereen zou willen delen, omdat ik iedereen iemand gunde zoals hij: iemand die je het gevoel geeft dat je geen toneel hoeft te spelen, iemand tegenover wie je eerlijker kunt zijn dan tegenover jezelf. Maar tegelijkertijd wilde ik niets liever dan dat hij van mij was, alleen maar van

mij, omdat ik hem anders in miljoenen kleine stukjes zou moeten opdelen – en hoe groot een taart ook is,
als je hem in heel veel stukjes snijdt, blijft er uiteindelijk voor iedereen maar een enkel kruimeltje over.
Dan zou er maar een heel klein deeltje van hem over-
blijven voor mij om tegenaan te kruipen onder donzen
dekbedden, om tegen te schreeuwen aan keukentafels,
om tegen te zwijgen achter gesloten gordijnen, maar
bovenal om zielsveel van te houden, waar en wanneer
dan ook.

Hij was mijn enige kans om niet te worden zoals zij.

Ik had nog nooit bij hem gedoucht.

Ik had nog maar een enkele keer bij hem geslapen; zijn bed was klein, zijn kamer was koud. De ochtenden waarop ik wel naast hem was wakker geworden, was ik vlak na het ontbijt vertrokken, zodat ik op tijd was om zwijgend tegenover mijn ouders te zitten terwijl ze in stilte nipten van hun koffie.

Maar nu was het elf uur geweest, en was ik hier nog steeds.

Ik mompelde tegen Frank dat ik me vies voelde, en vanachter de schotsscheve stapeltjes wasgoed in zijn kledingkast diepte hij een vaalgele handdoek op. Aan de randen hingen rafels. De stof voelde schraal tussen mijn vingers.

De badkamerdeur had geen slot. Frank verzekerde me dat hij als poortwacht bij de deur zou blijven waken tot ik klaar was, en deed de deur achter me dicht.

Ik was zelfs nog nooit in deze ruimte geweest. Al jaren kwam ik bij hem thuis, in de woonkamer, zijn slaapkamer, de stal, de keuken, en al die tijd had ik zijn badkamer hoogstens door een kier gezien. De wasmachine stond trillend te draaien; de kleren in de volle wasmand erbovenop wiegden mee.

Het kantelraampje stond open. Ik ging op mijn tenen staan om het dicht te doen, maar ik kon er niet bij.

De gure ochtendwind stoof onder mijn oksels door.

Door mijn sokken heen voelde ik de kou van de witte tegels. Ik had kippenvel over mijn hele huid. Ik propte mijn kleren op een hoopje naast de wasmachine, waar ze de minste kans hadden om nat te worden.

Ik wierp een blik in de spiegel. Mijn huid was witter dan wit, ging op in de kleur van de tegels.

Ik schoof het douchegordijn in koeienmotief opzij. De ringen piepten over het plastic frame, en opeens rook ik de geur van melk, sterker nog dan ik die ooit in het melklokaal had geroken.

De kraan deed me denken aan het metalen tapkraantje van de melktank. Op hoop van zegen draaide ik – veel te warm, veel te koud, rode vlekken op mijn huid, blauwe vingers, witte polsen. Terwijl het water over mijn gezicht stroomde, proefde ik bijna de smaak van melk, zoals die ook in alle mokken, glazen en bekers van hier veranderd leek te zijn. Mijn kippenvel verdween niet.

Het kletteren van de flauwe waterstraal galmde tegen de muren, en ik vroeg me af of de mensen buiten dit geluid konden horen. Het douchegordijn kleefde tegen mijn rug terwijl ik bukkend zocht naar de zeep tussen alle uitgeknepen flessen shampoo en conditioner die op de badrand stonden uitgestald.

– Frank? wilde ik roepen, maar zijn naam werd onderbroken door het piepen van de deur en een fractie van een seconde dacht ik dat hij al gereageerd had voordat ik zijn naam had uitgesproken, maar toen zag ik een gestalte die veel kleiner was dan hij, met kleinere handen maar hetzelfde peperkleurige haar.

– Rik! Franks stem klonk gehaast, en ik zag zijn arm die zijn broertje aan zijn capuchon door de badkamerdeur naar buiten trok. In een reflex zette ik de kraan uit, maar het koude water stroomde nog even door, en de wind waaide langs de kieren van het douchegordijn naar binnen en blies de koude plastic koeienvlekken tegen mijn lichaam terwijl ik mijn gegil hoorde weerkaatsen tegen de tegels.

Frank trok het douchegordijn opzij en keek me met verschrikte ogen aan.

– Gaat het? vroeg hij, en hij reikte me mijn handdoek aan.

– Waar was je nou? snifte ik, maar mijn stem verdween in de ruwe stof. Mijn haren plakten koud in mijn nek terwijl ik probeerde de handdoek om mijn lichaam te wikkelen, maar hij was niet groter dan een flinke theedoek.

– Ik was even koffie halen, zei hij verontschuldigend, terwijl hij met een punt van de handdoek mijn rug probeerde droog te wrijven.

– Klotekoffie, mompelde ik.

Hij glimlachte voorzichtig.

– Ik laat je even alleen. Ik sta buiten.

Mijn kleren waren kil en klam, schuurden over mijn huid toen ik ze zo snel mogelijk probeerde aan te trekken. Het kippenvel op mijn armen verdween nog steeds niet.

Toen ik in de spiegel keek, zag ik een meisje met blauwe lippen, met nauwelijks een naam, nauwelijks een huis om in te wonen.

Toen ik de keuken binnen kwam, trof ik Franks jongste broer aan aan tafel. Voor zich had hij een dampend bord spaghetti, ernaast een opengeslagen *Donald Duck*. Hij laadde zijn mond vol, leek nauwelijks te kauwen voordat hij slikte.

Hij keek niet op toen ik voorzichtig 'goedemorgen' zei. Misschien schaamde hij zich dat hij me naakt had gezien, of bijna naakt, waarschijnlijk alleen mijn silhouet als een donkere vlek in het douchegordijn.

Terwijl ik in de vriezer in de voorraadkast zocht naar bruin brood, klonk er vanuit de keuken:

– Curry.

– Sorry? reageerde ik al voordat ik had nagedacht, en stak mijn hoofd om de hoek van de kast.

– De curry, zei hij, driftig doorkauwend, zonder op te kijken van zijn *Donald Duck*. Alsof het toevoegen van een lidwoord gelijkstond aan een welgemeend dankjewel.

De knijpfles ruftte schaamteloos terwijl hij hem leegkneep boven zijn pasta. De gepureerde tomaten op zijn bord vermengden zich met de rode saus. Mijn benen trilden. Ik voelde me misselijk worden.

– Mayo.

Ik probeerde mijn mond niet open te laten zakken terwijl ik hem de mayonaise aangaf. Met zijn lepel schepte hij de spaghetti om en de rode kleur verdunde zich tot meisjesachtig roze. Verstijfd stond ik, de ontdooiende broodzak nog in mijn hand, toe te kijken hoe hij zijn warme maaltijd naar binnen lepelde.

Een blik op de klok. Kwart over elf. Maandagochtend.

Hij keek op van zijn eten. De rode resten rond zijn mondhoeken deden me denken aan de uitgeschoten schmink van een clown.

Hij leek te beseffen dat hij onbeleefd was geweest, tilde zijn halflege bord spaghetti uitnodigend naar me op.

— Wil je?

Ik kon nog net mijn hoofd schudden voordat ik mijn hand voor mijn mond sloeg en vluchtte naar het toilet.

Het logeerpartijtjesgevoel sijpelde inderdaad steeds verder weg. De buitenproportioneel grote voordeelfla-conversie van mijn shampoo kreeg een plekje op de badrand, tussen alle andere literflessen douchegel en haarverzorgingsmiddelen. Er werd een tandenborstel voor me gekocht, nieuwe sokken, nieuwe onderbroeken.

Als ik ooit weer naar huis ga, dacht ik nog, dan heb ik alle dingen dubbel.

Mijn nieuwe kleding kreeg een aparte plank in zijn kast. Er werd niet meer gevraagd of ik bleef eten. Ik werd geroepen op dezelfde toon als ieder ander als het tijd was voor de lunch.

Het leven daar veranderde niet door mij: er werd geen extra rijst of pasta gekookt, er werden geen extra wassen gedraaid. Niemand vroeg wanneer ik weer naar huis zou gaan. Misschien had Frank het een en ander uitgelegd.

De vanzelfsprekendheid waarmee er gewoon nog een bord op tafel werd gezet, had ik nooit gekend. Voordat er bij mij thuis – thuis? waar was thuis? – iemand had kunnen komen eten, moest dat verzoek altijd eerst schriftelijk in drievoud worden ingediend, gevolgd door een ondervraging van mijn moeder wat het lievelingseten en de allergieën van de persoon in kwestie waren. Hier werden, vlak voordat de tafel gedekt werd, vluchtig nog even de hoofden geteld om te weten hoeveel messen, lepels en vorken er uit de vaatwasser gehaald moesten worden. Lust je geen rozijnen? Dan vis je die er toch uit? Ben je vegetariër? Maakt niet uit, hier zit alleen tonijn in.

Mensen wandelden in en uit. Niets kwam ongelegen, en de koelkast raakte nooit leeg. Als de koelkast zoals ik die thuis gewend was een gestructureerde metropool was, met uniforme woonwijken van naast elkaar geplaatste potten en netjes afgebakende voor- en achtertuinen, dan was deze koelkast een buitenwijk van een Zuid-Amerikaanse wereldstad. Elke plank was opgebouwd uit agglomeraties die op ieder willekeurig moment in elkaar konden storten als je de boter verschoof, die achteraf een onderdeel bleek te zijn van een van de muren waar de doos met vleeswaren op rustte, als waren deze een golfplaten dak. Ik verbaasde me bijna over het feit dat ik de eerstewereldse steriliteit niet verkoos boven deze chaotische koelkastinrichting: ik vond het juist een vermakelijke sport om de limonade te pakken te krijgen zonder het yoghurtpak uit de koelkast te laten vallen, en wanneer het me gelukt was de kaas enigszins hardhandig weer terug te duwen op de plek waar hij had gelegen, zodat de koelkastdeur net zo soepel weer dichtging als hij was opengegaan, vervulde me dat met stille trots.

Rituelen werden steeds duidelijker zichtbaar. Ik wist hoe laat iedereen naar bed ging en weer opstond, ik wist wanneer men ging douchen en hoelang daarover werd gedaan, ik wist wanneer er werd gestofzuigd en wanneer de bedden werden verschoond. Ik wist dat iedereen stil moest zijn tijdens het achtuurjournaal, dat de chocoladekoekjes bedoeld waren voor doordeweeks en dat de reuzenmergpijpen gereserveerd waren voor het weekend.

Ik wist van iedereen de vaste plek aan tafel, ik kende de vaste gespreksonderwerpen tijdens lunch en diner. Het bedrijf, het bedrijf van de buren, de melkproductie, de Marokkanen die altijd eieren kwamen halen tijdens het Suikerfeest. Ik hoorde woorden die ik niet kende – tyloom, coccidiose, extirpaties – maar durfde niet te vragen wat ze betekenden. Ze praatten over het voorste tweede stuk, kuilgras, harken, hooien, wiersen, maar nooit draaide iemand zich naar me toe om die woorden te verklaren. Het was alsof ik op een verjaardag was waar iedereen gesprekken voerde over mensen die ik niet kende.

Ik kende de meest voorkomende twistpunten waarover ruzie kon ontstaan, ik kende de stilte die viel na harde woorden, en ik kende de luchtige toon waarop de rest van de tafel het gesprek vervolgde. Ik kende het contrast met de eeuwige stilte die thuis zou zijn gevallen, een stilte waarin we alle drie wegkeken en wachtten tot een ander iets zou zeggen. De eeuwige stilte waarin eten koud werd, waarin televisieprogramma's begonnen die mijn vader eigenlijk had willen zien en waarin mijn moeder de mensen had kunnen bellen die ze had willen bellen. De stilte die zo lang duurde dat het na verloop van tijd leek alsof het nooit niet stil was geweest.

Die stilte bestond hier niet. Hier bestonden ook geen

ruzies over omgevallen glazen die geweten konden worden aan lompe bewegingen. Hier werd niemand ijzig aangekeken als het tafelkleed werd bevuild als gevolg van een onderschatting van de afstand tussen bord en pan. Hier droeg niemand kleren die onder geen enkel beding vies mochten worden, hier stond geen bank die koste wat kost smetteloos moest blijven, hier was er geen man overboord als er rode wijn op de vloer werd gemorst. Hier was er chaos, en daardoor rust.

Hier was niemand die in iedere situatie alleen maar kon benoemen wat er ontbrak.

– Wat meer champignons erbij was waarschijnlijk lekkerder geweest.

Stilte.

– Ik had er graag nog wat knoflook in willen doen, maar ik was vergeten dat we dat niet meer in huis hadden.

Zwijgen.

– Wat jammer dat je vader niet thuis is, anders hadden we met zijn drieën een film kunnen kijken.

Niets.

– Vervelend dat we te laat zijn voor het nieuws, ik had willen weten wat de NOS te vertellen had over dat treinongeluk in Barcelona.

Stilte. Eindeloze stilte.

De eerste paar dagen vulden we met wandelingen over het erf. We schopten steentjes voor onze voeten weg, hij met zijn kisten, ik met de mosgroene laarzen die ik van een van zijn broers had geleend, en waaruit mijn hielen met elke stap leken te willen ontsnappen.

We stonden stil bij de grote werktuigen die onder een halfdoorschijnend golfplaten afdak verdekt stonden opgesteld tegen wind en regen. De rode en groene verf bladderde af en onthulde verroeste schroeven en steekpennen. De zwakke zon wierp lange schaduwen over de betonnen muren. Frank legde me tot in detail uit waar alle ronddraaiende mechanismen en achtarmige tentakels voor dienden, zoals hij al vele malen eerder had gedaan, maar de informatie bleef geen moment in mijn geheugen hangen.

De dagen daarna liepen we hand in hand door het weiland, kijkend naar koeien die aan de andere kant van de sloot stonden te grazen, die soms opeens opkeken en ons dan als uitdrukkingloze marmeren standbeelden minutenlang bleven aanstaren. De zon scheen waterig over het land, tussen grote grijze wolken door, en het gras was groener dan zij ooit mooi gevonden zou hebben.

Ergens wachtte ik op het moment dat ze opeens op het erf zou verschijnen, de vouwen in haar broekspijpen omhoogtrekkend zodat ze niet door de kiezels en de aarde zouden slepen, de brede bandensporen van de trekker ontwijkend alsof ze een kind van negen was dat wiebelend over het schoolplein hinkelde.

Ik wachtte totdat ze met grote passen naar het verroeste hek zou benen dat erf en land van elkaar scheidde. Verder dan dit zou ze niet gaan: dit was haar ultimatum, de grens van haar beschaving. Ik dacht dat ik haar hoorde roepen: *Emma, Emma, kom naar huis*, dat ik haar stem hoorde schallen over het uitgestrekte grasland waar de donkere wolken overheen zweefden, en heel even dacht ik zelfs dat ik haar kon ruiken, dwars door alle mestgeuren heen.

Ik keek naar het hek en zag haar zwaaien, met gestrekte armen, als een bezorgde moeder op de grens tussen strand en zee, die haar kind ziet verdwijnen achter de golven en doet alsof ze haar dochter wil roepen voor het eten, maar in feite haar natte lichaam tegen haar zomerjurk wil voelen, haar zanderige armen om haar middel, om zeker te weten dat ze veilig is.

Ik verbeeldde me dat ik haar zag twijfelen, maar dat ze uiteindelijk toch het hek zou openduwen en dat haar hakken zouden wegzakken in het drassige land, hoe ze haar broekspijpen misschien zelfs zou vergeten omhoog te houden, en naar me toe zou komen terwijl de wolken over ons heen dreven en de eerste spetters zouden vallen, hoe alles grijs zou zijn terwijl ze voor het eerst in mijn leven vol overgave haar armen om mij heen zou slaan en haar neus in mijn haren zou begraven en zou fluisteren: *Kom, Emma, we gaan naar huis.*

Maar altijd was daar weer Franks stem die de hare al onderbrak voordat ze had gesproken. Hij sloeg zijn plaatsvervangende armen om mijn middel en streek met zijn ruwe vingers over mijn wang. De wolken dreven over. Mijn moeders geur verdween.

De dagen daarna zette hij me af bij mijn faculteit en reed dan door naar de zijne. Hij stopte voor de ingang van de universiteitsbibliotheek, gaf me een kus en bleef met draaiende motor kijken hoe ik me mengde in de dralende studentenmassa. Hij was bijna mijn vader, die me vroeger iedere dinsdag naar school had gebracht, de saxofoons van zijn favoriete jazzzender op de achtergrond.

Terwijl ik van de auto wegliep, keek ik altijd nog even om. Frank en mijn vader, ze stonden er nog steeds.

Mijn middagen bracht ik door in de ijverige fluisterstilte van de bibliotheek, tussen de wetboeken en zoemende laptops, wachtend tot Frank om tien over vier weer op dezelfde parkeerplaats zou staan als waar hij me die ochtend had afgezet. Dan zou ik naast hem neerploffen, zou hij me vragen hoe mijn colleges geweest waren, en zouden we samen terugrijden naar de plek van chaos en rust. Daar zouden we samen met zijn twee broers, zijn vader en zijn moeder aan de keukentafel zitten, terwijl de vaatwasmachine op de achtergrond pruttelde en de geur van het koffieapparaat zich door de kamer verspreidde. Daar zou zijn moeder om de zoveel tijd even opstaan om in de pan tomatensoep te roeren die op het vuur stond.

Daar zou ik op de woensdagmiddag van die eerste week naar haar rug kijken, en met een schok beseffen dat die rug ook de rug van mijn eigen moeder had kunnen zijn. Dezelfde smalle schouders, hetzelfde rechte bovenlichaam dat iets uitliep waar haar shirt ophield en haar broek begon. Dezelfde sterke bovenbenen, omhuld door dezelfde spijkerstof.

Mensen die hen niet kenden, hadden kunnen zeggen dat ze op elkaar leken – ware het niet dat het haar van mijn moeder kort en steil was, en dat boven de schouders van zijn moeder luchtige krullen zweefden, met een gezamenlijke springerigheid die riekte naar een poging de zwaartekracht te ondermijnen. Zijn moeder was wie mijn moeder was geweest voordat ze die middag op het schoolplein had gestaan, met het haar van vrouwen die hebben besloten dat het tijd is om ouder te worden.

Zijn moeder liep de hele dag van binnen naar buiten, van keuken naar woonkamer naar stal naar melklokaal. Maar nooit zag ik haar haar pas versnellen, nooit betrapte ik haar op een versnelde ademtocht, op strakgespannen spieren in haar nek of rode vlekken in haar hals. Er waren altijd duizenden dingen te doen – mijn moeder had er ellenlange lijstjes van kunnen maken – maar nooit plofte ze uitgeput neer op de bank om nog nahijgend op te sommen wat ze die ochtend allemaal gedaan had.

Terwijl ik naar haar rug keek, wenste ik dat ik kleine delen van dit huis en het mijne heel even kon verwisselen. Alleen de kapstok, zodat ik kon genieten van de gedachte aan mijn moeders gezicht van paniek en afgrijzen als ze de gang in zou lopen en daar opeens een berg schoenen bedekt met modder en gras zou zien liggen. Haar uitdrukking van afschuw als ze al die schots en scheef over elkaar gehangen jassen zou aantreffen, in plaats van een keurige wachtrij van mantels, gesorteerd op gebruiker en seizoen.

Alleen de tafel, om haar te laten schrikken van de veelheid aan tijdschriften en onderzetters in verschillende vormen en kleuren, in plaats van de vertrouwde kersenhouten leegte, enkel onderbroken door de huistelefoon. Alleen de gordijnen, donkerrood in plaats van gebroken wit, die niet meteen dicht hoefden als de zon scheen.

Alleen de gemakzucht, alleen de vrede. Alleen maar om haar te laten zien dat het zo ook kon zijn.

Ik zou willen zeggen dat het makkelijk was om niet aan haar te denken.

Het was onmogelijk.

Overal waren moeders. Ze stonden voor me in de rij bij de supermarkt, gunden me een blik op hun rechte rug en hun haastige handen terwijl ze afrekenden en jachtig hun boodschappen in hun plastic tassen kieperden. Ze reden me haastig voorbij met hun pastelgroene en -blauwe kinderwagens, waarin hun jengelende peuters zeurend hun scherpbenagelde vingertjes uitstaken naar de zojuist gekochte chocoladerepen en chipszakken. Ze haalden me in op de fiets, pronkten met hun kinderzitjes die werden bezet door kleine meisjes in glimmende roze regenjasjes en witte lintjes in hun waaiende krullen. Ze stonden bij iedere oversteekplaats die we passeerden als we 's ochtends naar de universiteit reden.

Of ze waren alleen. Ze stonden in de boekhandel de achterflap van de nieuwste bestseller te lezen. Ze zaten achter de toonbank, vroegen of het een cadeautje was, of ik het bonnetje erbij wilde. Ze stonden te wachten op de bus, met zijn allen, bijeengedreven tussen glazen wanden. Ze keken naar me terwijl mijn bus hen passeerde.

Moederloos kind, zeiden hun meelijdende lippen.

Overal waren mensen met moeders. Baby's die met hun grote nieuwsgierige ogen de wereld probeerden te omvatten, terwijl hun moeders met hun rechterhand zachtjes de kinderwagen naar voren en naar achteren reden, en met hun linkerhand door de kledingrekken bladerden. Kleine blonde jongetjes die naar de hand van hun moeder grepen wanneer ze door de met grijzig tapijt bedekte paden van schoenenwinkels drentelden. Meisjes van net tien, die trots met de leren schoudertas van hun moeder door de winkelstraat huppelden. Jonge vrouwen van begin twintig, die achter glazen ramen van koffiezaakjes van hun muntthee nipten, luisterend naar de vrouwen die tegenover hen zaten. Oudere vrouwen die praatten met rustige handgebaren, die de leeftijd hadden om hun moeders te zijn. Mannen in maatpakken, eind dertig, begin veertig, met stropdassen die zo strak geknoopt waren dat ik me niet kon voorstellen dat hun moeder dat niet voor hen had gedaan.

Alle mensen waren moeders, of mensen met moeders. Die moeders hoefden hen niet eens te vergezellen om mij te laten weten dat ze bestonden. Alle mensen droegen hun moeder onmiskenbaar met zich mee, als een koninklijke onderscheiding die glimmend van trots op hun winterjas prijkte.

In de gesprekken die Frank en ik voerden terwijl we op weg waren naar de universiteit, leken we al die moedermensen angstvallig te vermijden. Alsof spreken over hun aanwezigheid hetzelfde was als beginnen over haar.

Vroeger hadden we altijd over haar gepraat. Maar

ook toen al noemden we nooit haar naam. We hoefden die niet te gebruiken om allebei te weten wie we bedoelden. We vluchtten in de anonimiteit van persoonlijke voornaamwoorden, ontmoederden haar, maakten haar tot een vreemde zonder paspoort. Het was niet mijn moeder die ik knielend op de vloer in de hal had aangetroffen nadat ik hem had uitgezwaaid tot hij om de hoek van de straat was verdwenen. Het was niet mijn moeder die alle vlekken die hij met zijn modderige schoenen had gemaakt, met krachtige streken uit het tapijt zat te boenen, amper twee minuten nadat hij zijn laatste slok koffie in één teug had opgedronken en zijn jas had aangetrokken.

Dat was niet mijn moeder. Dat was een andere, onbekende vrouw. Een vrouw van wie het niet pijnlijk was dat ze dat deed, maar alleen maar amusant. Schaamteloos was ze verworden tot voer voor anekdotes om bij hem thuis te vertellen tijdens de koffie-uren. Anekdotes die standaard leidden tot een verbazing die zich uitte in een verwonderd opkijken van de krant, of een verslikking in een slok zwarte koffie.

Zonder het te weten was mijn moeder de hoofdpersoon geworden van een klucht die elke week weer lovende recensies ontving. Niets dan roem voor deze opeenstapeling van bizarre gebeurtenissen. Vijf sterren voor de onmogelijke absurditeit.

Maar het was niet onmogelijk. Het was echter dan echt. Het was mijn eigen leven.

In de weken na mijn vertrek werd ik telkens overmand door een gedachte die me ook steeds was ingevallen wanneer er tijdens de koffiepauze toneelstukken werden opgevoerd met mijn moeder in de hoofdrol, waarbij al haar neurotische trekjes tot in het extreme werden uitvergroot. Franks twee jongere broers voerden een mimespel op, waarbij ze zich een voorstelling probeerden te maken van de uitdrukking op haar gezicht op het moment dat ze een voet op het erf zou zetten. Ze zou, alvorens haar neus op te trekken voor de mestlucht, een hoog gilletje slaken bij het zien van de asymmetrie van de oprit. Vervolgens zou ze zich krijsend op de ramen werpen, die in geen maanden waren gezeemd. Eenmaal binnengekomen zou ze, nog voor iedereen te begroeten, met een panische snelheid met de stofzuiger door alle kamers vliegen. Ze zou met dodelijke precisie alle tijdschriften van de leesmap op een stapeltje leggen, en alle schoenen netjes in een rijtje naast elkaar plaatsen in de gang.

En dan zou ze de keukenkastjes opentrekken, waar ze het servies aantrof dat in de loop der jaren door Franks moeder was verzameld, en waarin geen enkele coherentie te ontdekken was. Geen enkel koffiekopje was hetzelfde, geen enkel mes had dezelfde handgreep, geen enkel bord vertoonde ook maar enige overeenkomst met een willekeurig ander exemplaar.

Zijn broers renden gillend door de kamer terwijl ze zich lieten meevoeren door hun schertsende toneelspel, uitbeeldend hoe mijn moeder een vergeefse poging zou doen om alle melkbekers op kleur te sorteren. Iedereen lachte.

Ik lachte mee.

Ik lachte, maar ik dacht aan haar. Dat ze ergens was

en daar was wie ze was, en hoe ze nooit iemand anders zou kunnen zijn.

Tijdens die toneelstukken dacht ik dat er een moment zou komen dat ik nog maar half van haar zou houden. En dan nog maar een klein beetje, en dan bijna niet meer. Er komt een moment, dacht ik, dat ik helemaal niet meer om haar geef. En dan is alles voorbij. Dan ben ik een dochter zonder moeder. Een dochter die denkt dat ze haar moeder kan weggummen.

Maar moeders zijn niet geschreven met potlood. Moeders zijn geschreven met pen.

Nu over hem. Mijn vader.

Hij ontmoette mijn moeder op de middelbare school. Voelde zich tot haar aangetrokken omdat ze de enige was wier handschrift hij kon lezen als hij de aantekeningen van gemiste wiskundelessen wilde overnemen. Tijdens zomers fietsten ze met hun vriendengroep naar het strand, waar ze de hele dag klaverjasten met het pak kaarten dat mijn moeder altijd meenam. Hij genoot van de manier waarop ze haar badlaken opvouwde: puntjes op puntjes, alsof het geen stof was maar een officieel vel papier.

Ze kwamen samen – inderdaad, zo was het: ze begonnen geen relatie, ze waren bij elkaar omdat dat de weg van de minste weerstand was geweest. Ze waren op dezelfde uren in dezelfde lokalen, luisterend naar dezelfde stemmen en starend naar hetzelfde krijtbord. Als vanzelf gingen ze allebei geneeskunde studeren, zoals iedereen in die tijd deed als hij tekenen van zorgzaamheid en een aversie tegen een rechtenstudie vertoonde. Ze studeerden af, tegelijk, zij cum laude en hij net niet, en waren samen, nog steeds samen, niet uit passie, maar omdat ze nooit op de gedachte waren gekomen dat ze uit elkaar hadden kunnen gaan.

Dit alles speelt zich af in sepia.

Over nu dan. Zij tweeën.

Als hij thuiskomt en zijn armen om haar heen slaat, kijkt ze langs hem heen door het keukenraam. Als hij haar probeert te kussen, trekt ze haar hoofd weg.

Ze zijn getrouwd vanwege de fiscale aantrekkelijkheid. Uiteraard heeft ze haar eigen naam gehouden. Als ze een envelop op de deurmat aantreft waarop ze mijn vaders naam aan de hare hebben geplakt, vloekt ze zacht.

Hun financiën houden ze gescheiden. Trouwringen dragen ze niet.

Ze houdt hem bij zich vandaan met zakelijkheden en formaliteiten. Zijn complimenten weert ze af met een schild van wetenschappelijkheid.

– Rijstebrij... Lekker, Marie.

– Dat weet je pas als je het hebt geproefd.

Ze zwijgen.

Tijdens hun bruiloft was mijn moeder al zwanger. De plechtigheid werd gehouden op het kleine bedompte gemeentehuis van het dorp waar ze toen nog woonden. Het plafond was er laag, weet ik van de foto's, de muren waren opgetrokken uit donkergrijs beton. Alleen hun ouders en de twee broers van mijn vader waren aanwezig. Dat wilde ze blijkbaar zo.

Naderhand vierden ze de dag bij een Frans restaurant in de dorpsstraat, waar mijn moeder een tafel voor hen had gereserveerd in de hoek van de zaak. Er waren die avond geen andere gasten. De pittoreske schilderijtjes aan de muur, de wankele rieten stoeltjes en de donkerbruin gelakte balken in combinatie met de ongelukkige camerahoek gaven het geheel een air van poppenhuisachtige bedrukking.

Mijn moeder droeg die dag een lichtblauwe jurk, waarin de rondingen van haar buik al goed te zien waren. In mijn vaders donkerbruine haar zat een onnatuurlijk rechte scheiding; op zijn neus prijkte een bril met grote jampotglazen, die zijn jonge smalle gezicht gedeeltelijk vervormden. Zijn grijze pak oogde een paar maten te groot. Begin dertig waren ze, maar ze leken bijna kinderen die halsoverkop hadden besloten vadertje en moedertje te gaan spelen in de poppenhoek.

Tijdens het zetten van zijn handtekening had mijn vader tranen in zijn ogen. Hij keek opzij, naar haar, leek te zoeken naar haar blik, maar haar ogen staarden leeg in de verte. Haar pen lag losjes in haar rechterhand. De flits en overbelichting deden haar voorhoofd koortsachtig glimmen.

Naderhand poseerden ze met zijn achten voor het donkergrijze gemeentegebouw. Ze keken met een flauwe glimlach in de camera, op mijn moeder na, die leek te staren naar een punt dat voorbij de fotograaf lag. Haar handen rustten op haar buik, niet uit zorgzaamheid of bescherming, eerder alsof ze de bolling wilde wegduwen.

Op de foto's van het diner keek niemand alsof er iets te vieren viel.

Ze verhuisden naar een dorp tussen stad en land. Zagen toe hoe hun huis vanaf de eerste heipaal werd opgebouwd. Stonden samen in hun toekomstige tuin, die

toen nog niet meer moet zijn geweest dan een gladge-
streken hoop zand. Ze controleerden bouwtekeningen.
Fantaseerden misschien nog wel over hun samenzijn,
de veranderingen die op komst waren, mogelijk zelfs
een nieuw begin, een onbewaakt moment waarop ze
wellicht plotseling bevangen zouden worden door de
passie die ze nooit hadden gekend, zonder dat ze daar
iets voor zouden hoeven doen.

De nieuwbouwwijk lag in de voormalige tuin van
een nonnenklooster, dat oorspronkelijk als doel had
gehad jonge rebelse meisjes te behoeden voor prosti-
tutie. Inmiddels was het grootste deel van het klooster
afgebroken en stond alleen nog het rooms-katholie-
ke kerkje met diens neoromaanse koepel overeind. De
stenen waren intussen vergrijsd, de eens waarschijnlijk zo felle kleuren van de glas-in-loodramen oogden
vervaald.

Het dorp had alleen een kleine supermarkt waarover mijn moeder standaard klaagde wegens het beperkte assortiment en de abominabele toestand van de
groenteafdeling, en een dokterspost die vaker gesloten dan geopend was. Aan het enige plein dat enigszins
kon doorgaan voor dorpskern grensden twee bruine
cafés, die op zowel vrijdag- als zaterdagavond uitgestorven waren, op enkele bejaarde biljarters na. Bussen
stopten eens in het uur.

Voor anderen was ik een dorpskind. Bij Frank thuis
was ik een stadsmeisje.

Ook zijn fouten herstelt ze. Ze wijst hem op verstof-
fende bankafschriften, onafgehandelde telefoontjes,

vergeten verjaardagen. Tijdens het ontbijt draait ze de deksels van de potten die hij net heeft gebruikt strakker aan, schept de hagelslag om met het lepeltje dat zij van haar lang geleden overleden oma heeft gekregen.

Sommige spullen passen niet bij ons thuis. Houten ontbijtplanken, de broodmand, een enkel gebaksvorkje met te veel tierelantijntjes dat volledig uit de toon valt tussen al het strakke bestek. Die spullen zijn van haar oma geweest.

Volgens mij heeft mijn moeder dat van haar. Dat harde, dat kille, dat smetteloze. Als er toentertijd Alessi in de handel was geweest, had mijn overgrootmoeder waarschijnlijk aandelen gehad.

Ook tijdens het avondeten zoekt ze naar mogelijkheden tot beschuldiging. Ze neemt het kleinste stuk kip – een norse opoffering, waarvan ik weet dat zij die doet om ons later te kunnen aanklagen wegens egocentrisme en gulzigheid. Ze wacht net zo lang met opscheppen tot de damp van de sperziebonen is weggetrokken en mijn vader de lepel pakt, zodat ze vervolgens snauwend kan mompelen:

– Ach ja, schep jij maar als eerste op.

Ze ziet toe hoe hij zijn bord vergeet aan te schuiven als hij jus over zijn aardappelen wil schenken, waardoor hij morst op het tafelkleed. Ze glimlacht bijna alvorens ze vloekend naar de keuken loopt en de kraan op volle sterkte heet water laat spuiten, zodat het raam beslaat van de stoom die opstijgt uit de wasbak. Voor zijn ogen poetst ze, met harde eenrichtingsstreken, totdat het halve tafelkleed is verworden tot een donkere vlek. Bijna stoot ze zijn bierglas om, maar zelfs dat

weet ze met een binnensmonds gevloek te transforme-
ren tot een handeling waaraan mijn vader schuldig is.

Ze zwijgt en verwijt hem de stilte, laat hem spreken en valt al zijn woorden aan. Ze laat hem zoeken
naar haar handen die onder tafel op haar schoot gevouwen liggen, houdt haar blik strak naar voren als hij
naar warmte zoekt in haar nek. Ze laat hem afdruipen,
wacht tot hij begonnen is met de afwas en stampt dan
de trap op naar boven.

Ze heeft allerlei maatregelen getroffen zodat ze niet
voorgoed bij elkaar hoeven te horen. Alsof ze elke dag
in de startblokken staan om weer twee losse individu-
en te worden. Een plattelandsvilla is ze, die bang is zijn
vrijstaande positie te verliezen en onderdeel te worden
van een twee-onder-een-kapwoning.

Hij doet alles voor haar. Rent twee keer per week
met de stofzuiger door het huis om haar lasten te ver-
lichten. Legt zijn sokken in kaarsrechte rijen van vier
in zijn kast. Sorteert zijn overhemden en spijkerbroeken op kleur. Maar altijd raakt ze alles nog even aan,
alsof de dingen pas goed kunnen liggen als ze kort door
haar zijn beroerd.

Als ze hem ooit bedankt, doet ze dat vlak en terloops,
en altijd pas als ze zeker weet dat hij hetgeen ze hem
heeft gevraagd ook naar behoren heeft uitgevoerd.

Dat komt zelden voor.

Soms ben ik bang dat ze hem heeft aangestoken.
Dan gaat hij voor de tweede keer in veertien dagen zijn
auto wassen, staat hij de hele zaterdag op de parkeerplaats voor ons huis de matten uit te kloppen en de bekleding schoon te zuigen. Dan kijk ik tijdens het mid-

dageten toe hoe hij zijn boterham met pindakaas in zes exact even grote stukken snijdt, hoe hij zijn krentenbol met een egale laag margarine besmeert.

Maar dan zie ik haar minachtende blik weer richting de botervloot gaan en weet ik dat ik nergens voor hoef te vrezen.

Ze weigert van hem te houden, draagt hem met zich mee als een noodzakelijke erfenis uit een vorig leven. Ik vraag me soms af of dat is wat een huwelijk is, of dat is wat er vroeg of laat met alle relaties gebeurt.

Maar ik weet ook dat het niet door hem komt.

Het komt alleen door haar.

Toen ik nog thuis was bracht ik soms hele middagen door op zolder, zittend op de houten vloer, bladerend door fotoalbums van vroeger. Pas nu ik hier met Frank op de bank zat en zag hoe zijn ouders elkaar kusten, begreep ik dat ik op zoek was geweest naar die ene foto waarop mijn ouders innig verliefd naar elkaar keken, waarop mijn moeder met haar duim over de rug van mijn vaders hand wreef, waarop ze samen in de dierentuin waren, op bruiloften, bij verjaardagsfeestjes.

In plaats daarvan trof ik foto's aan van mijn moeders bijna naakte lichaam, op haar witte onderbroek na, zes, zeven maanden zwanger. Gemaakt in hun slaapkamer, zwart-wit, de voor mij zo bekende witte gordijnen op de achtergrond. Kaarsrecht staat ze, en de berg die haar buik is stopt zo plotseling waar het kanten randje van haar onderbroek begint, dat het lijkt alsof die heuvel daar zomaar aangeplakt is, dat de foto ook nog had geklopt als dat deel van haar lichaam had ontbroken. Haar armen hangen deze keer werkeloos langs de bolling van haar lijf, haar krullen slap naar beneden, alsof ze de strijd hebben opgegeven.

– Lach eens naar de camera, Marie, hoor ik mijn vader in gedachten zeggen. Kom op, lach eens.

Schuin kijkt ze op, plukken haar hangen voor haar gezicht, ze wil hem vervloeken maar in plaats daarvan probeert ze haar mondhoeken te vertrekken tot een glimlach. Niets meer dan die getergde blik wordt het, diezelfde blik als net, toen ze opkeek van de trouwakte en dacht aan alle plekken waar ze niet was en waar ze wel had kunnen zijn. Alleen kijkt ze nu in de camera, naar ons, alsof ze er nu eindelijk voor uit durft te komen: spijt, pure spijt, ik wil niet meer, laat me gaan.

Haastig blader ik door, op zoek naar meer blikken zoals deze: blikken van melancholie, van niet meer kunnen omkeren, van had ik maar en hoe heeft het ooit zo ver kunnen komen. Meer zoek ik er, ter bevestiging, zeker weten wil ik – en ja hoor, nog meer foto's maar nu ook van voor mijn tijd, tijdens de uitreiking van mijn vaders doctoraal, op feestjes waar alles bruinig oranje was en de pijpen wijd waren en de schouders breed, waar anderen zich mengden in gesprekken maar zij zwijgend voor zich uitstaarde en leek te wachten tot iemand haar redden zou.

Misschien verbeeld ik het me wel, denk ik soms, en was ze stiekem vreselijk gelukkig maar weet ik gewoon niet hoe dat eruitziet, mijn moeder die gelukkig is. Misschien is dit hoe mijn moeder eruitziet als ze straalt van warmte en vredigheid, en moet ik maar accepteren dat er geen foto's van haar bestaan waarop die vreugde in een voor mij herkenbare vorm is vastgelegd. Had ik maar zo'n foto, dan zou die zeker het omslag sieren, en verder wit, alles wit, al vele malen eerder gedaan natuurlijk, maar toch, met zwarte zwierende letters en mijn foto op de achterkant, expres in dezelfde sfeer geschoten, zodat onbekende mensen ons konden omdraaien en zouden zien dat wij toch twee kanten van dezelfde medaille zijn.

Maar een naakte zwangere vrouw op de voorkant verkoopt niet, hebben ze me weten te vertellen, althans niet als ze zo treurig uit haar ogen kijkt als mijn moeder. Witontblote tanden willen ze hebben, twinkelende ogen, een fonkelende glimlach.

Lach eens, mama.

Lach, alsjeblieft.

Het was weer in zo'n nacht waarin ik alleen maar kon draaien van mijn rug naar mijn zij, van mij zij naar mijn rug, van mijn rug naar mijn buik. Mijn armen zaten opeens in de weg, mijn benen vouwden zich onrustig onder mijn lichaam en strekten zich dan weer uit tot ze het koude voeteneinde raakten.

Naast me klonk Franks zware ademhaling. Door het gordijn scheen het felle tl-licht van het melklokaal naar binnen.

Ik gaf het op. Goddank lag ik het dichtst bij de deur, anders had ik klemgelegen tussen de muur en zijn lichaam, en had ik nooit uit dit doolhof van ledematen en lichaamswarmte kunnen ontsnappen. Nu kon ik mijn voeten relatief gemakkelijk onder het dekbed vandaan wurmen en me laten overvallen door het oneffen landschap van boeken en truien dat zijn vloer bedekte, en dat me een voorproefje gaf van de obstakels die ik op mijn weg naar de deur nog tegemoet zou gaan treden.

In de nachtelijke donkerte kon ik nog net de contouren van zijn bureau ontwaren, en op goed geluk hield ik me vast aan de rand van zijn houten kledingkast. Ik schopte voorwerpen omver die ik zo snel niet kon identificeren en hoopte maar dat ik het ritme van Franks adem achter me niet zou horen haperen.

Iedere deur kraakte en elke tree piepte terwijl ik over het zeil schuifelde en met mijn voeten de trap stapje voor stapje aftastte. Ik besefte dat ik het licht niet eens aan had kunnen doen, ook al had ik het gewild: ik had geen idee waar in dit huis de lichtknopjes zaten.

Blijkbaar was ik hier toch nog steeds een vreemde.

De woonkamer zag er even doods uit als mijn eigen woonkamer, die op dit tijdstip opeens nog verder bij me vandaan leek dan alle weken hiervoor, maar zich tegelijkertijd in alle hevigheid die mijn fantasie toeliet aan me openbaarde. In ditzelfde gebrek aan licht leken de meubels ineens veel meer op elkaar: de kleuren die overdag iedere vorm van associatie in de weg hadden gestaan, waren nu vervlakt tot een verwaarloosbare schakering van grijstinten. Het zwart en het donkergroen van beide banken lag plotseling niet zo ver meer bij elkaar vandaan, evenals het wit van het tapijt in vergelijking met de lichtgrijze vloer hier. Wat overdag schilderijen van koeien in weilanden waren, waren nu figuren van De Kooning in een wereld van Rothko. De overeenkomsten met de abstracte werken die bij mij thuis aan de muur hingen, waren zo treffend dat ik niet kon begrijpen dat ik ze niet eerder had gezien.

Vormen die eerst volstrekt niet op elkaar hadden geleken, creëerden nu dezelfde schaduwen op de vloer. Alleen de planten in de vensterbank verstoorden het samenvallen van deze ruimte en die kamer tientallen kilometers verderop: in ons huis zouden kamerplanten nooit hun plaats kunnen verdienen. Planten waren eigenwijs: ze groeiden zoals ze zelf graag wilden, kregen bruine randen aan hun bladeren, eisten dan weer veel, dan weer weinig water. Planten blonken uit in een bepaald soort onvoorspelbaarheid waar mijn moeder niet mee om kon gaan.

Ik zocht opnieuw naar een lichtknopje, maar wederom voelde ik me zwaarmoedig worden toen ik besefte dat ik hier al jaren over de vloer kwam, bij elkaar al weken had geleefd en hier de afgelopen dagen zo veel uren had doorgebracht, maar dat ik niet eens het licht kon aandoen. Het was alsof twee onzichtbare handen me met rauwe bewegingen naar buiten duwden en de voordeur achter me wilden sluiten, alsof ze me op spottende toon wilden zeggen: zie je wel dat je hier niet hoort? Je bent hier een gast, die altijd welkom is zoals iedereen, maar nooit méér zal zijn dan iemand die via de achterdeur naar binnen kan komen wandelen, hier kan blijven slapen en na een aantal nachten weer kan ophoepelen. Weet je hoe de muziekinstallatie werkt? Weet je hoe je de vaatwasmachine aan moet zetten? Heb je hier al eens je eigen kleren gewassen? Nee? Wat doe je hier dan nog?

Maar ik liet me niet wegduwen, ik hield me vast aan de deurpost en de tafel, schuifelde van eettafelstoel naar eettafelstoel, ging zitten, mijn benen schuin onder me gevouwen om me te verweren tegen de koude nacht. Ik staarde naar de rode streepjes op het display van de magnetron die me vertelden dat het half vijf was, een tijdstip waarop zelfs benzinestations die pretendeerden drieëntwintig uur per etmaal open te zijn, gesloten waren. Het tijdstip waarop mensen die echt niet konden slapen de moed opgaven en besloten dat het geen zin had om nog een keer van positie te wisselen, nog eenmaal te draaien van de linkerschouder naar de rechter en weer terug, die net als ik de kou van de wereld buiten het bed hadden getrotseerd. Hier zaten we, mensen die tijdelijk waren vergeten hoe ze moesten dromen, zittend aan de keukentafel in het schijnsel van sterren en straatlantaarns, waarin alles mystiek en donker leek, en zelfs het overdag zo vrolijke bloemetjesmotief was getransformeerd tot mistige vlekken. Hier zaten we, te wachten tot de vaardigheid van het slapen opeens weer tot ons zou komen, zodat we opnieuw de traptreden zouden kunnen aftasten maar nu in omgekeerde richting. Hier zaten we, te hopen dat een glas water zou helpen, nog een glas water, een boek misschien – nee, onleesbare letters in het donker, zwart op duistergrijs.

Over drie kwartier zou Franks vader opstaan om de koeien te melken. De dagen dat ik hier had geslapen was ik altijd om stipt kwart over vijf wakker geworden van de ganglichten die aangingen, het stommelen in de woonkamer, de radiomuziek die over het erf schalde. Om de vijf minuten sloegen apparaten aan met een diep gebrom, dat me telkens deed opschrikken als ik weer indommelde.

Mijn handen hadden mijn gedachten niet nodig om hun weg te vinden naar het aanknopje van de computer die op de ebbenhouten secretaire in de hoek van de woonkamer stond. Ze bleven rusten op het toetsenbord, wachtten geduldig tot mijn e-mailaccount was opgestart.

Geen bericht van mijn vader. Pas toen ik zag dat hij me niets had gestuurd, besefte ik dat ik ergens had verwacht een teken van hem in mijn mailbox aan te treffen. En tegelijkertijd voelde het alsof hij me met dit zwijgen wel degelijk iets duidelijk had willen maken: dat het hem speet, maar dat er nog steeds niets veranderd was, dat zij nog steeds bepaalde wat er gebeurde.

Ik wist niet of mijn vingers haar verwijten zouden gaan maken, of ze zouden gaan proberen een kant-en-klare uitleg te geven van de situatie waarin zij en ik ons bevonden, ik wist niet of mijn vingers op het punt stonden haar te gaan uitschelden of juist gingen proberen haar gerust te stellen.

Ik wist wel dat mijn handen hadden besloten dat ze een teken van leven verdiende. Welke toon dat teken ook had.

Mijn vingers trilden. Ze haperden al bij de aanhef.

Iedere denkbare optie was ongepast. Een simpel 'mama' was te kil, of juist te wanhopig. 'Lieve mam' klonk als de aankondiging van een brief waarin ik alvast om mijn erfenis zou gaan bedelen.

'Geachte Marie.' Veel te formeel.

'Hi moeder.' Nee, te gruwelijk voor woorden.

Elke aanhef met een toon die daartussenin bungelde was minstens even ongepast.

Dan maar geen aanhef. Enter.

Ik sloot mijn ogen en probeerde te schrijven wat er in me opkwam, geen barrière te voelen, haar gezicht niet voor me te zien als ze las wat ik schreef. Ik deed een poging haar priemende blik weg te duwen, haar ogen vol verachting of ongeloof, maar ze keek me zo recht aan dat het voelde alsof ze tegenover me zat en ik maar een klein stukje naar voren hoefde te buigen om met mijn neus de hare aan te raken. Hoewel ze natuurlijk allang teruggedeinsd zou zijn tegen de tijd dat ik haar zo dicht genaderd was.

De woorden kwamen wel, maar de betekenissen bleven achter in mijn hoofd, als schepen die te groot waren om de haven te verlaten. Ik voelde hoe met elke aanslag mijn vingerafdrukken steeds verder wegsleten. Alsof met elk getypt woord een klein stukje van mijn identiteit werd uitgewist.

Zo voelde iedere letter. Als een aanslag. Een explosie. Als een daad van geweld, waarbij dingen stukgingen die nooit meer aan elkaar gelijmd zouden kunnen worden.

Ieder woord was ongepast. Geen enkele zin die ik had geproduceerd, kwam in de buurt van een correcte representatie van de situatie of mijn gevoelens. Mijn pogingen de dingen te benoemen die zich tot nu toe alleen in mijn hoofd hadden verscholen hadden niet opgelucht, ze hadden enkel een misplaatst label geplakt op dingen die eerst alleen onbenoembaar hadden geleken, maar nu daadwerkelijk onbenoembaar bleken te zijn.

Alsof je kind, dat je vanaf de eerste weken van je zwangerschap al niet had willen hebben, opeens in je armen ligt, en je het een naam moet gaan geven.

Na een halve alinea kwam ik tot de conclusie dat ik deze e-mail nooit zou gaan versturen.

Voordat ik me kon bedenken, voordat het besturingssysteem me kon vragen of ik deze e-mail echt niet wilde versturen, of ik hem niet wilde opslaan in *Concepten*, of ik zeker wist dat ik deze pagina wilde verlaten, of ik echt wilde uitloggen, trok ik de stekker eruit.

Deze hele exercitie had mijn onvermogen in slaap te vallen niet bepaald spontaan verholpen – integendeel: ik voelde me wakkerder dan ooit. Ik sloop weer naar boven, mijn voeten al zoekend optillend, terwijl ik met mijn handen langs het granol van de muren voelde of ik al naar links moest, of de trap al naderde, welke deur ik moest hebben.

Frank lag nog in precies dezelfde houding als hoe ik hem – dagen, uren, maar waarschijnlijk maar tien minuten geleden – had achtergelaten. Alle spieren in zijn gezicht waren ontspannen, en ik verbaasde me erover hoe het mogelijk was dat ik geen enkele emotie aan zijn neutrale gelaat kon verbinden.

Hij was haar perfecte antagonist. Hij had zelfs moeite met dagelijks zijn tanden poetsen. Hij vouwde schaamteloos en zonder enig schuldgevoel de hoekjes van de bladzijden van zijn bibliotheekthrillers om, zich geen moment realiserend dat hij ook een boekenlegger zou kunnen gebruiken. Zijn agenda bleef altijd leeg; niet omdat hij geen afspraken had, maar omdat het geen moment in hem opkwam om ze ook daadwerkelijk te noteren. Hij vergat verjaardagen en zilveren huwelijken, kon een half uur voor aanvang van een feestje bedenken dat hij nog geen cadeau had en nog even vlak voor sluitingstijd aankloppen bij de plaatselijke slijterij.

En dan kon hij met zo'n grote grijns op zijn gezicht weer thuiskomen. Trots dat hij dat toch maar weer mooi op het laatste moment gekocht had. Trots dat hij weer eens bewezen had dat cadeaus niet weken van tevoren geregeld hoefden te worden. Dat dingen helemaal niet zo moeilijk hoefden te zijn.

Ik zou nooit zo kunnen zijn als hij. Niet als ik niet voorgoed afscheid nam van haar.

De koplampen van zijn auto schenen over het weiland terwijl ik het erf af draaide. Brug over, dertig kilometer-weggetje af langs meer boerderijen, met hun eigen ophaalbruggen en rieten kappen. Slapende schapen langs de waterkant. Onwerkelijke kuddes grijze wolkjes, zoekend naar elkaars warmte in het donker.

Ze hoorden daar niet. Schapen hoorden bij overdag grazen in groen landschap, verspreid over het weiland. Ze pasten niet in de koude nacht, uit noodzaak op elkaar gepakt. Schapen moesten niet doen alsof ze eenzaam waren.

De rest van het donkere land, dat zich achter hen uitstrekte tot de lichtgevende wijzers van de kerktoren van het dorp verderop, oogde onnatuurlijk leeg. Ik voelde me in één klap schuldig dat ik zo veel nachten had geprobeerd in slaap te komen door schaapjes te tellen, zonder me er een moment van bewust geweest te zijn dat ik ze door middel van deze nachtelijke arbeid hun rust had ontnomen. Alsof schapen altijd moesten klaarstaan om mensen in slaap te wiegen door tot in den treure over imaginaire hekjes te springen.

Toen ik bij het stoplicht stond te wachten om de

tweebaansweg op te kunnen (hoewel er op dit tijdstip niemand op het kruispunt te bekennen was), zag ik een paar schaars gevlekte koeien in een intieme groepsformatie tegen de muur van een schuur staan. Alsof ze warmte en troost zochten bij elkaar en in de luwte van de stenen.

Ik vroeg me af of dieren ooit bang waren in het donker.

Vroeger leken wegen altijd heel lang. Naar ooms en tantes aan de andere kant van het land waren we dagen onderweg, de zomerse rit naar Frankrijk duurde weken. Maar die wegen werden in hun bekendheid steeds korter: ze veranderden van etmalen naar uren, van uren naar de daadwerkelijke tijd, en uiteindelijk leken ze soms zelfs korter geworden te zijn dan hun werkelijke duur, alsof ze waren gekrompen in de was. De Provence lag steeds dichterbij, en op een gegeven moment woonde tante Rita bijna om de hoek.

Hoe ik me ooit had verbaasd dat mijn moeder helemaal speciaal voor mij was teruggereden naar oma, midden in de nacht, het land door, alleen maar om mijn olifantenknuffel op te halen die we vergeten waren mee terug te nemen van ons driewekelijkse bezoek. Zou ze wel terug zijn voor het weer ochtend werd? Was ze er weer als ik de volgende dag naar school moest? Maar diezelfde avond nog stond ze aan de rand van mijn bed, in het zwakke schijnsel van mijn wereldbollamp, en legde ze de knuffel voorzichtig naast mijn hoofd. Ik kon niet nalaten te glimlachen, maar was bang dat ze zou zien dat ik wakker was. Snel deed ik alsof ik me in mijn slaap omdraaide, mijn dekbed omarmend, zogenaamd verwikkeld in een gelukzalige droom.

Maar in tegenstelling tot al die andere afstanden was de weg naar mijn huis in enkele dagen zo oneindig veel langer te worden. Het was alsof iemand zonder met mij te overleggen het asfalt van de aarde had losgepeuterd, tot een bal had gekneed, met een deegroller had uitgerold en weer een nieuwe weg had aangelegd. Alleen was deze weg veel langer en dunner, claustrofobisch smal, en leidde hij me langs plekken die herkenbaar waren maar die ik niet eerder had gezien. Iedere boom was veranderd in dezelfde boom. Elk verkeersbord was hetzelfde, maar toch anders. Elke bocht lag nog precies op de plek waar die eerst had gelegen, maar toch hield ik mijn stuur krampachtig vast, alsof ik ieder moment van het asfalt geslingerd zou kunnen worden. De persoon die deze weg in zo'n korte tijd opnieuw had aangelegd zou tenslotte zomaar met dezelfde plotseling opwellende daadkracht kunnen besluiten het asfalt opnieuw van de grond te schrapen en op een andere manier neer te leggen, zodat ik opeens gekanteld in de berm lag. En dat in de nacht, met niemand anders in de buurt om me te helpen, in een onbekende wereld die toch echt de mijne moest zijn.

Toen ik de auto naast die van mijn moeder had geparkeerd, met zweet in mijn handen omdat ik zo ongelooflijk bang was haar lak te beschadigen, een deuk in haar portier te rijden, begreep ik nog steeds niet waarom mijn lichaam me hiernaartoe had geleid. Of misschien was het juist mijn geest geweest die het voortouw had genomen, en had mijn lichaam hem alleen maar klakkeloos gevolgd. Ik wist alleen hoe bizar het was om het portier dicht te slaan en dezelfde weg te lopen als een week geleden, maar dan in omgekeerde richting. Ik kon de afdrukken die mijn voetstappen enkele dagen geleden hadden achtergelaten bijna voelen.

De nacht was koud. De sterrenhemel was als een zonnescherm met piepkleine gaatjes erin, waar het zonlicht doorheen druppelde.

Het was nog steeds hetzelfde aantal stappen naar de voordeur, maar de weg was langer. En toch kwam het als een schok toen ik bijna onverwacht weer voor die pijnlijk bekende voorgevel stond. Alle ramen zaten nog op dezelfde plek, de bakstenen waren niet veranderd van kleur of grootte. Ik had vaker in het donker naar het raam waarachter zich mijn kamer bevond gekeken. Deze hele situatie was niet bijzonder.

En toch leek het nu alsof het huis voorover helde, zich dreigend over me heen boog, alsof het op het punt stond in mijn oor te fluisteren wat ik hier kwam doen. Het was alsof ik naar een heel hoge kerktoren keek, waarboven de wolken in razend tempo over me heen trokken, waardoor het leek alsof die toren op het punt stond over me heen te vallen.

Opeens leek mijn slaapkamerraam op de eerste verdieping onmetelijk ver weg.

Eén blik op de voordeur was genoeg om mijn vingers automatisch in mijn broekzakken te laten zoeken naar mijn sleutel, maar ik wist dat ik die niet had meegenomen. Misschien per ongeluk, misschien half expres, om me tegen mezelf te beschermen.

Als ik volledig op de automatische piloot had gehandeld, hadden diezelfde vingers meteen gezocht naar de deurbel, maar mijn hand trok zich net op tijd terug.

De vitrage belemmerde me om naar binnen te kijken, maar dat hoefde ook niet; ik wist precies wat zich achter dat glas bevond. In mijn hoofd kon ik de woonkamer zo uittekenen: de piano, de eettafel, de stoelen, de televisie. Het visualiseren van details was niet nodig; die waren er namelijk niet. Geen rommelige stapeltjes boeken op de tafel, geen lege koffiekopjes op het aanrecht, geen truien die over rugleuningen te rusten lagen.

Ik dacht dat jullie een kind hadden? moeten de mensen vroeger hebben gevraagd toen ze onze huiskamer binnen kwamen. Geen mislukte kindertekening aan de muur, geen rondslingerend speelgoed, geen verdwaalde kinderschoenen of meezing-cd's. Niemand struikelde over sporen van mijn aanwezigheid, alsof mijn moeder had geweigerd haar grotemensenhuis op te geven.

Geen details. Maar achter dat raam zou mijn moeder staan, achter het aanrecht, bezig met het eten. Of ze stond daar om me uit te zwaaien, wachtend totdat ik mijn fiets uit de schuur had gereden en ik me nog even zou omdraaien om mijn hand naar haar op te steken en naar haar te glimlachen.

Die glimlach was er de laatste tijd niet meer geweest. De laatste weken had ik geweten dat ze er stond, maar ik had me niet omgedraaid. In plaats daarvan had ik haar ogen in mijn rug voelen branden terwijl ik de straat uit fietste. Niet omkijken, zeiden mijn gedachten, niet omkijken.

Maar anders dan in de mythe had ik me juist wel moeten omdraaien om ons te redden. Ik had haar moeten aankijken en naar haar moeten zwaaien alsof er niets aan de hand was. Dan had ik weliswaar een toneelspel gespeeld, maar wel een toneelspel waarmee ik mezelf de plaatsvervangende eenzaamheid had bespaard als ik wegfietste. Dan had ik niet hoeven voelen hoe mijn voeten, terwijl ze mijn trappers wegduwden, me tegelijkertijd wegduwden van haar.

Achter dat raam stond mijn moeder, met dezelfde droevige gezichtsuitdrukking als die zich altijd voor mijn netvlies worstelde wanneer ik bij haar vandaan bewoog zonder oogcontact met haar gemaakt te hebben. En nog steeds durfde ik haar niet aan te kijken.

Ik kon het naambordje dat naast de voordeur hing in het donker niet lezen, maar ik wist welke letters er stonden. Eerst de naam van mijn vader, zijn voorletters, tussenvoegsels en achternaam, gevolgd door die van mijn moeder. En daaronder dan de mijne. Maar ik had geen achternaam. Ik was gewoon Emma. Onder twee regels krullende letters, krachtig onderbroken door spaties en punten, hele zinnen leken het bijna, stond die beknopte lettercombinatie die voldoende was om mijn persoon te definiëren. Alsof er al bij voorbaat rekening mee was gehouden dat mijn naam gemakkelijk uitwisbaar moest zijn. Ik vroeg me af hoelang ik weg moest blijven voordat dat ook daadwerkelijk zou gebeuren.

Daarbinnen bevond zich mijn leven. Mijn hand wilde zich door de brievenbus wurmen en zich al mijn spullen in één geruisloze beweging weer toe-eigenen zonder sporen achter te laten. Mijn vingers wilden zich een weg banen door de donkere gang van het huis waar ik tot voor kort dagelijks had rondgelopen, zonder te beseffen van hoe korte duur die vanzelfsprekendheid nog zou zijn. Ze zochten naar voorwerpen aan de hand waarvan ze zich, blind als ze waren, konden oriënteren en waaraan ze zich konden vastklampen als ze even niet meer wisten waar ze waren. Ze klommen vastberaden over de traptreden, gleden over het tapijt, op zoek naar mijn kamer, als takken die als vanzelf naar het licht toe groeien. Ze kronkelden over de muren, reikten naar de deurklink van mijn kamer – maar toen namen ze plots de verkeerde afslag en glipten ze door een openstaande deur de slaapkamer van mijn ouders binnen.

Ineens was ik in gedachten niet in mijn eigen kamer aan het zoeken naar mijn belangrijkste bezittingen om zo snel mogelijk in een grote weekendtas te proppen, maar stond ik verstijfd tegenover de slapende lichamen van mijn ouders. Een zwak schijnsel van de maan verlichtte hun houdingen: mijn moeder op haar buik, met haar rechterhand haar kussen omklemmend, en mijn vader op zijn zij, met zijn gezicht naar mij en zijn rug naar haar toegedraaid. Hun ogen waren gesloten, hun gezichtsuitdrukkingen waren zacht.

Er was maar een kort ogenblik voor nodig om me jaren jonger en koppen kleiner te maken. Opeens was het weer half zeven op zondagochtend en stond ik aan het bed van mijn vader omdat ik niet meer kon slapen. Hij had dezelfde zorgeloze uitdrukking op zijn gezicht als nu, en ik kon het niet over mijn hart verkrijgen hem wakker te maken. Ik fluisterde dat hij wakker moest worden, maar ik wist dat het bij lange na niet hard genoeg was om hem te doen ontwaken. Mijn hand zweefde boven zijn onderarm die naast zijn hoofd rustte, maar ik durfde hem niet aan te raken, bang dat hij van schrik overeind zou schieten, alsof ik hem had doen ontwaken uit een kortstondige nachtmerrie.

— Papa, fluisterde ik, steeds zachter. Papa, ik kan niet meer slapen.

Zodra ik ze had uitgesproken klonken die woorden meteen zo nietszeggend, zo ongelooflijk als geen reden om iemand wakker te maken. Ik ging in kleermakerszit naast het bed zitten en keek toe hoe hij rustig bleef dooradmen. Iedere keer dat hij een licht snurkend geluid maakte was een geruststelling dat hij nog steeds in diepe slaap verkeerde, dat mijn zinloze gefluister hem niet uit zijn dromen had gehaald.

Zo bracht ik zondagochtenden door, afwisselend kijkend naar mijn vaders ontspannen lippen waardoor hij elke paar seconden lucht naar buiten blies, en naar de rode streepjes van de digitale wekker die steeds veranderende tekens vormden die ik nog niet herkende. Ik zag hoe de donkere kleuren van de kamer steeds lichter werden, en ik hoorde hoe de vogels steeds opgewekter begonnen te fluiten. Ik was getuige van het ontwaken van de zondag.

Zodra het wit van de lakens weer zo wit was als overdag kroop ik snel op mijn knieën naar mijn inmiddels weer afgekoelde bed. Daar wachtte ik tussen de klamme dekens tot ik mijn vader na enkele minuten hoorde geeuwen en mijn moeder een zachte ochtendgroet hoorde fluisteren. Hun mompelende stemmen vermengden zich met elkaar, en even wist ik niet wie wie was, ik wilde horen wat ze zeiden maar ik hoorde alleen de klanken, en plots besefte ik dat zij de hele nacht samen waren geweest en ik alleen.

Door de deuropening van mijn kamer zag ik hoe mijn vader half slaapwandelend zijn armen in de mouwen van zijn lichtblauwe kamerjas stak en afdaalde naar de woonkamer om ontbijt te maken.

En nu verscheen datzelfde lichtblauw tussen de kiertjes van de vitrage van het keukenraam.

Ik verstijfde, wilde rennen maar kon niet – mijn geest rende, maar mijn lichaam bleef stilstaan. Ik draaide me om, struikelde met grote onbeholpen passen terug naar de auto, rukte aan het portier, zag dat het mijn moeders auto was waarvan ik de deur probeerde open te krijgen. Opeens leek het alsof in alle omringende huizen de lichten aangingen, mensen voor hun keukenramen verschenen, naar de telefoon grepen om de politie te bellen om een poging tot auto-inbraak te melden. Honderden ogen leken me te volgen terwijl ik de autosleutels uit mijn handen liet vallen, met trillende vingers over de koude straatstenen tastte, ze vond en er eeuwen over deed de sleutel op de juiste manier in het contact te steken. Iedereen keek toe hoe ik hijgend achter het stuur zakte, hoe ik zo snel mogelijk de sleutel in het slot stak, onhandig achteruit reed en de straat uit stoof. Deze keer waren het niet twee ogen die me volgden terwijl ik wegreed. Deze keer voelde ik honderden blikken in mijn rug branden.

Mijn moeder was niet het type om geschenken uit beleefdheid een plaats te geven op de piano of de vensterbank. Alle boeketten die ons huis binnenkwamen maar niet hoogstpersoonlijk door mijn moeder waren uitgezocht, werden nadat de visite vertrokken was, direct uit hun tijdelijke vaas in de vuilnisbak gekieperd. Ik wilde niet toekijken terwijl de zo zorgvuldig uitgekozen en geschikte bloemen omlaag dwarrelden en landden op de overgebleven worteltjes en sperziebonen van de avondmaaltijden van de vorige avonden, maar ik kon niet voorkomen dat ik steeds weer in mijn ooghoeken zag hoe mijn moeder de vaas met een resolute draaiing van haar pols op zijn kop hield en de anjers *head first* in het diepe liet vallen.

Ook verjaardagskaarten die vloekten met haar gevoel voor smaak volgden de route naar de prullenbak. Sommige oudtantes sloegen ieder jaar de plank telkens weer mis, door een zelfgemaakte kaart met loslatende glitters en strikjes te sturen, voorzien van een te lange tekst in een onleesbaar handschrift.

En niet alleen kaarten, maar ook andersoortige lief bedoelde presentjes verdwenen standaard naar de schuur om op een later moment te worden afgevoerd. Van wie ze afkomstig waren was van geen enkel belang. Bij hoge uitzondering, als ze door mijn moeder van enige waarde werden geschat, verdwenen ze echter in een grote doos op zolder, waarin inmiddels een zorgvuldig aangelegde verzameling tweedehands cadeaus voor vage kennissen was ontstaan. Flessen jenever die zij en mijn vader nooit dronken, romans die ze nooit zou gaan lezen, wok- en hapjespannen waar ze er al ruim voldoende van had.

Ik vroeg me af waar mijn vierdelige snijplankenset terecht was gekomen.

Toen ik die ochtend wakker werd, kon ik voor mezelf niet meer bepalen of de beelden die op dat moment op mijn netvlies verschenen en even snel ook weer vervlogen, herinneringen aan gebeurtenissen of enkel restanten van een droom waren geweest. Maar toen ik beneden kwam, Frank zag opkijken en zijn nieuwsgierige gezicht vroeg waar ik die nacht allemaal geweest was, wist ik dat het een vlucht zou zijn om mijn dwalingen van afgelopen nacht af te doen als fantasie.

Ik wilde het hem uitleggen, maar het was net alsof het toch herinneringen aan een droom waren die ik probeerde terug te halen. Alle vormen van logica, chronologie en oorzakelijke verbanden waren in enkele uren verbleekt bij het zien van daglicht. Het was alsof ik ze had opgetekend op fotopapier, dat ik nu probeerde te ontwikkelen tot een coherent verhaal, maar in plaats van foto's verscheen er enkel een donkergrijze waas waaruit geen voorstelling meer op te maken viel.

Bij gebrek aan woorden vluchtte ik in keukenkastjes, op zoek naar boterhammen en hagelslag. Maar in mijn hoofd drongen zich nu opeens juist complete fotorolletjes van donkere dia's op. Ze toonden me allemaal hetzelfde beeld: de schaduwen die de vitrages wierpen op het in een kamerjas gehulde lichaam van mijn vader.

Ik heb nog niet genoeg over mijn vader verteld. Dat besef ik. Dat heeft een reden.

Ik heb mijn vader nooit gekend.

Even voor de duidelijkheid: dit is geen poging mijn jeugd te dramatiseren. Dit is geen omslachtige manier om te zeggen dat mijn situatie gelijkgesteld dient te worden aan die van kinderen wier vaders enkele minuten na hun geboorte – of wellicht al zelfs daarvoor – bij hun minderjarige moeders wegliepen. Dit is geen uiting van een wanhopig verlangen evenveel medelijden in ontvangst te nemen als een kind waarvan de ouders al na een paar jaar van elkaar zijn gescheiden door toedoen van een buurvrouw of secretaresse.

Ik weet gewoon niet wie mijn vader is.

Ik weet dat hij elke ochtend om kwart over zeven wakker wordt met het piepen van zijn wekker. Ik weet dat hij dan in het effen witte overhemd en de donkergrijze broek schiet die mijn moeder de avond van tevoren voor hem heeft klaargelegd, dat hij naar beneden loopt en zijn boterhammen smeert. Ik weet dat hij om kwart voor acht de deur achter zich dichttrekt, met de auto naar zijn werk gaat, en elke avond om kwart over zes weer thuiskomt.

Maar ik ken de plek niet waar hij naartoe gaat. Ik ken het bureau niet waaraan hij zit, ik weet niet of er foto's van mijn moeder of van mij naast zijn computer staan, zoals je altijd ziet op televisie, en zo ja, in wat voor lijstje ze zitten, en hoe vaak hij dan een blik op die foto's werpt. Ik ken de serieuze uitdrukking niet die ongetwijfeld op zijn gezicht ligt als hij aan het werk is. Ik weet niet op welke toon hij praat als hij een vergadering leidt, welke handgebaren hij maakt als hij zich ergert aan een gebrekkig functionerend kopieerapparaat. Ik ken de collega's niet over wie hij tijdens het avondeten vertelt, ik ken de gangen niet waar hij de hele dag doorheen loopt, ik ken de kantine niet waar hij elke middag luncht.

En dus loopt mijn vader voor mij elke dag rond in doorsnee grijze kantoorgangen, zoals ik die ken uit televisieseries over onenigheden op de werkvloer en films over secretaresses die onheus bejegend worden door hun baas. Voor mij zit mijn vader elke dag aan een grijs bureau tegenover een grijs computerscherm. Mijn vader vertrekt elke ochtend naar een fictieve grauwe clichéwereld.

Ik zou met deze hiaten in mijn kennis van het leven van mijn vader kunnen leven, als ik me wel een volstrekt helder beeld zou kunnen vormen van de overgebleven uren van zijn dagen. Maar dat is niet zo.

Tot voor kort zat ik elke avond om half zeven schuin tegenover mijn vader aan tafel. Elke dag zocht ik in de manier waarop hij zijn linkerarm naast zijn bord legde, zijn bestek vasthield, van zijn water dronk, naar tekenen die mij konden vertellen wie mijn vader was. Maar elke dag kwam ik weer tot de conclusie dat die man die rechts van me zijn lepel naar zijn mond bracht en aandachtig probeerde te luisteren naar wat mijn moeder vertelde, wiens hand ik had kunnen aanraken als ik dat had gewild, nooit méér voor me zou worden dan een ondoorgrondelijk personage in een roman waarvan ik de meerderheid van de woorden niet begrijp.

Ik kende de manier waarop hij bewoog. Ik wist hoe hij, half voorovergebogen, hete soep kouder blies. Ik wist hoe zijn armen bewogen als hij het zonnescherm ophaalde. Ik wist hoe zijn handen zochten naar bestek onder het sop als hij aan het afwassen was.

Maar ik wist niet wat hij dacht. Ik hoorde hem naar de radio luisteren terwijl hij naar een punt in de verte staarde en wist niet waar hij was met zijn gedachten. Ik zag hem de krant lezen, turend door zijn leesbril, maar ik wist niet welke woorden tot hem doordrongen en welke niet.

Ik had het hem kunnen vragen — wat hij voelde, wat hij dacht. Maar ik was veel te bang dat zijn woorden slechts een vale afspiegeling van de werkelijkheid zouden zijn, en daarmee de kloof tussen zijn gedachten en de mijne alleen maar verder zouden openscheuren.

Het dichtste was ik bij mijn vader wanneer ik hem een boek zag lezen dat ik ook had gelezen en ik wist dat hij de namen van de personages niet kon onthouden. Dan wist ik wat er in zijn hoofd gebeurde. Dan was ik een stukje dichter bij hem.

Maar alle stappen die ik ooit naar hem toe had kunnen zetten, alle momenten waarop ik even in zijn hoofd had kunnen kijken onder elkaar geschreven en bij elkaar opgeteld, waren volstrekt zinloze centimeters in vergelijking met de afstand die nu opeens was ontstaan, nu hij daar kilometers verderop bleef rondlopen in het huis dat eerst ons huis was en ik hier over het erf struinde, omringd door land en lucht en waterplassen, restanten van de aanhoudende regenbuien van de afgelopen dagen, die verstoppertje speelden met korte perioden zonneschijn.

De grootste afstand tot hem dacht ik gevoeld te hebben toen hij een week was weggeweest naar een muziekfestival, slapend op een boot met allemaal ex-collega's die ik niet kende. Niet de dagen dat hij weg was waren de momenten dat ik me afvroeg wie mijn vader was, wat hij nu dacht en deed. In die dagen verkeerde ik nog in de naïeve veronderstelling dat hij over een paar dagen weer hier aan tafel zou zitten en me alles zou vertellen over wat hij had meegemaakt. Ik was ervan overtuigd dat hij me ieder detail van zijn week op die boot zou vertellen, me beelden zou voorschotelen en ze als een film voor me zou afspelen, zodat ik wist wat er allemaal met hem was gebeurd.

Dat waren de minst erge dagen.

Het was de avond waarop hij thuiskwam, zijn weekendtas met vuile kleren naast zich neerzette en neerplofte op de bank. Zijn armen hing hij over de rugleuning, zijn ongeschoren gezicht glom voldaan. Dat voldane gevoel, besefte ik, zou hij nooit volledig kunnen verklaren. Hij had geen film meegenomen om aan mij te laten zien. Hij had een paar blokkerige foto's gemaakt met de camera van zijn mobiele telefoon, waarop ik nog net een mast en een paar onbekende hoofden kon onderscheiden, maar die beelden waren niet genoeg om een stroom aan fantasieën in mij los te maken waardoor ik alsnog door middel van talloze associaties een inkijkje zou kunnen krijgen in zijn hoofd.

Op dat moment, toen hij me glimlachend die foto's toonde, en ik begreep dat die voor hem verbonden waren met herinneringen aan uitgelaten zomeravonden, met de smaak van goedkope rode wijn die alleen te drinken was als je tenen waren begraven in warm Terschellings zand, met de lachende stemmen van mensen die ik nog nooit had gezien, was ik het verst bij hem vandaan.

Dat dacht ik toen.

Nu wist ik dat ik nog verder bij hem vandaan kon zijn: op het moment dat ik voor het raam stond en hij daarachter en alleen glas en vitrages ons van elkaar scheidden. De seconde waarin ik had besloten dat ik niet moest glimlachen of weifelend mijn hand moest opsteken, maar moest wegrennen, de hoek om, het donker in.

Nooit is mijn vader verder bij me vandaan geweest dan toen.

En hoe kan ik vertellen over een man die ik niet heb gekend?

Ik kan vertellen over de bemoedigende glimlach die hij voor mij was wanneer ze een mindere dag had, en ze, als ik met hem in de keuken stond te praten terwijl ik mijn boterhammen klaarmaakte, om me heen alles wat ik twee seconden geleden nog op het aanrecht had gezet, zo snel mogelijk weer terugplaatste op de plekken waar ze hoorden. Het was alsof haar hand wachtte, ongeduldig in de lucht hangend, twintig centimeter bij de mijne vandaan, tot ik het pak hagelslag zou loslaten of mijn mes door de botervloot had gehaald. Haar lichaam was een schaduw van het mijne, dat analoog aan mijn bewegingen naar links stapte om een glas melk voor mezelf in te schenken, dat naar rechts stapte als ik een krentenbol wilde pakken.

Ik begrijp dat mensen claustrofobie kunnen krijgen wanneer ze een lift in stappen en die vijf wanden op zich af zien komen, en dan de zesde zich achter hen voelen sluiten. Ik begrijp dat mensen zich dan kunnen voelen alsof ze opgesloten worden, alsof ze het vanaf dat moment nog maar met een beperkte hoeveelheid lucht moeten doen, en dat dat gevoel je de adem kan benemen.

Maar een lift zou bij mij geen enkele vorm van claustrofobie kunnen opwekken. De afstand tussen de deuren van de lift en mij is namelijk altijd nog oneindig veel groter dan de afstand tussen mijn lichaam en dat van mijn moeder. Ik heb jarenlang geleefd met zes wanden om mij heen. Een lift doet mij niets.

Ik kan vertellen over mijn vader als de man wiens blik ik zocht wanneer ik geen kant op kon, wanneer ik het gevoel had dat ze overal was, dat ik geen idee meer had waar zij ophield en ik begon. Wanneer ik voelde hoe haar hele lichaam zich om het mijne vouwde in een poging de sporen van leven die ik had achtergelaten zo snel mogelijk uit te wissen. Ik kan vertellen dat op zulke momenten zijn zachte bruine ogen me aankeken en dat ik dan voelde hoe de greep van haar huid om de mijne verslapte.

Die ogen waren hetzelfde als de mijne. Dezelfde

amandelvorm, dezelfde hazelnootkleur. Ik had die ogen van hem gekregen, zodat ik op ieder gewenst moment, ook wanneer hij er niet was, in de spiegel kon kijken en in het bruin van mijn ogen de zijne kon zien. Op zulke momenten vervaagde al het andere: mijn lichaam was er niet meer, alleen nog zijn blik die me geruststelde.

Maar steeds vaker keek ik in de spiegel en zag ik blauwe vlekjes, spikkeltjes die uitwaaierden rond mijn pupillen, in een bijna symmetrische stervorm.

Moedervlekjes, als pijnlijke herinnering aan het feit dat zelfs mijn ogen niet helemaal moederloos konden zijn.

Ik kan vertellen dat mijn vader degene was met wie ik heimelijk lachend kon genieten van het schouwspel dat mijn moeder soms onbewust voor ons opvoerde. Zittend op de eerste rij glimlachten we om de manier waarop ze haar aardappelen, groenten en vlees elke hap weer in een perfecte onderlinge verhouding bij elkaar op haar vork probeerde te krijgen. Stukje rundervink afsnijden, hapje spinaziestamppot, beetje appelmoes, allemaal bij elkaar, balancerend op die vier tanden, die bijna leken door te buigen onder die verantwoordelijkheid. Op betere dagen lukte het vaak in één keer, op mindere dagen deed ze gerust vijf pogingen voordat ze tevreden was over de samenstelling van dat wat op haar vork geprikt zat.

Die betere en mindere dagen waren gemakkelijk van elkaar te onderscheiden. Op betere dagen kon het voorkomen dat ze de vleeswaren liet staan als ik vergeten was ze op de goede plek in de koelkast terug te zetten. Op mindere dagen deed ze er voor mijn gevoel uren over om tijdens de lunch alle draadjes van haar partjes mandarijn te peuteren, en begon ze de dag met het verwijderen van voor anderen onzichtbaar stof van tafels en kasten.

Mindere dagen waren voor haar de dagen dat de zon scheen.

Op die dagen keken mijn vader en ik toe hoe ze met haar stofdoek langs alle toetsen van de piano ging, eerst het ebbenhout, dan het ivoor, hoe ze iedere vierkante centimeter glas die zich in de kamer bevond, te lijf ging met spray en doekjes. Hoe ze dan uitgeput neerzakte achter het ontbijt, waar mijn vader net begon aan zijn vierde boterham.

We keken elkaar voorzichtig aan. We glimlachten.

Ze keek op, schichtig, rood van nijd en inspanning.

We staarden naar ons bord.

We zeiden niets.

Ik was negen en mijn moeder huilde.

Het was half september, een woensdagmiddag, drie dagen na mijn negende verjaardag. Het weekend daarvoor hadden mijn ooms en tantes, neefjes en nichtjes, opa's en oma's zich nog verzameld rond deze kersenhouten tafel, nerveus prikkend in het marsepeinen laagje dat hun bescheiden puntje abrikozentaart bedekte. Op de achtergrond liep mijn moeder haastig heen en weer om iedereen te voorzien van koffie en thee.

Blikken waren naar buiten gericht, waar de druppelende regen de tegels voorzichtig donkergrijs verfde. Kinderen, zittend bij hun ouders op schoot, wachtten zwijgend op hun cola. Volwassenen kwamen niet verder dan een conversatie over de aanhoudende miezerregen, die al na enkele minuten stokte.

Ik zou moeten omschrijven wat voor geluiden er op dat moment klonken, zodat de mensen die er niet bij waren zich een beter beeld kunnen vormen van de situatie. Ik zou graag willen vertellen welke radiozender er op de achtergrond muziek door de kamer verspreidde, waar de gesprekken over gingen, hoe gezellig het koffiezetapparaat bromde, als bevestiging van de huiselijke sfeer die er op dat moment hing.

Maar de radio stond uit, en alle conversaties, die

toch al niet bijzonder geanimeerd waren geweest, verstomden steeds als er vanuit de keuken een zenuwachtig gepiep uit de keel van mijn moeder klonk, wanneer ze per ongeluk te veel melk bij de koffie had gedaan of was uitgeschoten met de suiker. Het geluid dat het koffiezetapparaat maakte klonk niet gezellig of intiem, maar was eerder een bevestiging van hoe pijnlijk deze woonkamerstilte was.

Aan deze tafel, op dit moment, terwijl mijn moeder, verontschuldigingen mompelend, met trillende handen iedereen zijn koffie serveerde, besloot ik dat ik niet wilde dat het zo ging.

Na wat voelde als een eeuwigheid, maar volgens de klok anderhalf uur had moeten zijn, schoof de laatste moeder weifelend haar stoel naar achteren en pakte haar peuter bij de hand. Met zijn drieën liepen ze het tuinpad af, vader en moeder beiden een handje van hun zoon vasthoudend. De vader draaide zich uit beleefdheid nog even om, om te stotteren dat het gezellig was geweest.

Nauwelijks waren ze de hoek om, of mijn moeder sloeg de deur dicht en vertrok naar de keuken. Zittend aan de tafel, die ineens veel groter en leger leek nu alle omzittenden waren verdwenen, hoorde ik het verwoede schrapen van de afwasborstel over de gebaksbordjes en het agressieve geluid van metaal op metaal van de vorkjes en lepeltjes. Het overgebleven deel van de taart, meer dan de helft, verdween in de vuilnisbak. Alle herinneringen aan deze middag dienden zo snel mogelijk te worden uitgewist.

Met één armbeweging veegde ze de tientallen verjaardagskaarten, die ze die ochtend nog zo zorgvuldig had neergezet, van de piano. Met hun aanwezigheid verdwenen ook hun glanzende weerspiegelingen in het zwartgelakte hout. Ze vonden hun weg naar de papierbak, tussen de oude kranten.

Ze keek niet naar me terwijl ze voorbijbeende, vroeg me in het voorbijgaan met een stem zonder pieken of dalen of ik mijn verjaardagscadeaus zo snel mogelijk wilde opruimen. Het was een zin zonder vraagteken op het einde. De deur klapte achter haar dicht.

Even bleef ik zitten in dezelfde houding als waarin ik die twee uur daarvoor ook had gezeten. Toen schoof ik geluidloos mijn stoel naar achteren en knielde neer voor de lades van de vitrinekast. In de onderste la zocht ik tussen adressenlijsten, blocnotes en briefpapier naar kaarten en enveloppen. Ik vond alleen een verzameling overgebleven kerstkaarten die zich gedurende de afgelopen jaren gestaag had uitgebreid, en wat kaarten met afbeeldingen van schilderijen gemaakt door kinderen met een verstandelijke handicap erop, in de meerderheid van de gevallen vergezeld door een hooguit achtregelig gedichtje.

Tussen de kranten vandaan viste ik mijn kaarten op. Tante Rita en ome Robbert, William en Thérèse, Job en Marieke. Namen die in hun herhaling bij elkaar waren gaan horen. Hun teksten verdwenen onder de lijm van mijn plakstift en daarna onder het witte papier, waar de krullerige letters van het handschrift van mijn oudtantes en kennissen van mijn ouders nog vaag doorheen schemerden.

Over hun woorden schreef ik de mijne, stopte de

kaarten in enveloppen die oorspronkelijk waarschijnlijk een duo hadden gevormd met de weeskerstkaarten en gehandicaptenansichten en schreef de namen van mijn vriendinnetjes op de voorkant. Even ergerde ik me aan het feit dat de meeste kaarten net niet dezelfde afmetingen hadden als de envelop waarin ik ze had gedaan, maar dat ongenoegen maakte snel plaats voor opwinding als ik dacht aan de eerste voorbereidingen die ik zojuist had getroffen voor het feestje dat ik die woensdagmiddag zou gaan vieren.

Toen de schoolbel ging waren we als één man opgesprongen en in een stoet van enthousiasme naar mijn huis vertrokken. Lachend, springend, huppelend; onze opengeritste zomerjassen wapperden als vliegers achter ons aan.

Mijn moeder was boodschappen doen, dat wist ik. Ze zou rond half vier terugkomen, had ze gezegd.

Even stonden we met zijn allen vertwijfeld in de gang. Er was niet genoeg plaats voor al onze jassen, en ik zag hoe sommigen aarzelden of ze hun schoenen moesten uitdoen op de deurmat. Maar ik opende met een wijds gebaar de deur en iedereen stormde naar binnen, verzamelde zich rond de kersenhouten tafel waar drie dagen daarvoor mijn familieleden nog houterig in hun koffie hadden zitten roeren. Ik zocht naar bekers voor iedereen om limonade in te schenken, maar moest mijn toevlucht nemen tot de wittewijnglazen. In de voorraadkast vond ik een pak koekjes. Van boven haalde ik mijn potloden en viltstiften, die ik samen met mijn tekenblok had klaargelegd voor vanmiddag.

Ik zette de radio aan, maar die was ingesteld op een klassiekemuziekzender. Ik wist niet hoe ik ervoor kon zorgen dat er een zender die popmuziek draaide uit de speakers zou komen, dus zocht ik in de kast waar mijn vaders collectie was uitgestald naar een uptempo verzamel-cd. Na enkele keren heen en weer gelopen te hebben tussen de cd-speler en mijn vaders assortiment, verschillende felgekleurde hoesjes uitgeprobeerd hebbend, kwam ik echter tot de conclusie dat de felle kleuren van de verpakking lang niet altijd representatief waren voor de vrolijkheid van het geluid dat erop gebrand was. Ik besloot genoegen te nemen met een senang ogende man met bijzonder dik ogend haar, die me van achter een artistieke rookwolk met slaapkamerogen aankeek.

Ondertussen hadden mijn vriendinnen de mogelijkheid gevonden met mijn stiften buiten de lijntjes van hun A4'tjes te kleuren. Ze hielden wedstrijdjes, waarbij ze een poging deden zo snel mogelijk met hun viltstift een lijn te trekken van de ene kant van de tafel naar de andere, waarbij het van volstrekt ondergeschikt belang was of zich papier onder hun schrijfgerei bevond of niet.

In mijn achterhoofd klonk de stem van mijn moeder, maar niet hard genoeg om me tot actie te laten overgaan. Haar woorden klonken onbekend en oppervlakkig, alsof ik haar alleen kende van televisie.

Haar stem verdween, en ik ging over tot aanmoediging van de op kop liggende viltstift.

Maar er was maar één geluid nodig om alle onrust die zich onbewust toch in mij had verzameld, in één klap naar de oppervlakte van mijn bewustzijn te stuwen. Die ophoping deed mijn buik onheilspellend verkrampen, terwijl ik lachend toekeek hoe iedereen strepen trok over de keukenkastjes, hoe er bloemetjes en gezichtjes op wangen werden getekend, hoe per ongeluk limonade omgestoten werd en met steeds viezer wordende mouwen weer werd weggeveegd – al die tijd daarvoor had ik het niet gevoeld, maar na dat geluid wist ik dat die onrust er al die tijd geweest was.

Het dichtslaan van de voordeur.

Mijn ogen vlogen naar de klok, naar de tafel, naar de muren, die opeens allemaal als één hoofd zowel bevestigend als beschuldigend leken te knikken. Ja, ze is thuis.

Ja, je hebt een probleem.

Om mij heen werd er driftig doorgekleurd, maar in mij was er alleen maar angst. Op de achtergrond schalde de opgewekte reggaelounge van mijn vader uit de speakers, maar ik telde alleen maar haar stappen naar de kapstok. Ik hoorde hoe de ijzeren hangers als triangels tegen elkaar klingelden terwijl ze haar jas ophing, voelde hoe ze de deur naar de woonkamer naderde. Ik zag de deurklink naar beneden gaan, haar gezicht in de opening verschijnen.

Ik zag haar opgewekte gelaatsuitdrukking vervormen tot een grimas die in enkele seconden transformeerde van verbazing naar verbijstering, van verbijstering naar ongeloof, van ongeloof naar afschuw, van afschuw naar woede, van woede naar onhoudbare woede, en van onhoudbare woede naar onhoudbare razernij.

Haar linnen boodschappentas viel uit haar handen, haar wangen werden roder en roder, haar vingers kromden zich rond voor mij onzichtbare perssinaasappels. Ik zag haar ogen door de woonkamer schieten, die onder haar blik opeens veranderde in één lang spoor van regels die ik die middag een voor een had overtreden. Ik volgde haar blik langs de onderzetterloze glazen op tafel via de strepen op de muur naar de scheefliggende stapel tijdschriften, naar de nadruppelende regenjassen die achteloos over de bank gedrapeerd lagen, naar de modderige afdrukken van kinderschoenen op het witte tapijt. Ik zag de limonadekringen op de tafel, ik zag de vette vingers op de zwarte toetsen van de piano, ik zag de op de grond gevallen kleurpotloden die een mislukte regenboog vormden, onbekommerd verspringend van geel naar paars, van oranje naar zwart.

En ik zag acht gillende en schreeuwende kinderen, over de grond rollend tussen met dikke strepen bekalkt papier, staand op de zwarte eetstoelen, met schoenzolen die met iedere sprong dieper in het leer drukten. Ik zag ze door de keuken rennen terwijl ze elkaar met viltstiften achtervolgden. Ik zag ze ondersteboven op de bank liggen, met hun bungelende beschoeiselde voeten die over de rugleuning tegen de witte muren schuurden, terwijl ze elkaars gezicht vol tekenden met scheef lachende gezichtjes en vervormde davidssterretjes.

En ik zag mijn moeders tranen. Ik zag haar tranen over haar wangen, twee stuks, de een na de ander, de eerste over haar rechterwang en de tweede over haar linker. Ik zag dat het geen tranen waren van verdriet – die zouden later pas komen – maar tranen van blinde woede.

Ik zag hoe haar handen met nog steeds gekromde vingers hun jassen bij elkaar graaiden. Hoe haar voeten alle potloden en bekladde A4'tjes op een hoop schopten. Hoe haar lichaam naar de gang stevende, alle spijkerjasjes en regenjacks daar op de grond liet vallen, als een grijparm op de kermis waarmee je voor een euro een knuffel van een willekeurig tekenfilmfiguur kunt proberen te pakken te krijgen, maar die altijd net te vroeg of te laat zijn buit weer loslaat.

Hoofden begonnen verrast op te kijken van dat waar ze mee bezig waren. Lijven remden langzaam af, als knikkers die worden uitgestort over een houten woonkamervloer en tegen de plinten tot stilstand komen. Ogen keken verbaasd toe hoe mijn moeder de nog half gevulde wijnglazen en het aangevreten pak koekjes van de tafel griste en dwars door hen heen naar de keuken beende. Gegil stierf weg, gelach verstomde.

En toen waren we allemaal standbeelden. Negen meisjes en een rood aangelopen moeder. Het was doodstil. Bijna waren we een museumexpositie met classicistische sculpturen, tentoongesteld in een witsteriele ruimte. Bijna. Alleen het hoge plafond ontbrak. En de langzame voetstappen over een knerpende vloer, als piepende autobanden in een garage. Voetstappen van mensen die, ons aandachtig bestuderend, om ons heen zouden moeten lopen. En de bordjes die naast ons zouden moeten staan, kunststof plaquettes met informatie over onze maker, ons productiejaar en de materialen die waren gebruikt om ons te fabriceren.

Al die dingen ontbraken. Maar andere dingen waren er wel. Het trillen van mijn moeders lichaam. De versteende meisjeslijfjes, die, doordat ze nog niet half zo groot waren als zij, haar deden veranderen in een reus van buitenproportionele lengte. Vanuit dit kikkerperspectief werd ze nog angstaanjagender dan haar tot vuisten gebalde vingers en haar wijd opengesperde ogen haar al maakten. Kleine marmeren beeldjes waren zij, die ieder moment verbrijzeld konden worden onder haar handen.

En toen was er dat onwerkelijke moment dat ze weer in beweging kwam om de misplaatstheid van mijn vaders reggae-cd op te heffen. Haar vinger drukte met zo veel kracht tegen het stopknopje van de speler dat het apparaat een paar centimeter naar achteren schoof, waardoor hij tegen de achterwand van het glazen televisiemeubel dreunde.

Maar daar sloeg zij geen acht op: ze had zich alweer omgedraaid om ieder onschuldig kijkend paar ogen dat ze kon vinden met een bijna aanraakbare kilte aan te staren, alsof ze hen wilde overgieten met vloeibare stikstof, gloeiend heet en tegelijkertijd ijzingwekkend koud. Alsof ze hen op deze manier wilde vervullen van het besef van hun valse aanwezigheid, van het mijnenveld van regels dat ze hadden betreden, zich niet realiserend dat iedere stap die ze hadden gezet, hun dood had moeten betekenen.

En ze draaiden zich om, mijn vriendinnetjes, schuifelden met een al dan niet gespeeld schuldbewustzijn richting de deur, visten hun jassen van de stapel en verdwenen in dezelfde stoet als ze gekomen waren. Alleen deden ze dat ditmaal met hangende schouders in plaats van enthousiast zwierende armen.

Ik had liever gewild dat ze hadden tegengesputterd, zoals kinderen tegen moeders horen te doen. Het was fijner geweest als ze zachtjes morrend hun glas limonade achterover hadden geslagen en treuzelend hun tekeningen van de grond hadden opgeraapt. Ik had het prettiger gevonden als ze met hun jas in hun hand bij de deur waren blijven dralen, wachtend tot mijn moeder ze definitief zou wegsturen, de rode en blauwe viltstiftstrepen nog op hun wangen, die ineens waren verworden tot brandmerken in plaats van tekenen van uitbundig plezier.

Dat was fijner geweest. Dat had betekend dat mijn moeder niet zo'n verstenende, allesomvattende autoriteit had gehad, dat er ruimte was geweest voor tegenstribbeling. En dat had het moment uitgesteld dat ik alleen met haar in de kamer zou staan, omringd door stilte, omringd door chaos. Geen rustige chaos, maar chaos vertaald in verstoring en viezigheid.

Midden in de kamer stonden we daar tegenover elkaar, mijn moeder en ik, in een ruimte die enkele seconden geleden nog bevolkt was geweest door besefloze kinderen. Daar stonden we, verlamd, in een kamer waar niets meer lag waar het hoorde. Waar alles misplaatst was.

Later heb ik boeken gelezen waarin de hoofdpersonages wensten dat er tegen hen geschreeuwd werd in plaats van dat eeuwige zwijgend tegenover elkaar zitten tijdens het avondeten. Ik begreep het niet. Ik kon niet begrijpen waarom iemand liever wilde worden uitgescholden dan ervoor te kiezen die geladen stilte te ondergaan. Totdat ik terugdacht aan dat moment, aan die seconden die uren waren, aan onze houdingen, die verstard leken voor langer dan een leven.

Ik begreep het. Die stilte was niet alleen geladen, die stilte was elektrocuterend. Tijdens geschreeuw duurde de tijd voort. Tijdens dit zwijgen stond de tijd stil.

Onze keuken was te klein. Althans, onze keuken was te klein voor mijn moeder en mij samen. Of preciezer: onze keuken was te klein voor de combinatie van mijn moeder met een willekeurig ander persoon.

Wanneer zij kookte, had ze ruimte nodig. Ze begon altijd anderhalf uur van tevoren, of de bereidingstijd die op het recept stond aangegeven nu een kwartier was of vijfendertig minuten. De eerste stap was het verzamelen van alle ingrediënten en ze tentoonstellen op het aanrecht, in dezelfde volgorde als waarin ze ze zou gaan gebruiken. De tweede stap was het klaarleggen van de messen waarmee ze de groenten en het vlees zou gaan snijden, het klaarzetten van de pannen die ze verwachtte nodig te gaan hebben, het uitstallen van de houten pollepels waarmee ze door de saus zou roeren, de groenten zou omscheppen, het vlees voorzichtig in de pan zou laten glijden.

En dan eindelijk, als alles klaarstond, stak ze het gas aan. De eerste pan ging op het vuur. En dan wachtte ze tot het water kookte. Tilde om de zoveel tijd het deksel op om te kijken of het water al borrelde. Herlas het recept voor de twintigste keer.

Wanneer de eerste luchtbellen ontstonden, voegde ze de rijst toe, en stelde ze de eivormige zwarte kookwekker in op tien minuten. Dan liet ze haar vinger over de bladzijden van het kookboek glijden, de instructies voor zichzelf nog even hardop opsommend. Soms trok haar mond zich even samen tot een zenuwachtige rimpeling, als de plooiing in een damasten tafelkleed. Dan wist ik dat ze in het ingrediëntenlijstje subjectieve maten als theelepeltjes en kopjes had zien staan, of dat er bij de aanwijzingen intuïtieve instructies waren gegeven als 'naar smaak zout en/of peper toevoegen'.

Maar altijd herpakte ze zich. Haar mond vormde weer een kaarsrechte lijn, die ik ook kende als de horizontale onderstreping waarmee ze haar handtekening altijd afsloot.

In onze kast stonden alleen maar kookboeken zonder plaatjes. Afbeeldingen bij recepten toonden altijd een versie van het gerecht die dusdanig perfect was dat mijn moeder er faalangst van kreeg. Die plaatjes waren digitaal bewerkt, het eten was beschilderd, de aardbeiensaus was vermengd met dieprode verf, als een tegenhanger van Antonioni's *Il deserto rosso*.

En dus werden de teksten in mijn moeders kookboeken hoogstens begeleid door creatieve close-ups van rauwe groenten tegen een witte achtergrond, vergezeld door een artistieke schaduw. Blanke, schone pagina's, waar bij andere moeders waarschijnlijk allang rode tomatenvingerafdrukken of spetters dressing en olijfolie op terecht zouden zijn gekomen. Maar de bladzijden van onze kookboeken bleven altijd brandschoon, alsof ze nog nooit waren gebruikt.

Het spannendste moment was wanneer ze, als het eten bijna klaar was, de keuken even moest verlaten om de tafel te dekken. Vanaf de bank zag ik haar dan om de paar seconden angstig achterom kijken naar de pannen op het fornuis. Halverwege het verschikken van de placemats moest ze altijd even naar de keuken sprinten om te controleren of het vuur niet te hoog stond, of de worteltjes niet te gaar werden, of de rijst niet overkookte. Maar nooit was er iets aan de hand, en met een relatief gerust hart liep ze dan weer terug om alle borden een centimeter naar rechts te verschuiven en de lepels nog paralleller te leggen aan de messen dan ze al lagen.

Er waren dagen dat mijn vader al om vijf uur uit zijn werk kwam en van mijn moeder de regie kreeg over de avondmaaltijd. Die dagen waren zeldzaam, maar ze gaven meteen signalen af die zich onmiskenbaar aan mijn moeder en mij opdrongen wanneer we de deur van de woonkamer opendeden. Vorken lagen scheef, messen lagen met de snijkant naar buiten, het ene waterglas stond aan de rechterkant van het bord, terwijl het andere links stond, de opscheplepels lagen aan de verkeerde kant van de onderzetters. De chaos was niet te overzien.

Wanneer mijn vader kookte, had mijn moeder een keukenverbod. Het door vieze lepels bevolkte aanrecht, die hun vette sporen achterlieten op het glanzende keukenblad, het rondslingerende verpakkingsplastic en het gemorste kookvocht van de rijst op het fornuis zouden haar spontaan hartritmestoornissen opleveren.

Andersom tolereerde mijn moeder ook niemand anders in de keuken als zij daar was. Anderen zouden haar kookboek enthousiast oppakken om het recept te lezen en het dan weer op een andere, volstrekt willekeurige en daardoor ongeoorloofde plek terugleggen. Ze zouden haar zorgvuldig uitgestalde periodieke systeem der ingrediënten in de war kunnen schoppen. Ze zouden in de weg kunnen staan terwijl zij precies op dat moment de rijst moest afgieten.

Eén middag was een uitzondering. En na twee minuten werd me al pijnlijk duidelijk dat het ook een uitzondering moest blijven.

Frank zou die avond komen eten, en volstrekt onverwacht had mijn moeder voorgesteld samen een hartige taart te maken.

Samen. Dat bleef voor haar een lastig woord.

De eerste tien minuten van het voorbereidingsproces stond ik zwijgend in een hoekje van de keuken toe te kijken hoe mijn moeder uit de vriezer het pakje bladerdeeg opdiepte en in de voorraadkast zocht naar de blikjes tonijn. De tien minuten daarna stond ik zwijgend in datzelfde hoekje toe te kijken hoe mijn moeder de courgette in blokjes sneed. De tien minuten dáárna stond ik zwijgend toe te kijken hoe ze de ui snipperde.

En alle tien minuten die daarop volgden verzette ik geen stap, bang om haar in de weg te staan terwijl ze heen en weer beende tussen de wokpan en haar kookboek, tussen haar kookboek en de oven, tussen de oven en de ontdooiende plakjes bladerdeeg. Ik had nog geprobeerd om iets te doen, de tonijn laten uitlekken boven de wasbak, de courgette wassen — maar alles wat ik deed, deed zij nog een keer over, en haar lichaamstaal vertelde me dat het voor ons allebei makkelijker was wanneer ik me weer terugtrok in mijn hoekje naast het koffiezetapparaat. Telkens wanneer ik overwoog een stap in haar richting te doen, leek het alsof de ruimte om haar heen opeens overbevolkt raakte.

Na iets minder dan een uur, vijfendertig minuten langer dan de bereidingstijd die in het recept stond aangegeven, schoof mijn moeder de hartige taart in de oven.

En toen begon het wachten. Het toekijken hoe mijn moeder, gehurkt voor de oven, haar hakken nog aan, met toegeknepen ogen door het glas tuurde om te zien of de taart wel aan alle kanten even snel bruin werd. Haar blik schoot heen en weer van de digitale tijdklok op het display naar de borrelende oppervlakte van de quiche, zichzelf er ogenschijnlijk van verzekerend dat het nog geen tijd was de hartige taart eruit te halen.

En toen, zes minuten en zeventien seconden voordat de oven zou gaan piepen, gebeurde er iets wonderlijks.

Mijn moeder stond op, draaide zich om en liep zonder ook maar een blik in mijn richting te werpen de keuken uit.

Vanuit de woonkamer hoorde ik haar wegstervende stem nog roepen, op een toon die ik niet anders kon betitelen dan als gespeelde nonchalance:

– Haal jij hem er straks even uit?

Dit was een grap. Dit moest een grap zijn.

Mijn hoekje in de keuken, dat in de anderhalf uur daarvoor had gevoeld als een gedwongen verdrukking, waarin ik mezelf had weggestopt tussen schorten en theedoeken, was nu opeens een veilige thuishaven die ik onmogelijk kon verlaten. Vanaf deze positie, die me inmiddels dierbaar en vertrouwd was geworden, had ik de afgelopen negentig minuten op gepaste afstand kunnen toezien hoe mijn moeder de voorbereidingen had getroffen voor dit ene moment. Over vijf minuten en twaalf seconden zou de oven beginnen met piepen, zou ik in actie moeten komen, mijn schuilplaats moeten verlaten.

Maar in plaats van de moed bij elkaar te rapen en de plek van mijn moeder in te nemen, hurkend voor de glazen deur van de oven, drukte ik mijn rug zo hard mogelijk tegen de muur en bedekte mijn gezicht met een punt van de theedoek. Met één toegeknepen oog gluurde ik naar de aftellende cijfers op het ovendisplay, alsof het niet ging om een quiche, maar om een tijdbom.

Het was hetzelfde gevoel als toen mijn vader in de waterige zon van een tijdloze lentezaterdagochtend een poging had gedaan me te leren fietsen. Ik doel niet op die alom bekende naïeve clichéveronderstelling dat je vader altijd achter je zal blijven lopen, je ondersteunend met zijn grote handen, je met tegelijkertijd zachtheid en overtuiging in de rug duwend om je vaart te geven. Het gevoel dat je bijna niet hoeft te trappen, de euforie als het opeens vanzelf lijkt te gaan. Dat je dan trots naar je vader wilde omkijken en –

Dat hij er dan opeens niet meer was, en hoe je dan plotseling besefte dat je nog helemaal niet zelfstandig kon fietsen, dat je nog steeds je vaders sterke handen in je rug nodig had om overeind te blijven. Hoe die twee tellen durende overmoed van enkele seconden daarvoor direct werd afgestraft met een blinde paniek die zich uitstrekte tot in je tenen, die zo snel mogelijk de lucht aftastten op zoek naar de grond, maar die niet snel genoeg konden vinden om een val te verhinderen. Hoe de straatstenen in een angstaanjagend versneld tempo dichterbij kwamen, hoe je het kletteren van het ijzeren frame op de straat al bijna hoorde voordat het metaal de weg raakte, hoe de wereld zich omdraaide en de wolken naar voren tuimelden, hoe de bevlekte blauwe lucht opeens voor je ogen hing in plaats van boven je kruin. Hoe de voetstappen van je vader je liggende lichaam naderden, terwijl de stang van je fiets pijnlijk in je zij drukte en het achterwiel, vergeefs naar houvast zoekend, bleef doordraaien in de lucht.

Niet dat gevoel – dat was te bekend. Het was het gevoel dat ik had als ik dat stadium was gepasseerd, die angsten had overwonnen. Als ik mijn vader niet meer nodig had en wist dat hij niet achter me liep om me overeind te houden. Als ik wist dat vallen pijn deed, maar dat mijn vaders voetstappen er zouden zijn om me te bevrijden als het gewicht van mijn fiets me tegen de straatstenen drukte.

Het was het gevoel daarna, als ik, nog enigszins slingerend, maar soms al even genietend van de wind door mijn wapperende haren, naar het einde van de straat fietste. Het moment dat mijn vader op nonchalante toon riep:

– En nu omkeren!

En dat hij dan verwachtte dat ik mijn stuur gewoon zou draaien en weer naar hem toe zou komen fietsen.

Ik hoorde aan de vanzelfsprekende toon in zijn stem dat hij niet besefte dat dat onmogelijk was.

Ik probeerde het, stuurde naar links, en nog meer naar links, verder naar links — maar daar was de stoep alweer, de stoep die mij verhinderde mijn fiets honderdtachtig graden te draaien en soepel die bocht te maken zoals mijn vader voor ogen had. Ik kon het niet, de straat was te smal. Ik kon alleen maar rechtdoor. Ik zou de rest van mijn leven alleen maar rechtdoor kunnen fietsen, de wereld rond, door oceanen en over gebouwen, totdat ik na honderd jaar precies weer hier zou zijn.

Ik zag mijn voorwiel de stoeprand naderen, als de poorten van een landsgrens die ik niet zou mogen passeren. Als ik doorreed zou ik over de stoep bonken, door een bloemperk rijden en met een klap tot stilstand komen tegen de schuurdeur van een vreemd huis.

Ik besloot over te gaan tot plan B: doen alsof dit alles niet gebeurd was, alsof deze hele afbuiging een schijnbeweging was geweest, doen alsof ik mijn vader niet had gehoord en weer naar rechts sturen om mijn weg rechtdoor te vervolgen. Met mijn ogen op de weg gericht draaide ik mijn stuur, maar daar was opeens het glanzende donkergroen van de auto van de buurman, wiens neus rakelings langs mijn voorwiel voorbijschoot. Mijn voeten zochten in een reflex naar de grond, ik viel bijna om maar hield mezelf staande. Mijn billen gleden van mijn zadel terwijl ik, nog natrillend van wat me net — of eigenlijk net niet — was overkomen, toekeek hoe de buurman zijn Volvo naast de auto van mijn vader parkeerde.

Ik voelde hoe mijn vader achter me kwam staan en zijn hand op mijn schouder legde.

– Wat was dat nou?

Hij klonk alleen verbaasd, niet boos, maar toch drukte het gewicht van zijn hand op mijn schouder zwaarder dan toen hij die ochtend nog naast me was komen staan vlak voor het ontbijt en een kus in mijn hals had gedrukt ter begroeting. Ik keek naar de grond, beet op mijn lip en zocht naar een verklaring. Een verklaring die beter zou klinken dan de waarheid, een heldhaftiger excuus dan mijn gebrekkige draaicirkel. Maar ik vond niets, voelde hoe mijn vaders hand van mijn schouder gleed en keek toe hoe hij met gehaaste passen de buurman achternaliep. Ik kon nog net horen hoe hij zich voor mijn roekeloze rijgedrag verontschuldigde.

Het was dát gevoel. Dat ervan uit wordt gegaan dat je kunt keren terwijl je niet keren kunt. De verlammende overschatting.

Die avond aten we een ietwat zwartgeblakerde hartige taart. Frank en mijn vader deden nog een poging me ervan te overtuigen dat vooral de bodem nog prima te verteren was, en dat de vulling ook nog lekker was zonder het kaaskorstje op de bovenkant, maar uit de scherpe bewegingen van haar handen terwijl ze de taart in vieren sneed zonder ook maar een poging te doen de gratin heel te laten, maakte ik op dat mijn moeder de rest van de avond stoïcijns zou blijven zwijgen. Ze kwakte bij ieder een kwart op zijn bord, mikte de taartvorm in het sop in de wasbak en schoof haar stoel overdreven hard aan, waardoor de poten grijze groeven achterlieten in de vloerbedekking. Vervolgens bleef ze strak voor zich uit staren, langs mijn vader heen, haar mes noch vork raakte ze met een vinger aan.

Niemand durfde te bewegen. Onze handen lagen rusteloos op schoot terwijl we wachtten tot mijn moeder ons, bij wijze van startsein voor de maaltijd, eet smakelijk zou wensen, maar het enige geluid dat de stilte verbrak was het tikken van de klok.

Ik zag Frank verstijfd op zijn stoel zitten, bijna bang om op een verkeerd moment te ademen. Alsof hij een doodshoofdaapje was dat zojuist was losgelaten in het leeuwenverblijf.

– Nou? Gaan jullie nog beginnen? klonk haar stem vinnig, terwijl ze een slok van haar water nam.

Mijn vader en ik grepen haastig naar ons bestek en met gebogen hoofden begonnen we de kaas van onze punt hartige taart af te schrapen. Frank beschouwde dit als een teken dat we mochten beginnen en imiteerde ons gedrag.

In de stilte die daarop volgde, enkel onderbroken door het geluid van messen tegen vorken, brak ik mijn hoofd over het vraagstuk waarom mijn moeder me zo plotseling alleen in de keuken had achtergelaten. Was die hele gezamenlijk koken-exercitie één groot complot geweest, bedoeld om mij te vertellen wat een moeite het kostte om een hartige taart te bereiden, om me te laten zien wat er allemaal kon misgaan? Was het een valkuil geweest om me met mijn neus op de feiten te drukken, feiten die mij in al hun onomwondenheid vertelden dat ik haar nodig had om mijn avondeten

klaar te maken, die mij bijna zwart-op-wit verklaarden hoe afhankelijk ik van haar was?

Mijn moeder nam eindelijk haar miezerig kleine
eerste hapje, nadat ze het uitgebreid aan inspectie had
onderworpen, zichzelf ervan verzekerend dat er geen
enkel carcinogeen stukje voedsel haar slokdarm zou
bereiken. De gelaatsuitdrukking die op deze handeling volgde was een hartverscheurend stukje toneel, de
meest clichématige samentrekking van gezichtsspieren die ik ooit gezien had. Het viel nog het beste te ver-
gelijken met de reactie van kinderen als je ze spruitjes
voorschotelt, de manier waarop ze kijken voordat ze
het überhaupt hebben geproefd.

In mijn ooghoek zag ik hoe Frank zo onopvallend
mogelijk een poging deed het laatste restje tonijn dat
nog op zijn bord was achtergebleven, zonder het gebruik van ander gereedschap op zijn vork te krijgen. Ik
was getuige van een minutenlange worsteling, die zich
nog steeds in volstrekt stilzwijgen voltrok, waarbij hij
de tonijn met zijn bestek over zijn hele bord leidde alsof er sprake was van een achtervolging van een school
vissen door een hamerhaai.

Uiteindelijk liet hij de in dit huis stilzwijgend gel-
dende regels varen en wipte hij met zijn duim het restje tonijn op zijn vork. Even schoten zijn ogen zenuwachtig van links naar rechts, van mijn vader naar mijn
moeder, maar mijn vader was te druk bezig met doen
alsof hij ook de ietwat geblakerde randjes zeer goed te
pruimen vond, en mijn moeder was volledig in beslag
genomen door de vertolking van haar rol van walgen-
de kleuter.

Schuldbewust likte Frank zijn duim af, alvorens het laatste hapje van zijn quiche in zijn mond te stoppen. Hij deed me denken aan de kinderen die bij het marshmallowexperiment tien minuten bijtend op hun onderlip op hun handen hadden gezeten voordat hun grijpgrage vingertjes uiteindelijk toch toegaven aan de onweerstaanbare aantrekkingskracht van dat lonkende roze snoepje. Op de gezichtjes van die kinderen was toch iets van spijt af te lezen als ze het laatste hapje van hun marshmallow in hun mond stopten en de laatste kleverige draadjes van hun vingers likten. Of misschien was dat alleen maar wat mijn sensatiebeluste zelf hoopte te zien.

Frank was overduidelijk zo'n kind dat bij een dergelijk experiment zonder ook maar een seconde te twijfelen de marshmallow direct in zijn volledigheid in zijn mond had gestopt en zonder kauwen had doorgeslikt.

Mijn moeder schoof met een zich langzaam strekkende arm haar bord van zich af. Ze had hooguit drie happen genomen. Door het masker van walging dat over haar gezicht spande zag ik het glanzen van haar ogen. Ik besloot haar in de waan te laten dat ik het niet had gezien.

Niet toegeven aan dit belachelijke schouwspel. Niet beantwoorden aan haar hengelen naar smeekbedes en excuses. Niet kijken. Niet kijken. Je hebt het niet gezien.

Of had ze me oprecht het vertrouwen willen schenken om de laatste cruciale handeling in het bakproces te laten verrichten, maar had ze het net niet kunnen opbrengen om toe te kijken hoe ik haar liefdevol bereide quiche potentieel naar de knoppen zou helpen? Was dit een tedere poging geweest mij op de valreep toch ook nog een bijdrage te laten leveren aan onze zogenaamd gezamenlijk klaargemaakte maaltijd?

Schuin tegenover me zat een vrouw die niet vocht tegen mij. Die mij niet doelbewust het bloed onder de nagels vandaan haalde met haar reinigingsdoekjes over tafels die ik net nog had schoongemaakt. Die mij niet opzettelijk kleineerde door de pakken melk en yoghurt die ik terugzette in de koelkast, allemaal met de kant met het logo erop naar voren te draaien. Die mij niet moedwillig vernederde door op verjaardagen nogmaals aan alle visite te vragen wat ze wilden drinken, om te controleren of ik het wel goed onthouden had.

De vrouw die schuin tegenover me zat, vocht niet tegen mij.

Ze vocht tegen zichzelf.

In mijn wereld bestonden er twee soorten mensen.

Er waren mensen die me bewonderden. Die lachten om mijn grapjes, aandachtig luisterden als ik praatte, me complimenteerden met mijn kleding.

In de aanwezigheid van die mensen lachte ik, sprak ik, bewoog ik onbeschaamd. Mijn handen waaierden door de ruimte, mijn stem raakte alle toonaarden aan. Ik zocht niet naar woorden, want woorden waren er in overvloed.

En er waren mensen die me het gevoel gaven dat ik op drijfzand liep. Dat ik ieder moment kon wegzakken in hun loden blik als ze me aankeken, alsof ieder woord dat ik zei onverstaanbaar of misplaatst was. De mensen om wier woorden ik alleen maar onderdanig durfde te glimlachen, zelfs als ik ze niet had verstaan.

De meeste van die gesprekken doorstond ik glansrijk. Dan bereikte alleen een mengelmoes van klinkers en medeklinkers mijn oren, en dan humde of lachte ik, afhankelijk van hun toon.

Na verloop van tijd worden dergelijke scènes dagelijkse routine. En na verloop van nog meer tijd worden ze een sport. Het wordt een spelletje 'hoe zo gepast mogelijk te reageren op woorden die je niet verstaan hebt'. Of 'hoe een zo lang mogelijk gesprek te voeren zonder te begrijpen waar de ander het over heeft'. Hele avonden op feestjes in lawaaierige ruimtes, hij zijn zevende lege bierglas van dat uur in zijn hand, ik nog steeds aan mijn eerste glas witte wijn. Lachen en knikken, lachen en knikken. *Goh, jeetje, niet verwacht.* Lichaamstaal spiegelen, hum hum. *O, echt? Ja?* Glimlach. Knik. Spiegel spiegel.

Dat was dan mijn stille protest tegen die mensen, mijn manier om in opstand te komen tegen hun ellenlange monologen, die zo veel repetitio bevatten dat het geen stijlfiguur meer genoemd kon worden. Mijn hoofd knikte, maar in mijn hersenen lachte ik luidkeels om hun nutteloze verhalen. Verbloeming van desinteresse had wat mij betreft best een olympische sport mogen worden.

Maar soms viel ik door de mand. Dan onderbrak mijn driftig orerende gesprekspartner opeens zijn toespraak, en zei hij een zin die leek te eindigen op een vraagteken. Het gevoel dat er iets van mij werd verwacht, werd versterkt door het vallen van een stilte, gevolgd door een van opgetrokken wenkbrauwen vergezelde blik in mijn richting.

Dan stond ik plots in een lege kamer. Ik voelde hoe ik alleen achtergelaten werd, alsof ik was verdwaald in de lange woorden en omslachtige zinsconstructies van een roman. In die lege kamer verscheen dan ineens een man met een bril en een borstelige snor, die me vragen begon te stellen over de identiteit van de hoofdpersonages en de fictieve gebeurtenissen waarover ik zojuist had gelezen.

Uit mijn keel kwam niets dan een hortend geluid, vergelijkbaar met het sputteren van een auto die weigert te starten, of het blijven hangen van een stoffige cd. Ik deed mijn best mijn onbegrip niet te laten blijken in mijn gezichtsuitdrukking, maar voelde hoe mijn wenkbrauwen naar beneden zakten en mijn mond bleef hangen in een halfopen positie, als een haperende garagedeur.

Mijn ogen schoten instinctief weg van de blik van de persoon die tegenover me stond en screenden met lichtsnelheid de ruimte, op zoek naar aanknopingspunten die mij wellicht konden vertellen over welk onderwerp mijn gesprekspartner het had gehad. Maar niemand gaf me een hint of een mogelijkheid te bellen met iemand die het misschien wel wist. Het publiek zweeg in alle toonaarden.

En dan kwam het drijfzandgevoel. Het willen vluchten, maar niet weten waarheen. Het gebrek aan water en lucht. Het kleiner worden, kleiner en verkruimelbaar als zandkoekjes of beschuit.

En die ander werd juist steeds groter, massiever, van staal. Ik verschrompelde, tot ik niets meer was dan een piepend 'sorry, wat zei je?'. En ik wachtte, en iedereen om me heen praatte door alsof de tijd niet vreselijk langzaam ging, en ik zocht naar iemand om me achter te verschuilen, maar iedereen ontweek mijn blik, leek opeens vastgekluisterd aan zijn eigen gesprekspartner, en ik was alleen en –

De jongen tegenover me herhaalde zijn woorden. Iets minder vrolijk dan de vorige keer weliswaar, maar toch had ik me met een beetje fantasie zelfs kunnen inbeelden dat ik gewoon enkele seconden in de tijd was teruggegaan. Hij leek zelfs te zijn vergeten dat hij me een vraag had gesteld en babbelde breedsprakig voort over iets wat ik nog steeds niet had kunnen verstaan.

Ik glimlachte en luisterde, humde en keek soms even weg. Alle mensen met wie ik niet stond te praten leken zo ongelooflijk veel prettiger om een conversatie mee te voeren dan degene met wie ik was opgescheept. Al die mensen leken potentiële bewonderaars, types van de hierboven beschreven eerste categorie.

Maar ik durfde mijn huidige gesprekspartner niet af te poeieren, bang dat diens klauwen zich alsnog om mijn lichaam zouden sluiten. Alleen al de gedachte aan het moeten onderbreken van de monoloog van degene tegenover me zorgde voor een drukkend gevoel op mijn schouders, dat me langzaam maar zelfverzekerd het drijfzand in leek te willen duwen.

En dus lachte ik en knikte ik, wachtend tot mijn gesprekspartner zijn interesse in mij zou verliezen en zou overstappen naar een van de andere mensen in deze ruimte. Maar diep vanbinnen vervloekte ik mezelf om mijn zwakte, mijn passieve gespiegel van andermans armbewegingen en gezichtsuitdrukking.

Het zou geruststellend zijn geweest als mijn moeder alleen tot de categorie van bang makende drijfzanders had behoord. Als ik in haar aanwezigheid continu het gevoel zou hebben dat iedere beweging die ik maakte ongepast was. Als ik me in haar bijzijn altijd het lelijke meisje had gevoeld, dat in de kroeg alleen maar wordt aangesproken omdat dat sympathiek overkomt bij haar knappe vriendin. Het excuusvarken, zoals Frank altijd zei.

Maar op fijnere dagen zag ik haar soms, in de rand van mijn blik, naar me kijken met een twinkeling in haar ogen die me deed denken aan de beschrijvingen in romans van ouders die trots zijn op hun kinderen. Dan was het alsof ze me even optilde, als drijfhout dat uitstijgt boven de golven. Het was onwerkelijk: de suggestie dat ik had voldaan aan alle regels die in haar monarchie golden. Had ik werkelijk het huis precies zo achtergelaten als zij me had gevraagd? Had ik de juiste gordijnen dichtgedaan en opengelaten, geen kruimels op de keukentafel laten liggen na mijn ontbijt, geen lampen vergeten uit te doen? In mij streden ongeloof en ongenaakbaarheid om voorrang, als drommen mensen die met gespeeld fatsoen ellebogen in elkaars zij duwen om zich als eersten door de poortjes van een pas geopend museum te kunnen manoeuvreren.

Maar voordat ik die momenten met beide handen kon grijpen en tegen me aan kon drukken, kon koesteren als een onverwacht cadeau, vlogen ze alweer door mijn vingers en werden ze door de lucht verdund. Haar blikken van bewondering duurden korter dan de sluitertijd van mijn geheugen.

In een flits schoot ze weer terug in haar rol. Klakkeloos sloot ze zich weer aan bij de mensen die zijn opgebouwd uit bakstenen van kritiek, alsof die zachte glans in haar ogen van enkele seconden daarvoor er nooit geweest was.

Ze merkte op dat ik te veel water in de glazen had gedaan. Dat de gordijnen verder dicht moesten. Dat de tuin er slonzig bij lag. Dat ze al de hele middag wachtte op een telefoontje van haar moeder, maar dat die waarschijnlijk toch niet meer zou bellen.

Zwijgend keek ik naar buiten. Als er ooit een dag zou komen dat ze geen kritiek op me had, zou dat het grootste compliment zijn dat ik ooit van haar zou krijgen.

Ze had die ochtend een aanval van mildheid.

Het was me nog niet opgevallen toen ze zwijgend tegenover me aan de ontbijttafel zat. Haar effengrijze nachthemd, dat haar gestalte bijna deed verdwijnen in de grauwte van het schilderij dat achter haar hing, plooide rond haar smalle middel. Haar pianovingers, die normaal altijd gespannen waren en alert leken te zijn, klaar om me bewust te maken van mijn fouten, rustten nu op haar schoot, terwijl ze toekeek hoe ik mijn yoghurt at.

En toch volgden haar ogen mijn handen, die daardoor plotseling voelden als de handen van jonge meisjes, als handen die niet wisten wat ze deden, onbevangen, onhandig, ongecontroleerd. Mijn vingers begonnen te trillen; ik hoopte dat ze het niet zag.

Om me heen begon ze op te ruimen: ze vouwde haar placemat in vieren, hoekjes op hoekjes, veegde de onzichtbare kruimels op haar hand, bracht de vleeswaren terug naar hun plek in de koelkast. Ik probeerde zo min mogelijk te bewegen terwijl ze zich langs me heen boog om de botervloot te pakken, het deksel op de kersenjam te draaien, haar bestek in haar handen samen te binden tot een metalen boeket van mes, vork en theelepel.

En toen was daar opeens haar stem achter me, bijna onnatuurlijk zacht zoals ik haar stem maar zelden hoorde, als de vacht van een hond die je onverwachts niet tegen de haren in strijkt, maar juist met ze mee, alsof ze plotseling hebben besloten je hand te begeleiden in plaats van haar te willen tegenhouden.

Ik hoorde de klanken een poging doen hun hardheid te verbloemen en als hemel en zee in elkaar over te gaan, maar ergens bleven ze nog steeds als water en olie. Haar precieze vraag drong niet tot me door; daarvoor was ik te zeer in beslag genomen door het idee van haar mond zo dicht bij mijn oor, een teder gebaar bijna; ze had zelfs haar hand op mijn schouder kunnen leggen en dan was het niet eens gek geweest, bijna moeder en dochter, bijna geliefden, bijna houden van.

Ze herhaalde haar woorden en ik verstond ze niet; ik keek alleen maar omlaag, naar het wit van mijn yoghurt in het wit van mijn kom.

En toen zette ze twee flesjes nagellak voor me op tafel, alsof ik al bevestigend had geantwoord op haar vragen, en misschien had ik dat onbewust ook wel gedaan, had mijn hoofd geknikt zonder mijn toestemming.

Met terugwerkende kracht begreep ik haar woorden, maar mijn hoofd weigerde nog even, zei: dit kan niet kloppen, ze zegt dat ze wil dat je je troep opruimt of dat je nagellak hebt gemorst in de badkamer, dat ze het ordinaire kleuren vindt of dat de geur haar misselijk maakt. Maar ze strekte haar handen naar me uit, liet ze met gespreide vingers vlak boven mijn yoghurt zweven, met een bijna kinderlijke blijdschap, en even klonk er in mijn hoofd een klassieke kleuterstem die ongegeneerd hulp opeist: *mama doen.*

Ik wilde haar aankijken om te zien of ze het meende maar ze keek weg, misschien toevallig, misschien expres, ging tegenover me zitten en legde haar handen voor me op tafel.

Mijn vingers trilden harder dan ooit terwijl ik de dop van het flesje zachtroze nagellak draaide en het kwastje met een bibberende zigzagbeweging over de nagel van haar duim liet glijden. Ik schoot uit, probeerde te doen alsof er niets aan de hand was, durfde niet te raden naar haar gezichtsuitdrukking. *Ze is zacht vandaag*, bleef ik voor mezelf herhalen, *ze is zacht vandaag. Er kan niets gebeuren.*

Ik deed meer mijn best dan ik ooit bij mezelf had gedaan, probeerde de nagellak zo egaal mogelijk over haar geribbelde, kortgeknipte nagels te verdelen. En bijna begon het te wennen, haar handen zo dicht bij de mijne, bijna had het een luchtig dinsdagochtendtafereel kunnen zijn. Ik ademde in en rook haar geur, haar echte geur, nog onverbloemd door bodylotion, eau de toilette en haarspray.

Ik deed eerst haar linkerhand en toen haar rechter, en toen ik de laatste vinger had gedaan, liet ze haar ogen een voor een over haar nagels glijden. Even dreunde mijn hart onder in mijn keel, maar toen begon ze met haar handen haar gezicht koelte toe te wapperen, terwijl haar blik voldoening verried. Ze blies haar nagels droog en legde ze weer voor me op tafel. Het lichte roze oogde bijna misplaatst, vormde een schril contrast met de ouderdomsvlekjes op de ruggen van haar handen, de lichtpaarse adertjes die onder haar huid meanderden, de rimpeltjes rond haar knokkels. Alsof ze aan het proberen was weer even jong te zijn.

Haar stem sneed door het stilzwijgen van ons toneelstuk.

– Goed. Laag twee.

Ik wist niet zeker of haar nagels al droog waren, maar ik durfde haar enthousiasme niet te temperen, en ik begon aan een nieuwe laag. Het roze werd nog iets feller, iets schreeuweriger, en ik kon alleen maar denken: *waarom vertrouwt ze dit me toe? Hoe kan ze dit aan mij toevertrouwen?*

Klaar, wapperen, blazen, laag drie – schrikbarend hoe snel onwennigheid kon veranderen in routine. En toen stond ze op, ging weer achter me staan, en even dacht ik dat ik haar armen om me heen voelde, als teken van dank, maar het waren enkel mijn gedachten; ik hoorde alleen haar stem een zacht 'dankjewel' in mijn rechteroor fluisteren, maar misschien heb ik me zelfs dat wel verbeeld.

Ik zag haar de trap op lopen, in haar grijze nachthemd, licht kippenvel op haar benen. Haar lichaam was nog scherp en vertoonde nog maar weinig tekenen van een oudevrouwenlijf. En toch was die kleur roze volstrekt ongepast, en leek die in al haar schreeuwerigheid haar leeftijd te willen benadrukken. De glans van haar nagels accentueerde haar wens de jaren weg te poetsen – en het onmiskenbaar falen van die poging.

En met een schok besefte ik dat ze heel misschien even net zo had willen zijn als ik, onmogelijk, maar toch, misschien had ze even meer willen zijn zoals ik dan als zichzelf.

Dat dat niet gelukt was, zou ik haar nooit durven vertellen.

Mijn dagen blonken uit in eenvoud. De handelingen die ik uitvoerde waren elke dag hetzelfde. De enige variatie zat in de mensen die ik van achter het raam voorbij zag komen terwijl ik met Frank naar de universiteit reed, maar zelfs daarin viel na enkele dagen al een patroon te ontdekken.

Bij het eerste zebrapad dat we passeerden stak altijd een vrouw met een kind over. Niet telkens dezelfde vrouw, maar wel vrouwen die op elkaar leken. Ze grepen de hand van hun dochter of zoon als die aarzelend een stap op de weg wilde zetten terwijl wij naderden en keken altijd ongelovig als we niet alleen vaart minderden, maar ook daadwerkelijk stopten. Met gebogen rug loodsten ze hun kroost langs de motorkap, hun hand naar ons opstekend zonder ons aan te kijken.

Ik neem nooit kinderen, dacht ik. Voor je het weet rennen ze de straat op en veroorzaken een kettingbotsing. En dan is het de moeder die erop aangesproken wordt dat ze beter op haar kind had moeten letten.

Bij het derde stoplicht dat we tegenkwamen stopten we vrijwel altijd naast een kleine rode Renault met een vrouw achter het stuur en naast zich een roodharig jongetje met een donkergroene schooltas op zijn schoot. Hij staarde naar beneden en pulkte zenuwachtig aan het hengsel. Wel altijd dezelfde vrouw. En het-zelfde jongetje.

Ik neem nooit kinderen, dacht ik. Die moet je dan iedere dag in de spitsdrukte naar school brengen, en als je dan eindelijk het schoolplein genaderd bent, be-land je in een rij auto's ter lengte van de Afsluitdijk. Om vervolgens te laat te komen op je werk en een uit-brander te krijgen van je leidinggevende.

Hoe meer we het centrum naderden, des te vaker passeerden we mannen in pakken met leren aktetassen in hun rechterhand. Hun gelakte zwarte schoenen glommen in de ochtendzon, alsof ze wilden pronken met het salaris van hun drager.

Ik neem nooit kinderen, dacht ik. Wie kinderen neemt, kan onmogelijk met die beheersing om even voor half negen over straat wandelen. Die is eerst de halve ochtend bezig de korstjes van witte boterham-men te verwijderen, om ze vervolgens te besmeren met een dikke laag chocoladepasta. Die is voordat hij zijn jas aan heeft al drie keer van pak gewisseld, om-dat zijn zoontje het nodig vond eerst zijn glas melk om te stoten en vervolgens zijn kleverige honingvingers af te vegen aan de mouw van zijn vaders krijtstreepjasje. Die is al uitgeput voordat hij, na gespeeld enthousi-ast iedereen gedag geroepen te hebben, de deur achter zich heeft dichtgetrokken. Die flaneert niet richting zijn werk, die sprint.

Als ik vanaf het begin beter op hun stropdassen had gelet, was ik er na enkele dagen misschien een paar gaan herkennen, maar ik was te veel gefocust op hun ongekreukte colberts en de gladheid van hun stoppelloze kaken. Hun smetteloze voorkomen vormde een schril contrast met de kruimels zich permanent in de stoffen bekleding van Franks auto hadden genesteld, en inmiddels een onderdeel waren van het stippenmotief. In het dashboardkastje had zich een steeds verder uitdijende stapel cd's verzameld, hoewel de auto zich altijd vulde met de geluiden van een willekeurige radiozender. Onder mijn voeten zwierven lege plastic koekverpakkingen en een verdwaald verfrommeld colablikje.

Bijzonder hoelang het duurt voordat je went aan de geur van andermans auto. Wanneer ik Franks huis binnenstapte was de geur van land en warmte al na tien minuten vertrouwd, maar nog steeds als ik het portier achter me dichtdeed, werd ik bevangen door de geur die uit de bekleding en de airco leek te wasemen. Ik kan die geur niet omschrijven: hij deed me nog het meeste denken aan de geur van rubber vermengd met nieuw plastic. De lucht die je in een nog grotere hevigheid overstelpt als je de deur opendoet nadat je je auto hebt neergezet op de ondergrondse verdieping van een parkeergarage. Ik wachtte geduldig tot die geur aangenamer zou worden en op die manier naar de achtergrond zou verdwijnen, maar iedere keer als ik uitstapte bij de universiteitsbibliotheek moest ik nog steeds een paar keer diep in- en uitademen voordat de lucht in mijn longen geklaard was.

— Toen ik jong was, zei hij, toen ik jong was, heb ik een keer een verhaal geschreven. Maar tegen het einde kwam ik erachter dat ik mijn personages geen een keer iets had laten eten of naar de wc had laten gaan.

– En toen? vroeg ik, op een toon die voor mijzelf als belangstellend klonk.

– Toen ben ik gestopt.

We zwegen.

Vroeger gingen onze gesprekken altijd over alles. Nu besefte ik met terugwerkende kracht dat ze altijd al over niets waren gegaan. We praatten over de colleges die we die dag gingen volgen, de gezichtsuitdrukkingen van de auto's die ons inhaalden, de verbouwing van de bibliotheek, de groene golf van verkeerslichten als teken dat we zogenaamd gezegend waren. Alles wat we zeiden was waar, maar niets was authentiek. Hoe meer we zeiden, des te meer vulde de auto zich met lege woorden.

Hij leek er niets van te merken. Midden in een zin veranderde hij van onderwerp. Hij verhaspelde uitdrukkingen, verkrachtte gezegdes. Hij zei wat hij dacht, dacht niet na over wat hij zei. Waar mijn gedachten genummerde opsommingen waren, oogden de zijne als de notulen van een uit de hand gelopen brainstormsessie.

Ik verbeterde hem niet. Zweeg. Keek naar de erkerwoningen die we stapvoets passeerden, mensen die deuren openden, die zich voegden in de stroom. Volgde de vrouwen die naast mijn raampje liepen, zo dichtbij dat het leek alsof ze niet beseften dat ik bestond. Dacht na over het magische gevoel als je naast een auto loopt die precies even hard gaat als jij. Het gevoel dat je rent zonder je pas te versnellen.

Mijn gedachten met hem delen was een kwestie van creatief boekhouden. Ik kon hem vertellen waarover ik de hele dag filosofeerde: wie als eerste bedacht had dat je schaapjes moet gaan tellen als je in slaap wilt vallen; waarom het helpt om je benen te kruisen als je duizelig wordt nadat je bent opgestaan; of de mensen altijd nieuwe woorden zouden blijven verzinnen en of we dan ooit door alle mogelijke lettercombinaties heen zouden raken.

Ik kon hem vertellen dat dat de dingen waren waarover ik nadacht, en dan loog ik niet eens heel erg. Ik vertelde alleen niet dat zich de hele dag ook beelden aan mij opdrongen van haar rug, haar handen, haar gezicht. Over de herinneringen aan haar, die de hele dag als een parallelweg naast mijn andere gedachtesporen liepen.

Af en toe raakten we haar bijna aan. Dan hadden we het over de middelbare vrouwen die ons stapvoets passeerden als we voor het stoplicht stonden te wachten. We kraakten hun pornoblond geverfde kapsels af, hun met een oranje masker bedekte gelaat, hun opzichtig glimmende regenjassen, die zich als tenten om hun omvangrijke lichamen hadden geplooid.

Iedere dag liep daar wel opeens een vrouw tussen die me met een schok herinnerde aan de manier waarop mijn moeder altijd haar sjaal om haar nek had geknoopt, of aan de gehaaste passen waarmee ze zich door een groep mensen bewoog. Dan wilde ik bijna in een reflex mijn raampje naar beneden draaien en mijn hand naar haar uitsteken.

Maar terwijl ik de hendel naar beneden wilde duwen, realiseerde ik me altijd dat het niet mijn moeder was die daar liep, maar een van haar gedeeltelijke kopieën. Dan viel opeens op hoeveel groter de neus van deze toevallige voorbijgangster was geweest ten opzichte van die van mijn moeder. Dan zag ik opeens hoeveel korter haar benen waren, dat haar huidskleur net een andere tint had. Dan verdween haar rug in de menigte, en was het alsof dit alles niet was voorgevallen.

Maar elke dag gebeurde het weer. We passeerden vrouwen met hetzelfde donkerbruine kortgeknipte haar als zij. Vrouwen met linnen broeken die me deden denken aan een broek die zij ooit had gehad. Vrouwen met dezelfde heupen. Vrouwen die een stukje van mijn moeder hadden geleend en door haar op mij waren afgestuurd om mij treiterend te herinneren aan haar bestaan.

Maar die vrouwen bespraken we nooit. Misschien per ongeluk, misschien expres. Misschien vermeed Frank het angstvallig om over die vrouwen te praten, omdat hij haar ook herkende. Maar misschien was hij gewoon te veel bezig met het afkraken van log voortbewegende lichamen en overduidelijk mislukte kapsels. Misschien koos hij gewoon voor de makkelijke weg.

Die ochtend stopten we weer voor het eerste zebrapad. Een vrouw en een donkerblond meisje met een grote rode schooltas staken over. De lange haren zwierden als een vlieger achter het meisje aan. Ze keek me aan met grote donkere ogen, stak haar hand naar ons op. Een ontroerend, bijna ongepast gebaar voor haar kleine armen. Had ze waarschijnlijk van haar moeder afgekeken.

– Onze kinderen krijgen later bruine ogen, zei Frank

met de stelligheid van een wetenschapper die zozeer overtuigd is van zijn eigen hypothese dat hij in zijn onderzoek alleen nog maar zal zoeken naar tekenen van bevestiging.

We zwegen. Ik wilde beginnen over dominante en recessieve genen, over erfelijke factoren, over het feit dat je niet met zekerheid kon voorspellen welke kleur ogen een kind zou krijgen, maar het voelde als het zoeken naar bakstenen om een ruit mee aan diggelen te gooien.

We haalden vrouwen in die mijn moeder zouden kunnen zijn, en in mijn hoofd herhaalden Franks woorden zich. Het was alsof hij ze niet zojuist had gezegd, naast me zittend in zijn auto, maar luidkeels had geroepen, met zijn handen om zijn mond gevouwen, voorovergebogen in de zwarte diepte van een bodemloze put.

Aanvankelijk had zijn uitspraak stellig en trots geklonken, maar hoe vaker zij na-echode, des te meer veranderde zijn overtuiging in angst. Angst dat we ook een kind zouden kunnen krijgen met de harde, koude blauwe ogen van mijn moeder.

Steeds langer bleven zijn woorden nagalmen, kaatsten ze tegen de muren van mijn hoofd. Bijna werden ze een mantra, een verbeten herhalen van een onzinnige voorspelling. Een bezwering van het idee dat ons kind net zo zou worden als zij.

Net zoals ik.

In het begin hoopte ik dat het bewaren van herinneringen zou zijn als fietsen of zwemmen.

Maar het bleek meer als pianospelen te zijn.

Ik had gedacht dat haar aanwezigheid vanzelf vervangen zou kunnen worden door de aanwezigheid van de talloze mensen op straat. De mensen die me terloops aanraakten als ik in de rij stond bij de koffieautomaat, en dan even niet te onderscheiden waren van haar armen, die me alleen hadden beroerd als dat onvermijdelijk was geweest. Met lichte aanrakingen, om mijn aandacht te trekken als ik met oortjes in naar muziek aan het luisteren was, of wanneer ze me vroeg in de ochtend wakker maakte als ik daarom had gevraagd. Alsof ze wenste dat ik niet meer dan een vreemde was.

Ik had gehoopt dat woorden van anderen de hare zouden vervagen. Dat iedere vrouwenstem moederlijke dingen tegen me kon zeggen, en dat dat dan precies hetzelfde zou voelen als woorden van haar. Zo was de manier waarop Franks moeder ons riep voor het eten qua woorden identiek aan de hare. Zelfs het moment in de zin waarop haar stem de hoogte in schoot was perfect getimed. Als ik mijn ogen sloot, had ik me bijna kunnen verbeelden dat ik niet hier was maar thuis. Dat de geuren die ik rook niet afkomstig waren van de pannen op het immer met afwas gevulde aanrecht waarop ik tegenwoordig elke dag mijn boterhammen smeerde, maar van de spaghetti die mijn moeder had bereid op ons klinisch glimmende fornuis.

En toch was het juist deze bijna perfecte imitatie die het extra pijnlijk maakte als ik weer besefte dat alles bijna hetzelfde was, maar niet helemaal. Dat ik, als ik nu naar beneden liep, niet mijn ouders zou aantreffen, wachtend tot ik zou aanschuiven, maar Franks broers, hun borden al vol scheppend voordat ik mijn stoel had aangeschoven. Bijna zaten ze daar, mijn vader en mijn moeder, hun handen rustend naast hun bestek, pratend over mijn vaders werk of een opiniestuk in de krant.

Bijna kon ik doorlopen naar de woonkamer, gaan zitten op onze eigen zwartleren bank, mijn handen vouwen om onze eigen kussens. Bijna kon ik achter mijn bureau gaan zitten en met mijn vingertoppen over de ruggen van mijn studieboeken gaan. Bijna kon ik de lucht inademen die voor anderen rook naar mijn huis, maar waaraan ik zo gewend was dat hij rook naar doorzichtige neutraliteit.

Maar dan zat ik opeens weer op Franks stoel, waarvan de rugleuning al naar zijn lichaam was gevormd en waarop mijn ellebogen in een verkrampte positie op de te hoge armleuningen drukten, zodat mijn schouders permanent opgetrokken waren. Alsof die stoel me dwong me af te vragen wat ik hier deed. Ik zat aan zijn bureau, maar als ik mijn vingers uitstrekte, raakte ik niet mijn eigen boeken aan over neuropsychologie en toetsende statistiek, maar zijn wetboeken en gebundelde studies over bedrijfswetenschappen.

Achter me was niet mijn kamer. Achter me was een jongensbed, een vloer bezaaid met rommel en kasten met openhangende deuren en planken bedekt met ongesorteerde troep en overal boeken over onopgeloste moorden en het falende Amerikaanse rechtssysteem en schizofrenen die geobsedeerd werden door vuurwapens, en zijn bed was nog steeds niet opgemaakt en zijn rondslingerende tandenborstel maakte vlekken op zijn kleren en zijn schoenen hoorden niet hier maar beneden in de gang en zijn jas was nat en wat deed die hier en —

Zijn moeder riep. Ik wenste uit de grond van mijn hart dat ik nu de trap af kon lopen en dat het dan mijn moeder was die daar stond, haar rechterbeen op de eerste traptrede, haar ringloze vingers om de leuning geklemd. En dat ik haar dan voor het eerst in mijn leven oprecht zou omhelzen en dat ik mijn neus in haar haren zou drukken en dat ik haar shampoo zou ruiken vermengd met haar dagcrème vermengd met haar eigen geur van moeder-zijn en meer specifiek van mijnmoeder-zijn en dat ik haar zou zeggen dat het me speet en dat ik nooit meer bij haar weg zou gaan en —

Mijn voeten roffelden op de traptreden, maar kwamen met een langzaam vertragend ritme tot stilstand, als de aankondiging van het einde van een nummer.

Onder aan de trap stond niet mijn moeder, maar de gedaante van een vrouw die ik nooit zo zou kennen als ik haar had gekend. Een vrouw die ik nooit naakt had gezien, nooit had zien huilen bij een begrafenis, zelfs nooit vloekend met tranen in haar ogen in de keuken had aangetroffen als het eten was mislukt.

Ik zou nooit mijn neus in haar haren kunnen begraven, en als ik dat wel zou doen, zou ik niet mijn moeder ruiken. Ik zou nooit de geur ruiken die ik me een paar keer in mijn leven tot mijn eigen had gemaakt, als ik onder de douche stond en mijn eigen shampoofles leeg was en ik even twijfelde voordat ik greep naar de hare. Haar duur ogende shampoo die ze altijd kocht bij de kapper, speciaal voor haar met allemaal eigenschappen waaraan mijn haar niet voldeed. Natuurlijk schoot ik uit, de lichtpaarse room kolkte over mijn hand, en verwoed begon ik mijn hoofdhuid in te zepen. Het was overweldigend hoe meteen de hele douchecabine rook naar haar; niet mijn haar, zoals gewoonlijk wanneer ik deze handelingen uitvoerde, maar naar haar haar. Het schuim bleef aan mijn heupen plakken, golfde over mijn bovenbenen, gleed langs de glanzende tegels naar beneden, bleef treuzelen bij de uitgang van het afvoerputje.

De rest van de dag volgde haar geur me overal. Ze rende achter me aan terwijl ik op de fiets zat, drong zich aan me op wanneer mijn haren als een gordijn voor mijn gezicht vielen als ik driftig meeschreef tijdens een hoorcollege.

Het was bijna alsof ik op die dagen de dingen met nog net even wat meer zelfbeheersing deed. Ik schreef rechter, meer *sans serif* dan kalligrafie, ik sneed mijn appel in gelijkvormiger blokjes, hield mijn geodriehoek steviger vast wanneer ik delen van mijn aantekeningen onderstreepte. Ik betrapte mezelf er zelfs op dat ik de glazen die mijn moeder net in de kast had teruggezet, allemaal een paar millimeter verplaatste, zodat ze in nog rechtere rijen stonden.

Die rechte rijen miste ik. Evenals het kruimelloze blad van de keukentafel en de vingerafdrukloze afstandsbediening. Evenals de plooiloos opgemaakte bedden en de geur van wasverzachter, waarvan iedere vezel van mijn kussenovertrek doordrongen was geweest.

Maar het meest miste ik de geur van haar donkergrijze burgemeestersjas, waar ik me als klein meisje nog in had begraven, of mijn moeder er nu in zat of niet. Wanneer zij op zolder de was aan het ophangen was en haar jas aan de kapstok hing, trok ik voorzichtig aan de linkermouw, zodat de schouders langzaam van de hanger gleden. Ik stak mijn armen door de gaten, sloeg de ceintuur twee keer om me heen en knoopte hem stevig om mijn middel, zodat de stijve stof bij mijn rug in grote verticale plooien opbolde en weer neergolfde. De schouders staken zo ver uit dat ik het gevoel had dat ik zijwaarts door de deuropening moest lopen om niet te blijven steken. De uiteinden van de mouwen overspoelden mijn handen en vouwden zich neerslachtig, als bruin geworden rozenblaadjes, naar beneden wanneer ik mijn armen naar voren stak. De achterkant sleepte achter me aan over de grond terwijl ik parmantig door de kamer gleed, mijn kin opgeheven, mijn onzichtbare handen op mijn rug ineengevouwen.

En dan waren daar opeens mijn moeders voetstappen op de trap. Sneller dan ik kon denken trok ik de knoop uit de ceintuur, rende struikelend over de panden van de jas naar de gang en greep op wonderbaarlijke wijze in één keer raak in mijn poging om al springend de kledinghanger waaraan de jas gehangen had, te pakken te krijgen. Ik hing de jas op zoals ik mijn moeder altijd dacht te hebben zien doen, bekeek even kort het resultaat en kwam tot de conclusie dat het niet te onderscheiden was van hoe hij net had gehangen, en schoot terug naar de woonkamer.

Hijgend en tegelijkertijd met ingehouden adem

luisterde ik hoe haar voetstappen de trap afdaalden, door de gang liepen, bleven staan voor de kapstok. Na wat vier eeuwigheden leek kwam de klink van de woonkamerdeur eindelijk in beweging, en verscheen haar hoofd om de hoek.

— Heb jij aan mijn jas gezeten?

Ze klonk voor dertig procent boos, voor zeventig procent verbaasd. Mijn hart bonkte, en mijn hoofd kon niets anders denken dan *hoe weet ze dat hoe weet ze dat hoe weet ze dat.*

— Hoezo? probeerde ik te klinken zoals mensen klinken die niets te verbergen hebben.

— O, zomaar. Hij hing verkeerd om.

Ik had gedacht dat zij altijd zij zou blijven, dat mijn herinneringen aan haar zich niet zouden laten overschrijven door beelden van anderen. Andermans moeders die midden in de woonkamer stonden te strijken als ik bij hen thuis kwam, die met de huistelefoon tussen hun schouder en hun oor geklemd stonden te bellen terwijl ze het tuffende stoomstrijkijzer over grijsgestreepte onderbroeken haalden. Moeders die aan me vroegen hoe het met me ging. Ze bedoelden het vast goed, maar het was alsof ze probeerden de beelden van mijn eigen moeder uit mijn geheugen te krabben, als ijs van bevroren autoruiten, en er nieuwe voor in de plaats te zetten.

Want zo gaat dat met herinneringen. We denken dat ze ons altijd zullen bijblijven, dat ze voor eeuwig zijn. Maar de volgende ochtend aan het ontbijt denken we terug aan de avond daarvoor, en met een schok realiseren we ons dat we de volgorde van de gesprekken al vergeten zijn, wie waar zat aan tafel, de manieren van kijken terwijl er werd opgeschept. De volgende dag vergeten we wie wat dronk bij het eten, wie het eerste naar huis ging en wie als laatst. En de dagen daarna raken we kwijt wie wat heeft gezegd, waarover we hebben gepraat en waarover we hebben gezwegen. We horen alleen nog de zachte echo van woorden, de naklank van zinnen, maar we weten niet meer wie ze uitsprak en waarom.

Onze vingers zoeken naar de toetsen, we horen de melodie, maar iedere toon die we aanslaan is misplaatst. We proberen noten uit en krimpen ineen als we weer fout blijken te zitten. Onze handen willen spelen; ze trachten hun beginpositie te hervinden, want als ze die hebben gevonden, weten ze alles weer.

Als ze eindelijk voelen dat ze goed zitten, glijden ze als vanzelf van het eerste akkoord naar het tweede, spelen uit het hoofd een regel, twee regels. Maar halverwege de derde stokken ze, moeten weer zoeken naar de juiste toetsen, zijn in de war, schieten van wit naar zwart, van mol naar kruis, maar weten het niet meer, de tonen zijn vervangen door alle foute alternatieven, ze kennen het verschil niet meer tussen hoe het nu is en hoe het had moeten zijn.

Herinneringen zijn als pianospelen. We zijn ervan overtuigd dat we de melodieën kennen, dat we ze kennen voor altijd, maar elke dag dat we niet spelen sijpelen ze verder weg. We willen dat ze zijn zoals fietsen of zwemmen, dat we in het water gegooid worden en spontaan weer weten hoe het ook alweer moest, ongeacht hoe hard onze doorweekte kleren ons ook naar de bodem trekken, we weten hoe dit moet, *kikker vliegtuig potlood tuf tuf kikker vliegtuig tuf tuf potlood tuf tuf kikker*, we weten het, maar waar zijn die herinneringen dan als we onze handen op de toetsen leggen en we zeker weten dat ze komen maar ze komen niet?

Ik heb herinneringen aan haar, ontelbaar veel herinneringen, ik heb herinneringen aan de ouderdomsvlekjes op haar handen en de kloofjes in haar vingertoppen en de adertjes die over haar handpalm liepen en de blonde haartjes op haar armen en de lijnen in haar hals en de rode gloed in haar wangen. Ik heb beelden van haar kuiten en haar navel en de plooien van haar oren en de vorm van haar neus en de trekken om haar mond. Ik weet hoe ze was van buiten, hoe hard ze was, hoe koud, hoe alles aan haar me op een afstand leek te willen houden, maar dat zijn geen herinneringen, ik wil herinneringen aan zomerdagen met picknicks en dat we de messen vergeten zijn maar dat het niet uitmaakt, dat haar gezicht niet rood aanloopt en dat ik geen tranen in haar ogen zie maar dat ze lacht en haar boterham in de jampot drukt, ik wil dat ze lacht en geniet en dat ik weet dat dat is wat het betekent om ouder te worden, dat dingen fout gaan maar dat je ervan geniet, niet dat je steeds killer wordt en vlucht voor omhelzingen en je ogen steeds harder worden en je haren steeds grijzer. Ik wil je zien lachen, mama, wil je lachen, wil je voor me lachen, alsjeblieft?

Mama, waar zijn die herinneringen aan jou?

De dag begon als een betere dag. De zon scheen door het keukenraam naar binnen en verwarmde mijn handen terwijl ze de pagina's van de krant omsloegen. De rest van het huis sliep nog of was al aan het werk.

Deze momenten waren zeldzaam. Te pas en te onpas kwamen er mensen via de immer openstaande zijdeur binnenlopen om om eieren of melk te vragen. Er moest altijd gewerkt worden, en als er niet werd gewerkt, werden de borden haastig vol geschept zodat er om half twee weer begonnen kon worden met melken.

Maar nu was ik alleen in de keuken en genoot ik van de zelfstandigheid waarmee ik in één keer het goede kastdeurtje opendeed op zoek naar de suikerpot, glimlachte in mezelf toen ik zonder de besteklade open te doen wist dat de kaasschaaf nog in de vaatwasmachine zat.

Geen geluid van de waterkoker of het koffiezetapparaat, alleen het ronken van de trekker en het geloei van de kalveren in de verte.

De dag begon als een betere dag.

Ik hoorde aan het bonkende overslaan van de oneven treden dat het Frank was die de trap afdenderde. Zijn gedaante in de deuropening bevestigde mijn vermoeden. Hij kwam achter me staan, sloeg zijn armen om me heen en schuurde met zijn bestoppelde wang tegen de mijne.

Het was begonnen als een betere dag.

Maar opeens waren het niet meer zijn armen die om mijn middel gevouwen waren. De stoppels op zijn wang waren niet van hem. De adem, die zo dicht bij mijn oor klonk als het gieren van de wind rond de muren van het huis op een winderige donderdagavond, was niet zijn adem. De neus die door mijn haren woelde was niet zijn neus. Hij was het niet wiens lichaam ik door de rugleuning van de stoel tegen me aan voelde.

Het was het lichaam van mijn vader.

De stoppels op zijn wang waren als schuurpapier. Ik voelde hoe mijn kaken verstrakten, maar mijn handen besloten in een reflex een toneelspel te gaan spelen en begroeven zich in zijn peperblonde haar.

Misschien was het een vlucht. Misschien zochten ze naar verschillen, naar de bevestiging dat dit niet mijn vader was, dat zijn haar anders had aangevoeld, korter was geweest en dunner, minder krullerig. Meer zoals vaderhaar.

Hij liet me los, ging koffiezetten. Omringde mij en mijn krant met vleeswaren, potten abrikozenjam en sandwichspread, koffiekopjes, kannen melk. Van bovenaf gezien leek het alsof het binnenlandse nieuws een voetbalveld was te midden van een Vinexwijk in aanbouw.

Het brommen van het koffiezetapparaat stak in mijn hoofd als het vibrerende lawaai van drilboren op een werkplaats. Iedere pot pindakaas en chocoladepasta die hij naast me neerzette klonk als een heipaal die voor mijn voeten in de grond werd gestampt. Steeds hogere flatgebouwen werden er rond mij opgetrokken; steeds minder ruimte kregen mijn armen om de pagina's om te slaan zonder complete woonwijken als dominostenen om te laten vallen.

Zonder ook maar iets terug te zetten in de kast plofte Frank neer in de stoel tegenover me. Onderuitgezakt nam hij een hap van zijn boterham met kaas en dronk hij in één keer de helft van zijn kopje koffie leeg.

– Zo, lekker bakkie pleur.

Dat was een aanval, dat wist ik zeker. Dat zei hij expres, met dat platte accent, die langgerekte eu-klank aan het einde, om me te herinneren aan de deftige manier waarop mijn vader altijd het woord 'cappuccino' had uitgesproken. Mijn lichaam zette zich schrap, klaar voor de aanval.

Hij jatte een deel van de krant van me en boog zich over de voorpagina.

– Leuk altijd, dat regionale nieuws.

Wij hadden thuis *de Volkskrant*.

Bij me vandaan dreef hij, terwijl hij zogenaamd in zichzelf mompelde hoe makkelijk het was dat ze zo veel verschillende soorten en maten borden hadden en dat er altijd meerdere vloten boter in de koelkast stonden, zodat je nooit lang hoefde te zoeken. En in mijn hoofd werd de opsomming langer: hoe fijn het was dat koffie hier niet per kopje werd gezet maar per pot, zodat je altijd kon besluiten om nog een bakkie te nemen. Dat er altijd genoeg kaas en melk was, dat de kelder vol stond met blikken bonen en ananas op sap, zodat er altijd mensen konden blijven eten. Wat was het hier toch allemaal makkelijk, wat was het toch gastvrij. Onaangekondigd de woonkamer binnenstappen? Geen probleem. Op het laatste moment toch maar blijven eten? Kon hier gewoon. Blijven slapen? Daar hoefden hier geen maatregelen voor getroffen te worden.

Melk gemorst? Geeft niets. Met je vieze schoenen door de kamer gelopen? Niemand die zich er druk om maakt. Flutcadeautjes gekocht voor Sinterklaas? Maakt niet uit. Lastminutevakantie boeken? Doen we hier gewoon. Makkelijk hè. God, wat makkelijk.

Bij me vandaan dreef hij. Steeds verder bij me vandaan, tot ik niet meer bij hem was, maar bij haar.

Hoe ging dat ook alweer bij jou thuis? Zat je moeder dan niet dagenlang te zoeken naar het juiste huisje op de juiste berg van de juiste hoogte vlak bij het juiste dorpje en de juiste supermarkt in de juiste streek waar het rustig is maar toch niet te afgelegen? Híér zien we een keer een aanbieding in het regionale suffertje staan en dan regelen we dat gewoon meteen. Lekker makkelijk.

Wat gebeurde er bij jou thuis ook alweer als je per ongeluk een glas water omstootte? Slaakte je moeder dan geen hysterisch gilletje en schoof ze haar stoel paniekerig naar achteren, alsof het water niet zachtjes op de vloerbedekking druppelde, maar in tsunamigolven over de randen van de tafel gutste? Begon ze dan niet smetvrezerig de borden af te nemen met keukenpapier en overspannen met de placemats te wapperen?

Viel er dan, wanneer jullie alle drie weer aan tafel

zaten, niet zo'n ontzettend lange en pijnlijke stilte, waarin niemand zijn eten durfde aan te raken? Zaten jullie dan niet urenlang zwijgend tegenover elkaar, wachtend tot de ander iets zou gaan zeggen? Gebeurt hier nooit, hoor. Híér blijven we dan allemaal lekker kalm en stoïcijns ons voer naar binnen lepelen, alsof er niets is voorgevallen. Híér trekken we ons niets aan van wat andere mensen doen, lachen we alles weg wat riekt naar iets wat een eventuele spanning zou kunnen veroorzaken.

Makkelijk hè. God, wat makkelijk.

Ik kon de snelheid waarmee Frank zijn boterhammen naar binnen schrokte niet aanzien en vertrok met de krant onder mijn arm naar de woonkamer.

Blijkbaar had ik alleen het sportkatern nog niet gelezen. Nog een kwartier voordat we zouden vertrekken naar college. Morstijd, zou mijn moeder dit noemen.

Het was fijner geweest als ze zich hard en schreeuwend aan me had opgedrongen. Dan had ik haar kunnen wegduwen, tegen haar kunnen roepen dat ik wilde dat ze verdween.

Maar zoals de meest hardnekkige gedachten kwam ze juist achterom, via ondergrondse routes die ik niet kende. Als ze via de voordeur mijn gedachten was binnengedrongen, had ik de deur in haar gezicht kunnen dichtsmijten. Maar iedere keer weer stond ze opeens achter me, haar armen triomfantelijk over elkaar geslagen, trots dat ze me weer eens om de tuin had geleid.

Ze kleurde mijn gedachten zwart, zorgde ervoor dat

de wereld oogde alsof zij werd weerspiegeld in ver-
vuild water. Ze liet me de misplaatstheid van dingen
zien, de gebrekkigheden, de halfslachtigheid.

Ze toonde me het falen van de mensen. Kijk, zei ze,
zie je die oudere vrouw daar, die alleen aan dat tafel-
tje bij het raam zit, die zich verslikt in haar kopje es-
presso? Zag je dat meisje net langslopen, wier mascara
overal in kleine zwarte spikkeltjes rond haar ogen zat,
overal behalve op haar wimpers? Zie je die serveerster
die niet uit haar woorden kan komen, zich verslikt in
de namen van de verschillende soorten koffie en be-
legde broodjes? Zie je die vrouw die door haar man
in haar jas geholpen wordt, maar de armsgaten niet
kan vinden? Zie je hoe haar ceintuur aan de achterkant gedraaid zit? Zie je die twee kinderen aan dat ta-
feltje vlak bij de deur, die jongen en dat meisje, hoe
hun monden omrand zijn met chocolademelk en ap-
pelstroop? Zie je die jongeman die daar loopt speurend
om zich heen kijken, op zoek naar het mannentoilet?

En daar buiten, zie je die vrouw met die lichtblauwe jas tot aan haar knieën en die lange grijze paardenstaart, hoe haar haren in haar gezicht waaien terwijl
ze tegen de wind in trapt? Zag je die man net, met die
geruite gleufhoed, bijna uitglijden over de glibberige
keien, maar zich nog net angstig vastklampen aan zijn
glimmend houten wandelstok? Zie je die jonge moeder met dat jongetje aan haar hand, hoe hij haar met
zich mee trekt en haar die speelgoedwinkel in sleurt?

Alle mensen falen, Emma. Alle mensen om ons
heen falen, de hele dag door. Elke dag. Als ze per ongeluk de naam van hun dochter verwisselen met die van

hun vrouw. Als ze met hun benen verstrikt raken in de uitlaatriem van hun terriër. Als ze de rest van de mensen ophouden bij de bakker omdat ze niet weten of ze moeten kiezen voor driedubbeldonker of voor megamaïsmeergranen met extra liefde en passie. Als ze er halverwege een doorgaande weg achter komen dat ze verkeerd fietsen, verbouwereerd om zich heen kijken, hun stuur draaien, zwenken, terug. Als ze op een verjaardag met iemand over een intellectueel hoogwetenschappelijk boek praten en proberen te verhullen dat ze het niet gelezen hebben, maar uiteindelijk door de mand vallen omdat ze de naam van een andere auteur noemen. Als ze achteloos een museum binnenlopen omdat ze ervan uitgegaan zijn dat de toegang gratis is, maar bij de arm worden gegrepen door twee breedgeschouderde beveiligingsbeambten.

Als ze dingen op de grond laten vallen, jassen, tassen, wat dan ook, waar dan ook. Als ze dan beschaamd bukken, hun knieën buigend of juist hun rug, afhankelijk van de persoonlijke inschatting welke lijdensweg het kortste duurt. Hoe ze dan schichtig om zich heen kijken en hopen dat niemand het heeft gezien.

Als ze hun jas op de kapstok proberen te hangen maar het lusje niet blijft hangen aan het haakje, hoe hij steeds weer valt en dat ze hem weer terughangen en hun handen heel voorzichtig wegtrekken – alsof de kans dat-ie valt dan kleiner is – en dat ze zich willen omdraaien maar dat ie-dan weer valt precies in de paraplubak en dat hun capuchon aan een van de punten van een zwarte paraplu blijft haken en hoe ze dan voorovergebogen met veel te veel vingers aan die draadjes zitten te pielen totdat de hakken van de vrouw des hui-zes door de hal galmen en voorzichtig roepen of het daar allemaal wel goed gaat en dat ze dan nerveus te-rugroepen 'ja, het gaat wel, kom eraan' en hoe hun ge-dachten dan steeds heen en weer flitsen tussen door-pielen en opgeven doorpielen opgeven doorpielen en ze geven op, laten hun jas in de paraplubak vallen en beginnen zich alvast emotioneel voor te bereiden op het moment dat ze straks weer zullen weggaan en dat ze dan zullen moeten uitleggen hoe hun jas daar geko-men is.

Falen gaat vaak samen met een gekromde rug. Uit noodzaak of uit schaamte.

Mijn moeder faalde nooit. Haar rug was altijd kaars-recht. Of ze nu zittend op haar stadsfiets voor het stop-licht stond te wachten of in de pan met pasta stond te roeren. Of ze nu aan het stofzuigen was of naar het achtuurjournaal zat te kijken. Rugleuningen raakte ze zelden aan.

Mijn moeder had niets om zich voor te schamen. Zij aarzelde niet, versprak zich niet, liet niets vallen.

Mijn moeder keek mensen aan als ze tegen ze praat-te, kil en uitdagend. Alsof ze hen uitnodigde de dis-cussie met haar aan te gaan, omdat ze wist dat de an-der die sowieso zou verliezen. Ze keek toe hoe anderen faalden, liet ze angstig spartelen zoals toen op mijn achtste mijn goudvis een duik maakte richting de keu-kenvloer.

Ze wachtte tot ze uitgesparteld waren, en begon dan, met de controle van een wijzer die van minuut naar minuut springt, de sporen van hun imperfectionisme op te ruimen. Zonder beschuldigende woorden. Die woorden waren niet nodig. Haar blik was genoeg om je te voelen als het scheefliggende bestek wanneer mijn vader de tafel gedekt had. Als ze de kamer binnenkwam zag ze het meteen, de placemats op ongepaste afstand van elkaar, de lepel boven het bord in plaats van naast het mes, de onderzetters op de verkeerde plaats, maar ze wachtte geduldig tot we allemaal zaten, en dan schoof ze, heel nadrukkelijk, eerst haar lepel naar de zijkant van haar bord voordat ze de deksels van de pannen haalde. Ze zei niets, keek mijn vader alleen aan, strak en hard, en liep dan naar de keuken om de opscheplepels te pakken die hij was vergeten.

Dan keken we elkaar even aan, mijn vader en ik. Maar we wisten niet wat we moesten zeggen, en dus sloegen we onze ogen neer.

Ze zorgde ervoor dat ik bang was om twijfelend gezien te worden. Op zulke gewichtloze momenten leek de tijd stil te staan en tegelijkertijd eindeloos te duren. Bijvoorbeeld als we bij mijn oma op visite waren en ik niet wist wat ik wilde drinken, en hoe iedereen me dan verwachtingsvol aankeek terwijl ik met mijn mond halfopen alleen maar een haperend geluid kon stamelen. De raderen in mijn hoofd draaiden op volle toeren en tegelijkertijd waren mijn gedachten zo leeg als een schoon blad papier.

Ik hakkelde uiteindelijk dat ik een glas water wilde, alstublieft; mijn moeder keek me beschuldigend aan.

— Moest dat nou zo lang duren?

Als ik alleen door de stad fietste, was ik soms bang dat ik ineens besluiteloos op een kruispunt zou staan, plotseling niet meer wetend waar ik ook alweer heen ging. Besluiteloos stond ik bij de kassa van de supermarkt, tientallen seconden lang twijfelend of ik wilde pinnen of liever contant wilde betalen. In mijn hoofd vormde zich achter me een rij van onrustige mensen, die steeds harder en steeds onrustiger mompelden en ongeduldig met hun vingers op de loopband trommelden. Ze zouden op ieder moment hun vuisten kunnen opheffen, in opstand komen tegen mijn getreuzel en als één man in beweging komen, me onder de voet lopen en me overrijden met hun winkelkarretjes met witte wieltjes.

Na haar bestond ik. Na haar, dus door haar.

In mijn hoofd leefden ze door en stonden ze stil tegelijk.

Enerzijds wist ik dat mijn vader elke dag om kwart
voor acht naar zijn werk zou blijven vertrekken en om
kwart over zes weer thuis zou komen. Ik wist dat mijn
moeder boodschappen bleef doen, de kamer stofte, de
badkamer bleef schoonmaken. Ik wist dat het vader-
dag en moederdag zou worden en dat ze jarig zouden
zijn, dat ze samen uit eten zouden blijven gaan en daarna naar de bioscoop. Ik wist dat ze 's avonds samen op
de bank zouden zitten, kijkend naar het nieuws, mijn
moeder rechtop, mijn vaders rug rustend tegen de leuning.

Ik wist dat hun lichamen niet waren bevroren op
het moment dat Frank met een ruk de deur achter ons
had dichtgetrokken, dat ze niet in exact dezelfde positie waren blijven staan als ze stonden toen de ramen
trilden in de sponningen, alsof een alwetende verteller
hen op pauze had gezet.

Ik wist dat ze niet gestopt waren met leven.

Maar hoe zagen hun gezichten er nu dan uit? Waren hun haren langer geworden, hun huid slapper, de
kraaienpootjes dieper? Keken ze blij, boos, verdrietig?
Waren ze gelukkig zoals het nu was, tevreden?

Of bestond er een kleine kans dat ze nog steeds op me wachtten? Kon het niet zo zijn dat ze elke zondag hun stoelen voor de manshoge ramen van hun slaapkamer schoven die uitkeken op onze achtertuin en het water en kinderkoppige straatje daarachter? Zouden ze dan door het glas turen, op zoek naar mijn gestalte tussen alle passanten, als een omgekeerde dierentuin? Bestond er niet een kans dat ze zich bij het dekken van de tafel nog steeds vergisten in het aantal messen en vorken? Raakten ze soms niet toch nog even in de war als ze maar twee tandenborstels in het glas op de wastafel zagen staan in plaats van drie?

Zou het niet kunnen dat ze bij alles wat ze deden, voelden dat ik er niet was? Voelde het niet toch een beetje als een koor met te weinig zangers wanneer ze elkaar smakelijk eten wensten? Schepten ze allebei op, en veranderden hun gezichtsuitdrukkingen dan synchroon in een droeve glimlach als ze zagen dat er nog precies twee scheppen rijst over waren, precies genoeg voor mij? Keken ze elkaar dan meetroostig aan, wetend dat ze allebei aan hetzelfde dachten: aan mij, hun dochter, die enkele tientallen kilometers verderop op dit moment waarschijnlijk ook aan een tafel zat en haar eten opschepte, maar dan in een veel groter en bruisender gezelschap?

Leefde ik door in hun gedachten? Vroegen ze zich af wat ik deed de hele dag, of ik mijn colleges nog steeds braaf volgde? Hoopten ze dat ik gelukkig was, of wensten ze dat ik langzaam wegkwijnde in hun ontluisterende afwezigheid?

Ik wist het niet.

Misschien heb ik mijn beide ouders wel nooit gekend.

Op betere dagen, als ik in mijn eentje uit het ongezeemde raam van Franks zolderkamer zat te turen, beeldde ik me in dat ik mijn huis kon zien. Daar, als ik door al die bomen en kerktorens en eindeloze groene verte keek, zag ik het baksteenbruine dak. Wanneer ik maar lang genoeg zou lopen, over alle slootjes heen zou springen, alle wegen zou oversteken, door gebouwen heen zou lopen alsof ze niet bestonden, zou ik de perenboom kunnen aanraken die in onze achtertuin stond. Als ik mijn ogen toekneep zag ik mijn vader achter het raam de krant lezen, over het montuur van zijn bril heen turend, en mijn moeder terwijl ze op zolder de was ophing en met het strijkijzer kaarsrechte vouwen in het beddengoed maakte.

Maar op mindere dagen was het alsof de aarde in één nacht te rond was geworden. Op die dagen viel mijn huis achter het opbollende land, als wegdrijvende schepen op open zee, die verdwenen achter de grens tussen wind en water. Dan zag ik, als ik het vermogen van mijn verbeelding ten volste aansprak, nog net het puntje van de toren van de katholieke kerk die een paar honderd meter bij mijn huis vandaan stond, maar de perenboom was volledig verdwenen. Mijn ouderlijk huis was gezonken achter de horizon.

Op die dagen werden mijn herinneringen verzwolgen door tranen. Golven zout water die tegen de ramen dreunden, tegen de deur beukten, het dak overspoelden. Golven die niet nadachten, maar alleen maar het glas insloegen, de sponningen deden breken en met bakken naar binnen stroomden.

Ze doorweekten de vloerbedekking, de muren, de bank, de stoelen. Ze kolkten de trap op, namen in hun krachtige onderstroom alles mee wat ze tegenkwamen, boeken, jassen, schoenen, en overspoelden de bedden, trokken schilderijen van de muur, klommen tegen de ramen op, hoger, hoger, totdat ze het zolderraam hadden bereikt en door het dak barstten, in een brute stroom explodeerden, als door het spuitgat van een walvis.

De tranen wierpen me terug in zijn bed, als een hand die zich uit het niets op mijn borstkas had geplant en me met brute kracht wegduwde van het raam. Ik verborg mijn hoofd in Franks kussen, maar ik rook niets anders dan niet ons wasmiddel, niet onze klinische netheid, niet de stad, niet mijn ouders, niet mijn leven.

Ik draaide op mijn zij, mijn rug, sloot mijn ogen, opende ze, staarde naar de chaos op de grond, de afbladderende zeegroene verf op de balken, de schaduwen die de spinnenwebben tekenden op de muur. In de verte hoorde ik de wind die om het huis beukte, maar de toppen van de bomen achter het raam bewogen niet. Het was windstil.

Ik lag en luisterde.

De wind ging langzaam liggen.

De wind was mijn jachtige adem.

Zo ver weg zijn ze niet, dwong ik mezelf te denken. Andere dingen maken ze verder weg. De geur van gras die in mijn kleren getrokken is. De mist die 's ochtends over het land ligt, een grijze waas die het groen verandert in een doolhof zonder muren.

Het zijn andere dingen die ze verder weg maken. De uniformiteit van de rijtjeshuizen langs de weg. De eentonigheid van de weken. De dagen. De uren.

Mijn eenzaamheid.

Eerst was ik alleen nog maar een buitenstaander.

Eerst keek ik alleen nog maar apathisch toe hoe ze hun glazen volschonken met goedkope witte wijn die zo zoet was als limonadesiroop, zich volledig onbewust van de denkbeeldige grens die ze overschreden toen ze bleven doorschenken terwijl ze de bolling van het glas allang waren gepasseerd. Hoe ze uitzinnig lachten terwijl ze cocktail- en hawaiisaus morsten over de gele stroken papier die de tafel bedekten bij wijze van versiering, nog over van Pasen.

Eerst zag ik alleen nog maar met lede ogen aan hoe het plastic van de aluminium bakken werd getrokken en het vlees op de gourmet werd gesmeten, die glom door de overdaad aan olie. Eerst mompelde ik alleen maar bedankjes terwijl er werd rondgegaan met pindasaus. Eerst lachte ik nog om de grappen over koeien en bier. Eerst keek ik nog glimlachend toe terwijl ze happen naar binnen schoven ter grote van opscheplepels en hoe kun kaken driftig maalden. Na nog geen drie keer kauwen gooiden ze hun hoofd in hun nek en klokten ze de laatste restjes bier weg.

— Niet spoelen, klonk de stem van mijn moeder in mijn achterhoofd, terwijl ik hun adamsappels onstuimig heen en weer zag bewegen.

Eerst lachte ik nog.

Toen keek ik op de klok en zag ik dat het vijf over half acht was. We waren pas vijf minuten geleden begonnen met eten. Dit toneelstuk hield ik geen hele avond vol.

En dus koos ik een nieuwe strategie.

Ik probeerde te zijn zoals ik zou zijn als ik thuis was geweest.

Dat was mijn enige uitweg, mijn enige manier om niet zachtjes te verdwijnen. Ik dacht aan wat ik zou doen als ik nu thuis was en het was feest en iedereen at en dronk en praatte of praatte niet en niemand luisterde en mensen bleven maar opscheppen en lachen en drinken en ik zou zwijgend wachten tot de avond voorbij was.

Wat zou ik dan doen?

Dan zou ik mijn hoofd draaien, om me heen kijken, kijken of ik echt onzichtbaar was, of iedereen gewoon door bleef praten als ik bewoog. Dan zou ik mijn lege wijnglas pakken, mijn vinger behoedzaam nat maken met het puntje van mijn tong. En dan zou ik heel voorzichtig rondjes gaan draaien met mijn vinger over de rand van het glas.

Maar ook bij mij thuis bleven de mensen praten, de mensen die mijn familie moesten zijn, maar die zo oneindig ver bij mij vandaan waren dat ik ze kon aanraken en heimwee naar ze kon hebben tegelijk. Ze voerden gesprekken zo luid en snel dat het leek alsof ze een belangrijke voordracht hielden voor een grote groep mensen en van tevoren tegen zichzelf hadden gezegd dat ze langzaam moesten spreken, maar zo zenuwachtig waren dat ze al hun woorden inslikten in een poging het allemaal zo snel mogelijk voorbij te laten zijn. Ze praatten harder en harder, steeds sneller en sneller en mijn vinger draaide steeds harder en sneller, en steeds luider werd het hoge zingen van het kristal en kijk, mensen stopten met praten, ontwaakten uit hun speeches en keken op van hun rede en keken naar me, kijk, ze keken naar me, of nee, niet naar mij maar naar het glas in mijn hand en mijn hand stopte en opeens was het stil en was de kamer nog onmetelijk veel leger dan hij daarvoor was geweest.

Ik schrok van mijn eigen stem toen die de stilte doorbrak.

– Mam.

Ze had de verstijving van de lichamen aangegrepen om heel even de deksels van alle pannen op te tillen om te kijken of er nog wel genoeg eten was voor iedereen. Ze keek op, bevroor midden in haar roerende beweging in de kreeftensaus, maar bleef de lepel krampachtig vasthouden.

– Had je iedereen al verteld over ons avontuur van afgelopen week?

Ik deed een poging om mijn stem luchtig te laten klinken, elk woord een octaaf hoger, als de steile treden van de trap naar Franks zolderkamer. Ze liet de lepel los, keek me aan met een vragende blik, die net zo goed echt als gespeeld kon zijn. (Beide opties waren even verachtelijk.)

– Heb je oma al verteld over dat we samen naar de supermarkt gingen, en dat we moesten wachten voor het stoplicht?

In haar masker van onwetendheid ontstonden

scheurtjes. Ik zag dat ze wist waar dit verhaal naartoe ging, dat ze zich wilde verzetten, maar dat ze niet wist hoe.

— En dat het licht al groen was maar dat jij niet oplette en dat jij het niet zag en dat er achter ons iemand begon te toeteren?

Dat jij het niet zag. Dat jij iets verkeerd deed. Dat jij faalde, waar de hele wereld bij was.

Ik zag haar ineenkrimpen; ik deed haar pijn, maar ik kon niet stoppen. In plaats daarvan werden mijn woorden alleen maar harder, harder en scherper, harder en scherper en sneller.

— En dat ik toen zei dat je kon gaan rijden en dat je toen zo veel gas gaf dat we bijna tegen de auto voor ons opbotsten? En dat ik toen zei dat dat maar net goed was gegaan en dat jij toen niet opgelucht lachte zoals alle andere moeders zouden doen, maar dat je met een ruk de auto langs de kant zette en me alleen maar bleef aankijken, heel lang aankijken met die kille harde koude blik van je? En dat ik zag hoe bang je daaronder keek, dat je diep vanbinnen jezelf alleen maar aan het vervloeken was dat je een fout had gemaakt?

Weet je waarom ik dat weet, mama, dat dat was wat je toen dacht? Omdat ik elke dag met die blik in de spiegel naar mezelf kijk. Ik kijk naar mezelf, naar mijn harde kille zelf, dat boos is dat het is vergeten om die ene afspraak af te zeggen, dat kwaad op zichzelf wordt omdat het nog een cadeautje had moeten kopen voor een verjaardag, de krant nog had moeten lezen, de wasmachine nog had moeten aanzetten.

Maar onder die blik ben ik bang, mama, alleen maar

bang. Bang voor de volgende fout. De volgende keer dat ik faal, onder het toeziend oog van de hele wereld.

Weet je waar ik het allerbangst voor ben, mama? Dat me iets overkomt waardoor ik de rest van mijn leven zal falen ten overstaan van anderen. Dat ik word aangereden en de rest van mijn leven mank door de straten loop. Dat ik tijdens een bergvakantie word aangevallen door een roofvogel en dat de blikken daarna altijd mijn gezicht zullen mijden, omdat ze de littekens die over mijn wangen lopen te afschrikwekkend vinden. Dat ik verlamd raak en in een rolstoel terechtkom, en dat mensen me voor altijd zullen blijven zien als minderwaardig en gehandicapt.

Weet je waarom ik daar bang voor ben, mama? Niet om mij. Niet vanwege al die meelijwekkende blikken die de rest van mijn leven op mij gericht zullen zijn als de wielen van mijn rolstoel over de tegels van de supermarktpaden zullen glijden. Niet vanwege alle keren dat mensen zullen wegkijken omdat ze niet geconfronteerd willen worden met de afschuw die ze zullen voelen als ze de littekens zien in het gezicht van een mens die pech heeft gehad. Niet wegens de momenten dat ik zal beseffen dat ik niets meer zelf kan, dat mensen me tot aan mijn dood zullen moeten helpen met het aangeven van een pak suiker of een diepvriespizza of de vaatwastabletten. Niet eens vanwege de angst die me zal overvallen als ik 's avonds in bed lig en besef dat er brand zou kunnen uitbreken en dat ik dan niet zal kunnen wegrennen en dat ik vergeten zou kunnen worden en dat ik zou ruiken hoe de rook zich door het huis verspreidt maar dat niemand me komt halen en hoe ik voel dat mijn longen zich vullen met grijze mist en dat ik het licht van de vlammen onder mijn deur door zie sijpelen en de warmte van het vuur aan mijn gezicht voel en dat ik hoor hoe mensen vluchten en dat ik wil rennen maar niet rennen kan. En dat er sirenes klinken in de verte en dat ik denk dat ze me komen halen maar ze komen me niet halen, ze vergeten me en blijven me vergeten, want ik wacht en ik lig, maar ze komen niet en het wordt warmer, steeds warmer, onmetelijk heet en de wereld wordt oranje, steeds feller, steeds donkerder, en dan uiteindelijk oneindig zwart.

Voor dat moment ben ik niet bang, mama.

Ik ben alleen maar bang voor het moment dat jij voor het eerst de tekenen van mijn falen ziet, mijn littekens, mijn verlamming. De eerste keer dat ik de woonkamer kom binnenrollen en even voorover dreig te vallen omdat mijn voorwieltjes worden tegengehouden door de vloerbedekking. Ik ben bang voor het moment dat je op de bank zit en opkijkt van het tijdschrift dat je aan het lezen bent, dat ik je zie schrikken en zie twijfelen omdat ik je dochter ben en dat moeders altijd van hun dochters blijven houden, maar dat jij beseft dat je dat niet kunt.

Ik ben bang voor het moment dat je wegkijkt.

Ik zou willen dat ik die dingen kon zeggen. Dat ik de aandacht van de tafel kon trekken door een simpele kristalsirene en dat ik dan kon uitleggen dat deze mensen mijn familie niet waren en nooit zouden zijn. Mijn familie zou nooit meedoen aan deze rauwe vleesveiling, aan de oude oma's en opa's die in een hoekje werden gestopt naast de aardappelsalade en de warm-houdplaat voor de pindasaus.

In onze wereld gingen gesprekken ook over dingen die niet verteerbaar waren. Wij begroetten iemand die binnenkwam op zijn minst met een hand, in plaats van onze blik strak gericht te houden op het scherm van onze mobiele telefoon. Wij lachten niet om zonen die hun best hadden gedaan hun eigen overhemd te strij-ken. Wij bedankten degene die het dessert had klaar-gemaakt voordat we ons eerste hapje van de tirami-su namen. Wij behandelden alles wat we aanraakten niet alsof we het aanvielen, wij maakten dingen niet stuk. Wij schreeuwden niet. Wij gebruikten woorden niet als proppen papier die we over en weer door de kamer smeten als in een sneeuwballengevecht, maar als volzinnen die werden geschreven op briefpapier, verzegeld in enveloppen en van hand tot hand werden doorgegeven totdat ze de gewenste ontvanger hadden bereikt. Woorden waren voor ons geen wapens, geen messen of jachtgeweren. Onze woorden werden gewo-gen. Wij legden ze neer, zij lieten ze vallen, als bom-men op Rotterdam.

Ik voelde mezelf wegdrijven, meer en meer een bui-tenstaander worden. Ik greep nog naar mijn wijnglas, griste het van tafel, maakte mijn vinger nat en draai-de verwoed over de rand. Maar alles wat ik hoorde was een pijnlijk gepiep, als het verbaasde gemauw van een jonge kat.

Deze glazen waren niet van kristal.

Op dat moment werd ik meer dan een buitenstaander. Ik weet dat die dingen geleidelijk zouden moeten gaan, dat zoiets niet gebeurt van de ene op de andere seconde, dat daar uren overheen gaan of misschien zelfs dagen of weken.

Maar ik voelde het gebeuren. Ik voelde hoe mijn oren stopten met luisteren naar het geschreeuw over het doorgeven van de slavinken en de runderlappen. Ik merkte hoe mijn handen stopten met het voelen van de hete oliespetters die daarvoor op mijn huid hadden gebrand.

Mijn ogen zagen geen mensen meer. Geen mensen die elkaar commandeerden om de barbecuesaus aan te geven, die met volle monden wezen op de lege schaal met brood als teken dat die bijgevuld moest worden. Mijn ogen zagen alleen nog maar lege hulzen van lichamen die deden zonder te denken, die langs elkaar heen riepen en lachten zonder reden, die met hun armen om zich heen maaiden en alles grepen wat ze te pakken konden krijgen. Mijn ogen zagen levenloze omhulsels van wezens die langs elkaar heen bewogen zonder elkaar te zien, werden voortgedreven door een oerinstinct dat hen dwong zich te gedragen als beesten.

Ik hoorde geen woorden meer. Ik hoorde geen bommen meer vallen. Ik hoorde alleen nog maar het piepen van mijn vinger op het glas.

Ik was niet meer daar. Ik was kilometers verderop, op een plek waar niet werd geschreeuwd, waar geen messen werden getrokken, waar geen oorlog was.

Vanaf nu was ik geen buitenstaander meer. Vanaf nu was ik het achterland.

Ik dacht dat Frank het zou merken als ik maar lang genoeg langs hem heen naar buiten zou staren. Ik dacht dat hij op een gegeven moment zou zien dat mijn bord leeg was, dat hij zou vragen of ik geen honger had en dat ik hem dan zou kunnen aankijken en hij in één keer begreep dat ik hier niet wilde zijn.

Maar hij prikte rauw vlees op zijn vork en laadde zijn bord vol met salade en hij riep wie er een hamburger wilde. En toen verdween ik echt.

Na een half uur was de plaat van het gourmetstel zwartgeblakerd van alle vleesresten en stond de woonkamer blauw van de rook. De groep stoof uiteen, vluchtte naar boven en naar buiten, een tafel vol besmeurde servetten en borden vol resten saus achterlatend. Alleen de oma's en opa's waren niet van hun plaats gekomen.

Ook Frank trok me mee, de trap op naar boven, en liet ons verdwijnen onder de dekens van zijn eenpersoonsbed, dat met de nacht smaller leek te worden.

Onze hoofden rustten naast elkaar op zijn kussen, zijn neus begroef zich in mijn haar terwijl ik de spijkers in de balken aan het plafond telde. Hij wurmde zijn arm onder mijn rug en sloeg de ander om mijn middel, en ik wenste dat ik de warmte van zijn lichaam voelde, maar ik voelde het niet. Ik voelde me alsof ik een boek was waarvan de laatste paar pagina's nog geschreven moesten worden, alsof ik nog niet af was, en daarom niet hier. Alsof ik niet omarmbaar kon zijn.

Ik dacht aan de oude mannen en vrouwen die de hele avond zwijgend aan het uiteinde van de tafel hadden gezeten. De opa's in grauwe overhemden met halflange mouwen, de oma's in een vale bloemetjesjurk. Hun blikken waren op hun borden gericht, die zich automatisch vulden met stukken vlees, brokken aardappelsalade en klodders saus. Woordeloos prikten ze in hun rundervink en namen ze kleine slokjes van hun bubbelwijn. Af en toe keken ze op en leek het even alsof ze een poging wilden gaan doen deel te nemen aan de conversaties die er gevoerd werden, maar hun versufte blikken schoten alleen maar vertraagd heen en weer, alsof ze keken naar een tenniswedstrijd in slow motion.

Hun messen en vorken leken hun volkomen vreemd, ze hielden ze vast alsof ze niet wisten wat ze ermee moesten doen. Een van de oma's probeerde een cherrytomaatje doormidden te snijden, maar de tomaat schoot steeds onder haar bestek vandaan. Toen ze hem uiteindelijk in de houdgreep had en met de punten van haar vork door de schil heen prikte, sproeide het vruchtvlees in een krachtige straal over haar jurk. Haar lome blik richtte zich traag naar beneden, haar onderkin rustend op haar borst. Haar gerimpelde handen maakten langzame vegende bewegingen over de bloemen. De pitjes van de tomaat bleven aan haar vingers kleven, maar ze leek het niet in de gaten te hebben. Geruisloos voegden ze zich bij de ouderdomsvlekjes op de rug van haar hand.

Terwijl Frank met zijn ruwe handen over mijn onderarm streek, dacht ik aan de traagheid van oude mensen, aan de wereld die de hele dag aan hen voorbijraasde. Ik dacht aan bejaarde vrouwen die nauwelijks vooruitkwamen op de fiets, vechtend tegen wind die er niet was. Ik dacht aan de rimpels in hun huidkleurige pantykousen, aan hun gekromde tenen in versleten leren sandalen. Ik dacht aan hoe hun handen haperden als ze zochten naar wisselgeld bij de kassa. Aan hoe ze de supermarkt uit liepen en even gedesoriënteerd waren, niet wetend welke kant ze op moesten. Aan de onbegrijpende blik als hun hand over de bodem van hun linnen boodschappentas gleed, op zoek naar hun fietssleutels. Oude mensen die tussen de rekken in de fietsenstalling doorlopen, zoekend naar hun zadel, hun stuur, hun donkergroene frame. Ik dacht aan de permanente verdwazing in hun ogen, alsof ze de wereld nooit meer zouden begrijpen.

Ik dacht aan de rimpelige halve maantjes op de nagels van mijn moeder, de blauwgroene adertjes vlak onder haar huid. Ik dacht aan de momenten dat ze dingen twee keer vertelde, aan de uit het veld geslagen blik die ze kreeg als ze daarop gewezen werd. Aan de uitgebreide beschrijvingen die ze soms gaf van de dingen die ze die dag gedaan had, 's avonds bij het eten, en hoe ze me dan deed denken aan de moeder van mijn moeder, gedetailleerd als ze vertelde in welke volgorde ze die dag langs alle winkels was geweest om al haar boodschappen te verzamelen en wie ze allemaal was tegengekomen en hoe het met al die mensen was en hoe het met hun kinderen was en met hun werk en hun huis en waar ze allemaal heen gingen op vakantie en hoe al die feiten volslagen nutteloos waren, zo gedetailleerd dat ieder toneelgezelschap haar verslagen beweging voor beweging had kunnen naspelen.

Ik dacht aan hoe ik haar soms de trap op en af had zien lopen, steeds weer mompelend:

— Wie zijn hoofd niet gebruikt...

Ik dacht aan de keren dat ik herinneringen ophaalde aan vroeger, aan vakanties en dagjes uit, en hoe ze dan met halfgefronste wenkbrauwen voor zich uit zat te staren. Alsof ze vanbinnen een strijd voerde tussen weten en vergeten, tussen spelen dat ze het nog wist en toegeven dat mijn woorden geen beelden bij haar opriepen.

Ik dacht aan mijn vaders hand die zich om haar pols sloot en haar lusteloze hand enthousiast heen en weer bewoog. Ik dacht aan zijn stem die zei:

— Dat weet je toch nog wel, Marie! Dat weet je toch nog wel!

Ik dacht aan haar schouders, die steeds verder ineenkrompen. Aan haar wenkbrauwen, die steeds dieper fronsten. Aan haar zwijgende, samengekrompen mond. Aan haar op haar bord gerichte blik, vonkend van frustratie.

Ik moet het weten, zag ik haar denken. *Ik moet dit weten.*

Ik dacht aan haar blik die steeds minder wrevel

vertoonde en steeds meer volstrekte verdwaling, alsof een onzichtbare hand haar van haar stoel had opgetild en weer had neergezet op een uitgestrekte toendravlakte. Aan haar schouders, die steeds meer naar de grond wezen. Aan haar kleren, die opeens ouwelijk aandeden.

Ik dacht aan haar handen, die met onverwachtse fermheid naar haar bestek grepen en een stuk aardappel op haar vork prikten. Haar mond die zich opende, vastbesloten om over iets anders te beginnen. Wat de bakker tegen haar had verteld over dat huis dat laatst was afgebrand aan die weg naast het station, dat ze nog nieuwe bloemen had willen kopen maar dat ze er allemaal verlept hadden uitgezien en dat ze geen duizendschoon hadden gehad, dat ze een vrouw had zien lopen met drie jengelende kinderen en vijf aangelijnde labradors en wat een vreselijk zooitje ongeregeld dat was geweest, en hoe die moeder er had bijgelopen in haar slonzige joggingbroek en haar klitterige witblond geverfde haar en haar roze glitterlippenstift en hoe ze nooit met zo'n vrouw zou willen ruilen.

Maar haar kaken haperden, haar mond opende zich maar er kwamen geen klanken. Haar ledematen verstijfden midden in hun bewegingen, haar mes en vork kwamen sputterend tot stilstand.

Ik dacht aan haar toegeknepen ogen die zochten naar woorden, haar mond die zich weer sloot. Haar schouders, die zich net weer hadden opgericht, zakten weer ineen, in elkaar gekrompener dan ooit.

Ik dacht aan hoe ze nooit ouder zou worden dan toen.

Ik dacht aan hoe ze er ooit niet meer zou zijn.

Ooit is ze dood, dacht ik. Ooit is ze dood, en wat moet ik dan? Ooit komt er een dag dat ze dood is, dood en naakt, en dat ze haar zullen opbaren. Mensen zullen haar lichaam komen bekijken, nu eindelijk koud en kil in de allervolste overgave (triomfantelijk was ze geweest over deze zuiverheid, dat weet ik zeker, als ze nog geleefd had – paradox). En nog steeds, ondanks haar gesloten ogen en haar gevouwen handen en haar bleke huid, zal ik wachten tot ze haar arm opricht om de plooien uit het witte laken te strijken.

Echt dood zal ze nooit zijn.

Andere mensen zullen haar koude lichaam moeten aankleden. Ze zullen haar pantykousjes niet ver genoeg optrekken zoals zij dat altijd deed, haar blouse niet gladstrijken en het kraagje niet netjes symmetrisch vouwen. Ze zullen haar haren niet doen zoals zij het had gewild (föhnen ze die? föhnen ze de haren van de doden?), de veters van haar schoenen anders strikken, haar handen verkeerd neerleggen.

En op de begrafenis zullen er mensen zijn die zich niet aan de dresscode houden, of erger nog, die te laat zullen komen en halverwege de dienst met een bezweet gezicht op de achterste bank van de kerk zullen neerploffen. Er zullen noten verkeerd worden gespeeld, woorden vals worden gezongen. Er zullen vingerafdrukken op het glas zitten van het fotolijstje waarin haar gezicht prijkt, haar nauwelijks overtuigende glimlach.

De dragers zullen haar kist scheef houden, hem niet met een eenparige beweging in de grond laten zakken.

Mensen zullen bloemen neerleggen waar zij niet van hield. Ze zullen speeches houden die zij niet heeft geschreven, er zullen zinnen worden uitgesproken die zij ongetwijfeld anders had geformuleerd.

En naderhand zullen mensen eten van gebak dat zij zelf niet heeft uitgekozen. Mensen zullen koffie morsen en kruimels appeltaart. Ze zullen het te warm of te koud hebben. Ze zullen niet genoeg rouwen of juist te veel.

Ik dacht aan hoe ze niet meer zou bestaan, en dat ik haar gezicht zou vergeten. En niet alleen dat, ook de manier waarop ze bewoog, waardoor iedereen in haar omgeving leek te bewegen met het onbeholpene van iemand die probeert met links te schrijven terwijl hij rechtshandig is.

Straks is ze dood, dacht ik. Niet alleen in het echt, maar ook in mijn hoofd. Word ik op een dag wakker en weet ik niet meer hoe haar stem klonk, hoe haar haren roken. Hoe ze keek wanneer ze in de supermarkt een fles limonadesiroop controleerde op deuken. Hoe ze at en dronk, met kleine, zorgvuldig afgewogen hapjes en slokjes.

Straks is ze dood, dacht ik, en heb ik geen stem meer die mij zegt hoe ik de dingen moet doen. Hoe kan ik leven zonder haar stem die vertelt dat ik de tafel niet zorgvuldig genoeg heb afgenomen, dat ik mijn fiets op een onhandige plek in de voortuin heb neergezet? Wie ben ik zonder haar aanwezigheid die mij woordeloos duidelijk maakt dat ik bij het dekken van de tafel een opscheplepel ben vergeten, minder wijn in haar glas had moeten doen, dat ik een onderzetter te veel heb neergelegd?

Frank drukte zijn wang tegen mijn schouder.

— Emma.

Het was mijn naam die hij uitsprak, maar zijn stem vervormde de letters tot betekenisloze klanken. Het was alsof iemand mijn telefoonnummer noemde, maar met de klemtoon op andere getallen, waardoor het opeens niet meer mijn nummer was.

Stilte. Zijn vingers liepen over mijn huid, in steeds grotere cirkels rond mijn navel.

— Jij zou nooit de porno-industrie in kunnen, zei hij opeens vol overtuiging.

Ik voelde een vlaag van belediging, tegelijk met een tegenwind van nieuwsgierigheid.

— Want?

— Daar heb je te veel moedervlekken voor.

Hij kraste met zijn wijsvingernagel over mijn huid, alsof het verfspetters waren die hij van mijn schouder probeerde te poetsen.

In mij voltrok zich een leegte, als een hoofdstuk dat alleen nog maar een titel heeft, maar nog geen tekst. Een knipperende cursor in een leeg document, een zwevende kroontjespen boven een wit vel papier.

Ik kon alleen maar zwijgen, ik zocht naar woorden van verweer, naar messen en bommen, maar alles wat in me opkwam was de vraag of ik het recht had me gekwetst te voelen.

— Pornoactrices hebben geen moeders? vroeg ik half kattig, half bijdehand.

We zwegen.

Ik wilde me afvragen wat hij dacht, maar het was alsof er glas tussen ons in zat dat steeds verder bewasemde. Zijn hoofd dat op mijn borst rustte was niet meer dan een zwart beeldscherm dat nog niet is aangesloten op een computer, en werkeloos in een donkere hoek op zolder staat opgeslagen.

Ik zocht naar iets in hem waarover ik me kon verwonderen, iets aan hem dat me zou overvallen in haar doeltreffende schoonheid, maar naar dergelijke plotselinge emoties moet je niet op zoek gaan: daardoor drijven ze alleen maar verder bij je weg.

Hij had degene moeten zijn die me zou leren om met pen mijn naam in nieuwe boeken te schrijven. Hij had ervoor moeten zorgen dat ik afspraken niet in mijn agenda zou zetten. Hij had me moeten leren dat ik niet eerst mijn bestek recht hoefde te leggen voordat ik kon beginnen met eten. Dat ik niet terug hoefde te lopen naar mijn fiets als ik maar voor negenennegentig procent zeker wist dat ik hem op slot had gezet. Hij had me moeten leren om me mijn tanden in willekeurige volgorde te poetsen, en niet per se van linksboven naar rechtsboven naar rechtsonder naar linksonder. Om niet alles elke dag in exact dezelfde volgorde te moeten doen, van het moment dat ik opstond en via mijn rechterzij het bed uit rolde tot het moment dat ik voordat ik ging slapen met mijn linkerhand het licht uitdeed.

Hij was alleen maar wat hij niet was.

– Frank? Zullen we hier weg?

Hij tilde zijn hoofd op en keek me onbegrijpend aan.

– Nu? Wil je weer naar beneden?

– Weg, ergens anders heen, samen.

– Ergens anders wonen bedoel je?

Ik slikte.

— Ergens anders wonen.

— Wil je dat?

— Frank, ik vind het geweldig van je familie dat ze me zo opnemen in alles, dat ik hier gewoon mag zijn, maar ik wil ze ook niet tot last zijn, ik wil gewoon graag samen met jou ergens zijn waar we samen kunnen koken en afwassen en in bed een film kunnen kijken en geen rekening hoeven te houden met je vader die het achtuurjournaal wil zien en dat we zelf onze wekker zetten en stofzuigen en boos worden, snap je?

Mijn woorden struikelden over elkaar en mijn handen klemden zich om zijn middel om mijn woorden kracht bij te zetten. Mijn gezicht begroef zich in zijn oksel om hem niet te hoeven aankijken, bang dat hij in mijn ogen tekenen zou zien van leugens, of ten minste van halve waarheden.

— Mijn ouders vinden het geen probleem dat je hier bent, dat weet je toch?

— Het gaat niet om problemen, Frank, het gaat erom dat ik het liefst alleen bij jou wil zijn. Dan kunnen we dichter bij de stad gaan wonen en elke dag samen op de fiets naar college. Dan zoeken we samen een huisje en dan delen we de huur en —

Ik vluchtte in clichés en details, weg voor het waarom.

En hij vroeg niet om redenen. Hij humde alleen maar, humde en knikte, keek om zich heen naar zijn zolderkamer en ik zag hem denken hoe we ergens anders een hele verdieping voor onszelf konden hebben, een eigen badkamer en een eigen keuken, eigen ramen die we 's ochtends zouden openzetten en deuren die we op slot zouden doen voordat we gingen slapen. Onze eigen dagen en nachten.

Hij knikte, stemde in. Onbewust van de wetten die in de weg stonden tussen droom en daad.

Achteraf had ik van tevoren eigenlijk al geweten dat het zo zou gaan. Ik besefte pas naderhand, als een buitenstaander terugkijkend op mijn handelingsgeschiedenis, dat het bijna niet anders kon dan dat ik het zo had gepland.

Ik had er normaal gesproken een hekel aan als romanpersonages ergens tegen het einde van het verhaal halsoverkop besloten naar een ander land te vertrekken. Wellicht waren deze plotwendingen bedoeld als spannende omslagpunten, die mij als lezer enkele tientallen pagina's voor het einde nog even mijn bezwete handen om de kaft moesten laten klemmen, maar in dergelijke krampachtige uitstapjes zag ik niets meer dan opzichtige verdoezelingen van een gebrek aan woorden of inspiratie.

Vreselijk, zo'n hoofdpersoon die uit pure wanhoop halsoverkop de laatste hoofdstukken in de rimboe of tussen de pinguïns moest doorbrengen, alleen maar omdat diens schepper het niet kon opbrengen zijn geesteskind in zijn vertrouwde omgeving te laten sterven. Het deed me altijd denken aan prutserige maar niettemin immens populaire televisieseries uit mijn jeugd die zich, als ze zich eenmaal een paar seizoenen hadden bewezen, de grens over trokken richting Afrika en Azië, alwaar de karakters verdwaalden in de jungle of dreigden uit te drogen in de woestijn. Commerciële troep was het, opzichtig mikkend op de prestigieuze titel van kijkcijferkanon. Of erger nog: geëmigreerde series gegoten in de vorm van een bioscoopfilm. Een aflevering van vijfentwintig minuten opgerekt tot een anderhalf uur durende kwelling. Een negentig minuten durende kopie van alle seizoenen daarvoor, verpakt in de leugenachtige originaliteit van een onbekende omgeving. Dezelfde romances, maar nu met de terracotta gepleisterde muren van Istanbul op de achtergrond, de bedwelmende hitte van markten met kraampjes vol vruchten en specerijen afgewisseld met schaduwrijke steegjes. Dezelfde ruzies, maar nu tussen de kronkelende boomwortels en het apengeroep van het regenwoud.

Stuiptrekkingen, door de buitenwereld ervaren als radicale vernieuwing.

En dus had ik moeten weten dat dit soort goedkope drastische wisselingen van ruimte alleen maar een teken konden zijn van volslagen paniek van degene die mijn leven regisseerde. Uit mezelf had ik me immers nooit laten verleiden tot dergelijke plotdraaiingen van honderdtachtig graden, die bijna in mijn handen verbrokkelden van poverheid.

Achteraf had ik al die tijd geweten dat ik dit alleen maar deed om de kans te vergroten haar loopje te herkennen in de menigte en dat ze het nu eindelijk echt zou zijn. Zodat ik mijn pas kon versnellen, een paar meter achter haar kon blijven lopen en enkele tientallen meters zou wachten tot ik haar schouder zou aanraken. Ik zou me eerst verbazen over het vertrouwde gevoel van de bruine glans van haar korte haren, de herkenbare vorm van haar nek, haar jachtige passen, alsof we ons samen voor iets aan het haasten waren, en niet allebei apart. Ik zou de geur van haar shampoo opsnuiven en denken dat ze niets veranderd was.

En dan, vlak voordat haar stappen te groot werden om haar te kunnen bijhouden, zou ik haar op haar rug tikken, de eerste keer mis, de tweede keer raak.

Ze zou abrupt tot stilstand komen, zich omdraaien.

En dan hield mijn herinnering op.

Ik hoopte dat ze op dat moment naar me zou kijken met een blik van onvervalste blijdschap, de onmogelijk verkeerd te interpreteren euforie van een moeder die haar kind na maanden weer ziet en het liefst meteen in de armen zou willen vallen.

Maar die blik had ik bij mijn moeder nog nooit gezien.

Misschien had ze daar gewoon niet de juiste gezichtsspieren voor, of kon ze die niet allemaal op het juiste moment tegelijkertijd samentrekken, zoals sommige mensen ook geen rolletje kunnen maken van hun tong of moeite hebben met knipogen. Misschien had ze bepaalde gezichtsuitdrukkingen nooit geleerd, uitdrukkingen die behoren tot het standaardrepertoire van het moederschap.

Achteraf had ik geweten dat het verlangen dat ik voelde in de weken voordat we de sleutel zouden krijgen, geen verlangen was naar Franks armen die me op zouden tillen en over de drempel naar binnen zouden dragen. Het was geen verlangen naar het moment dat hij mijn billen zou parkeren op het aanrecht en met gespreide armen en een gelukzalige glimlach rondjes zou draaien door de nu nog lege woonkamer, zich verbazend over het galmende terugkaatsen van zijn uitzinnig blije kreten tegen de muren. Het was geen verlangen naar de geur die zich door onze kamers zou verspreiden als we samen in het zondagochtendlicht, gehuld in vaalgrijze sportshirts waarin we vroeger nog samen gegymd hadden, met rollers en kwasten de muren wit zouden verven.

Het was geen verlangen naar onze eerste avond samen tussen de dekens die roken naar nieuw. Het was geen hunkering naar het geluid van onze krakende passen op onze eigen houten vloer, of naar het tikken van de regen op ons eigen dak.

Het was het verlangen naar het moment dat ik haar zou tegenkomen op straat terwijl ze nietsvermoedend opging in de menigte, en dat ik haar zou aanklampen en haar fluisterend zou kunnen vragen:

— Waarom ben je me nooit komen halen?

Want tegelijkertijd was ik bang, bang dat ik me niet zou kunnen beheersen als ik haar zou zien, dat ik haar zou willen slaan en zou beginnen met schelden. Dat de mensen naar ons zouden omkijken, en dat we zouden veranderen in de falende mensen die mijn moeder altijd zo had verafschuwd.

We hadden alles nieuw gekocht. Een nieuwe zwartleren bank, nieuwe stoelen, nieuw bestek. Twee identieke vazen in de vensterbank, die ik elke week afstofte maar die nooit meer zo schoon leken te worden als toen ze uit de verpakking kwamen. Nieuwe glazen, die ik elke avond met de hand afdroogde, maar die nooit zo glansden als thuis. Nieuwe, spierwitte dekbedden, die mij een trap na gaven door in drieën opgevouwen in de plastic verpakking te zitten.

Mijn eerste poging onze bedden op te maken eindigde in een totale mislukking. Het had er altijd zo makkelijk uitgezien als zij dat deed: hoe ze met één ferme beweging het kussen in het sloop stak voordat het überhaupt de kans kreeg om tegen te stribbelen, de overtuiging waarmee ze mijn dekbed bij de punten pakte en de hoes eromheen trok.

Achteraf bedacht ik dat ik van tevoren wel had kunnen weten dat het een ramp zou worden: zelfs de anatomische naamgeving van de onderdelen van een dekbedovertrek was voor mij altijd een raadsel geweest. Het jargon waarin alle verschillende hoezen, slopen en lakens en hun functies naadloos in elkaar overgingen totdat ik zelfs ging twijfelen of het kussensloop wel om het kussen moest.

Ik deed alles precies zoals zij het altijd had gedaan. Dezelfde resolute bewegingen, dezelfde overtuigingskracht. Ik greep de lakens en de hoezen en de overtrekken bij de punten en trok ze strak, maar telkens weer verschenen er plooien waar ik ze nooit eerder had gezien. Ik eindigde zittend op de grond, met mijn vingers de omhoog piepende randjes elastiek terugduwend onder het stalen bedframe, maar hoe harder ik duwde, des te enthousiaster sprongen ze weer terug in hun oude positie.

Ik voelde hoe ze in de deuropening naar me stond te kijken — haar benen parallel, haar schouders recht, haar armen over elkaar gevouwen. Anderen zouden nonchalant tegen de deurpost leunen. Zij niet. Zij had geen dingen nodig om tegenaan te leunen. Zij stond op zichzelf.

Terwijl ik die avond naast Frank in bed kroop voelde ik een los stukje hoes tegen mijn kin kriebelen, een lege huls waar vulling had moeten zitten, alsof ik in het niets greep. Met gekromde vingers van frustratie trok ik het laken over me heen.

Aan mijn voeteneinde schoot de instopstrook onder het matras vandaan. De kou sloot zich rond mijn tenen.

Een bijkomend voordeel was overigens wel dat ik Frank onbewust had weten los te wrikken uit dat tenenkrommende pluralis familiaris van hem. Dat trotse *zo doen wij dat hier, zo gaat dat bij ons*.

Niet dat al die gewoonten van bij hem thuis plotsklaps waren verdwenen nu hij uit zijn oorspronkelijke habitat was weggerukt. Ik trof dagelijks koffiekringen aan op bijzettafeltjes, en de kraan was alweer bedekt met nieuwe resten tandpasta voordat ik de kans had gekregen de oude weg te poetsen. Het dekbed liet hij 's ochtends achter als een half verfrommelde prop papier, en hij had er geen enkele moeite mee her en der bierglazen en gebaksvorkjes te laten slingeren.

Gek genoeg leken die onderdelen van ons servies zich daar ook prima thuis te voelen. Alsof ze zich tegen mij hadden gekeerd.

En toch was ik de laatste tien minuten van mijn dag standaard bezig met het tellen van alle messen en lepels, met kijken of alle borden zich netjes in de kast bevonden, en zo nee, met het afspeuren van alle kamers op zoek naar dat ene koffiekopje, dat ene aardappelschilmesje.

Op eenzame middagen liep ik door ons huis, onze kamers, en wilde ik vervuld zijn van trots, van het warme idee dat dit huis van ons was, van ons alleen. Ik drentelde van kamer naar kamer, dwong mezelf stil te staan bij tafeltjes waar onze spullen op stonden, op ons bed te gaan liggen en de geur op te snuiven van onze lichamen samen. Zittend tegen de muur met mijn knieën opgetrokken gebood ik mezelf te genieten, in te ademen en mijn ogen te laten kijken naar alles van hem en van mij – maar hoe langer ik keek, des te schever alles werd: de naden van het behang, het schuinaflopende blad van ons dressoir, de kromgetrokken planken op de grond.

Vrijwel altijd kookte ik voor hem. Hij begon meestal met opscheppen voordat ik zat. Terwijl hij met zijn rechterarm zijn rijst naar binnen lepelde, trommelden de vingers van zijn linkerhand rusteloos, alsof ze iets wilden hebben om vast te houden, een riek, een schep, een ganzenpistool. Onder het praten maaiden zijn armen werkeloos in het rond, alsof ze zochten naar iets wat hen tegenhield; de weerstand van de zware mestlucht van de boerderij misschien, of de donkere stem van zijn vader.

's Avonds schoof ik naast hem in bed en hield ik in mijn hoofd een tirade tegen hem. Een geluidloze scheldkanonnade over waarom hij niet wat meer zoals ik kon zijn. Waarom hij zijn troep niet gewoon achter zijn luie reet kon opruimen, waarom hij zodra hij thuiskwam meteen achter zijn laptop moest gaan zitten. Hoe het kon dat hij halverwege het eten koken opeens kon weglopen van het fornuis en dat ik dan voor ik het wist opeens in de pan stond te roeren omdat het anders zou aanbakken. Hoe het kwam dat ik uiteindelijk altijd degene was die koffiezette, terwijl ik het niet eens dronk. Hoe hij het voor elkaar kreeg altijd voor alles net niet te laat te komen. Hoe hij dat deed, niks doen, gewoon maar een beetje lanterfantend door het leven gaan.

Dit is mijn moeder in mij, dacht ik daarna altijd. Dit is niet wat ik denk, maar wat ik zou denken als ik haar was. Zo ben ik niet.

Ik ben zo niet.

Maar hij hoorde niets, vroeg niet eens naar mijn versnelde ademhaling. Het was donker, alleen maar donker. Ik staarde naar het plafond en zocht naar de zeegroene balken van zijn kamer, maar boven mij was alleen maar een dieptezoze leegte.

Ik sloot mijn ogen en wenste dat mijn genen wat meer onder de oppervlakte lagen. Dat ze alleen maar even hoefden te komen bovendrijven en dat ik ze dan met één beweging van mijn huid kon vegen, als fijn zand na een warme zomerdag aan zee.

Maar ze lagen onderin, zo onmetelijk diep, op de bodem van mijn gedachten. Onze gedachten. *Pluralis maternalis.*

Ik wilde denken aan morgen en de dagen daarna, dagen waarop de dingen mooier zouden worden, groener, nieuwer, minder gevuld met gedachten aan haar, maar mijn utopische verlangens naar de toekomst hadden nu al de wierookachtige geur van een nostalgische herinnering.

Het was alsof het plafond oneindig ver boven mij was. Alle zuurstofdeeltjes in de kamer leken bij me weg te zweven.

Dit is dus een vacuüm, dacht ik. Dit is hoe een vacuüm ontstaat.

Nu ze er niet meer was en tegelijkertijd zo dichtbij, werd ze meer mijn moeder dan ze ooit was geweest.

Ze werd als een lichaamsdeel dat ik een tijd niet had aangeraakt. Ze manifesteerde zich in alle woorden die we niet over haar spraken. Elke zin was een gedwongen herinnering aan haar. Soms nam ik even afstand van mezelf, luisterde naar de dingen die ik zei, en hoorde haar spreken door mijn mond. Ik parafraseerde haar woorden, vermomde ze tot intertekstuele verwijzingen, maar pleegde in feite voortdurend plagiaat op haar gedachtegoed.

En voor hem gold hetzelfde. Ieder woord – gesproken of gezwegen – was een impliciete aanval op haar.

Kijk eens hoe ik géén keuzestress krijg van alle versnellingen op mijn stadsfiets. Kijk eens hoe ik geen boodschappenlijstje nodig heb en toch met – bijna – alles thuiskom. Kijk eens hoe ik de krant van eergisteren nog steeds niet uit heb, hoe volstrekt onnodig ik het vind om de gordijnen dicht te doen als het donker wordt. Kijk eens dat er helemaal geen man overboord is als je je huissleutels bent vergeten. Hoe makkelijk het leven ook kan zijn, dat je de dagen ook prima doorkomt zonder na te denken.

Ik keek naar zijn rug terwijl hij de chorizo in veel te grote plakken sneed. Hoe hij de snijplank zonder hem af te wassen weer terugzette op het aanrecht. Hoe het water bijna overkookte.

— Wil je even het gas lager zetten? piepte mijn stem.

— Ook goed, antwoordde hij onverschillig.

Ook goed. Twee woorden, een wereld van concessies, van onverschilligheid, van meerdere opties mogelijk.

Dat zou mijn moeder nooit kunnen zeggen.

Ik vluchtte naar de badkamer, trok mijn kleren uit en keek toe hoe het ijskoude water over mijn huid stroomde. De breking van het licht vervormde de bruine vlekjes op mijn armen, mijn heupen, mijn bovenbenen, rekte ze uit tot onmetelijke proporties. Ik draaide de kraan warmer, warmer, heter, maar mijn haren plakten tegen mijn gezicht, en het was alsof ik nooit schoner zou worden, alsof ik alleen nog maar kon natregenen.

Ik bleef staan, net zo lang tot Frank riep dat het eten klaar was, en mijn vingertoppen rimpels hadden gekregen.

Iedere avond stonden we naast elkaar, zwijgend, zoals ik het had bedacht. Maar nu waren de seconden die we geluidloos lieten passeren gênant en pijnlijk in plaats van huiselijk en vertrouwd. We hadden woorden nodig, maar zij nam ze van ons af.

Hij was degene die de stilte verbrak.

— Sinds wanneer poets jij je tanden met rechts?

Achteraf had ik moeten weten dat het me allemaal hierom te doen was geweest. Maar pas toen ik haar aantrof in het winkelpad, te midden van de zilvervlies- en risottorijst, besefte ik dat zij het was voor wie ik het allemaal had gedaan.

Het had eigenlijk nog verrassend lang geduurd. Da- gen achtereen had ik hier al boodschappen gedaan, verbaasd waarom ik nu alweer was vergeten melk mee te nemen, en dan ging ik weer terug. Niet expres, op dat moment. Maar achteraf bekeken misschien wel.

Toen we na een half uur van hoofdzakelijk stilzwij- gen zonder onderling overleg allebei definitief tot de conclusie waren gekomen dat het gesprek was doodge- bloed, zette ik mijn lege glas terug op tafel en stond op. Enkele broodkruimels dwarrelden vanaf mijn schoot naar beneden, en ik vroeg me af hoeveel seconden er zouden verstrijken tussen het moment dat mijn moe- der de voordeur achter me zou sluiten en stoffer en blik uit het keukenkastje zou pakken om het smetteloze ta- pijt in ere te herstellen. Ik wierp een laatste blik op de woonkamer en de tuin daarachter, het water dat ons scheidde van de stad.

Half hinkelend trok ik mijn schoenen aan en strikte haastig mijn veters. Ze pakte mijn jas van de kapstok en gaf hem me aan, alsof ze er geen misverstand over wilde laten bestaan dat ons afscheid zo kort mogelijk moest duren.

De laatste woorden die we tegen elkaar zeiden voordat ze de deur in het slot liet vallen waren niets meer dan een mompelend 'nou, tot ziens dan maar'. In mijn ooghoeken zag ik hoe ze de deur op een kier hield, terwijl ze met onnatuurlijk ogende, opgetrokken mondhoeken toekeek hoe ik het tuinpad afliep. De schaduwen van de donkere gang wierpen schimmen op haar gezicht.

Zodra ik de hoek om was, hoorde ik de deur met een klap dichtvallen.

Ik had er geen moment over nagedacht hoe ik terug moest komen.

Zij waarschijnlijk wel.

Gelukkig was er vlakbij een bushalte, waar je alleen kon komen als je een stukje langs de autoweg liep. Ik deed mijn best niet te letten op de auto's die voorbijscheurden en zich ongetwijfeld moesten afvragen wat ik hier deed. In plaats daarvan probeerde ik het asfalt niet aan te raken, te balanceren op de witte doorgetrokken streep die in de verte achter de einder verdween. Ik probeerde niet te denken aan wat andere mensen dachten, aan dat ik er waarschijnlijk uitzag als iemand die de weg niet wist, die was verdwaald. Iemand die faalde.

Mijn bus stond er, alsof hij op me wachtte. Ik versnelde mijn pas, begon te rennen. Hij wilde gaan rijden, nee toch niet, hij stopte nog even, hijgend drukte ik op de knop om de deuren open te laten gaan. Ik voelde hoe mijn gezicht rood aangelopen en bezweet was, dat mijn haren tegen mijn voorhoofd plakten. De mensen in de bus keken me aan, als één persoon, met een minachtende blik.

Ik werd door de zwaartekracht door het gangpad geslingerd. Bij toeval belandde ik op een stoel. Bijna raakte ik met mijn elleboog het stopknopje.

Ik probeerde de ogen van de mensen weg te denken en richtte mijn blik naar buiten, naar de wereld die ik kende en die me tegelijkertijd zo vreemd was. Ik herkende de wapperende vlaggen van het industrieterrein, de voetbalvelden van het sportcomplex, het parkeerterrein van de bouwmarkt, maar de ramen waren bekrast en met vingerafdrukken bevuild, waardoor ieder gebouw verwerd tot een grauwe kopie van het gebouw dat twintig meter verderop stond.

Achter het glas trokken beelden voorbij van speeltuinen die baadden in de zon. Lachende kinderen beklauterden blauwgeschilderde klimrekken. Onbezorgd rolden ze door het gras, zich niet bewust van hoe de stof van hun spijkerbroeken zich bedekte met lichtgroene vegen. Kinderen die zich niets aantrokken van de grenzen tussen grasveld en bloembed. Die met hun zolen de madeliefjes en tulpen vertrapten, zich lieten vallen tussen de narcissen en de klaprozen en hun armen heen en weer bewogen alsof ze in de sneeuw lagen en het silhouet van een engel wilden creëren.

Kinderen trokken vrij van faalangst hun lichaam op aan de takken van een els, die meer het formaat had van een uit de kluiten gewassen struik dan van een volwassen boom. Ze plantten hun voeten op de uitwassen van de stam die zich het dichtst bij de grond bevonden.

Ze dachten nog niet aan hoe ze straks van grote hoogten naar beneden zouden kijken en zouden worden overvallen door plotselinge hoogtevrees. Ze waren nog niet bezig met het moment dat hun voeten houvastloos in de lucht zouden bungelen, op zoek naar een tak die dik genoeg was om hun voeten op te zetten en hun gewicht te kunnen houden.

Ze dachten nog niet aan het boze gezicht van hun moeder als die in haar gestreepte schort naar buiten zou komen om hen te roepen voor het avondeten. Ze stonden nog niet stil bij de boze toon die in haar stem zou doorklinken, het ongeduld dat te horen zou zijn in haar driftige passen als ze in kikkerperspectief op hen af zou komen lopen, en de ruwheid van haar handen als die zich geïrriteerd om hun middel zouden sluiten, hen zouden optillen en weer op de grond zouden neerzetten. Ze dachten nog niet na over de neerhangende schouders waarmee ze haar zouden volgen, het grasveld af, het tuinpad over, de voordeur door. Aan hun met modder besmeurde jas, die ze teleurgesteld op de trap zouden neergooien, of aan hun nog lege stoel aan tafel waarop ze met neergeslagen ogen zouden gaan zitten, terwijl iedereen met ineengevouwen handen wachtte tot moeder de pan op tafel zette.

En nog minder dachten ze aan de preek die zou volgen terwijl hun moeder met een nors gezicht de macaroni op hun borden zou scheppen. Of misschien kenden die huishoudens ook wel die speciale stilte, die

nog zwaarder dan woorden op kinderschouders drukte. Die zelfs voortduurde als zij, na eeuwen van zwijgen, plotseling werd onderbroken door onverbloemd
enthousiaste woorden van jongere broertjes of zusjes.

Nu vroegen ze zich alleen nog maar af hoe ze hun
strekkende vingers de volgende tak konden laten bereiken. Ze buitelden alleen nog maar over elkaar heen,
zich niet bewust van het spoor van geplette bloemen
dat hun lichamen achter zich lieten. Ze genoten alleen
nog maar van de namiddagzon, van de geur van lente-
gras, van de tijdloze woensdagmiddagen.

Al deze taferelen kwamen als dia's voorbij, en brachten me terug naar de tijden dat mijn vader na de zo-
mervakanties op zolder de zwarte diaprojector van
achter de boekenkasten opdiepte. Dan rolde hij het gigantische witte doek uit en plaatste het tegenover de
projector, en schoof net zo lang met het statief van het
scherm tot de dia's zo scherp en vervormingsloos mogelijk op het wit werden geprojecteerd. Met zijn drieën
naast elkaar op het logeerbed zittend, tussen de strijkplank en de boekenkasten, haalden we dan herinneringen op aan de Zwitserse bergen of het Portugese
strand. Boven onze hoofden hingen onze onderbroeken
en T-shirts te drogen, en de zachtige geur van wasmiddel daalde op ons neer.

Maar er was een verschil tussen de dia's die achter de ramen van de bus langs mij voorbijvlogen, en
de beelden die achter de lens van de projector in een
kaarsrechte chronologie hadden gewacht om vertoond
te worden, alsof ze in de rij stonden voor een loket op
een vliegveld. Het enige verschil was dat op die beel-

den, tussen weidse landschappen en imposante classicistische gebouwen, zo nu en dan ook mijn eigen gezicht was verschenen.

De dia's die aan me voorbijtrokken, waren op geen enkele manier te verbinden aan herinneringen die ooit van mij waren geweest. Dit waren geen bruinoranje gekleurde beelden die ergens in de archiefkasten van mijn hoofd, ingekaderd in zwarte plastic framepjes, systematisch lagen opgeslagen en die door middel van associaties weer tevoorschijn konden worden gehaald.

Dit waren utopische restanten van een jeugd die ik nooit had gehad. Beelden van zorgeloze woensdagmiddagen die ik nooit zou beleven.

Ik dacht aan de driftige bewegingen waarmee mijn moeder met een natte doek de grasvlekken van de knieën van mijn spijkerbroek probeerde te poetsen. Aan de zucht in haar stem als ze mijn net schone witte t-shirt in de wasmand gooide. Ik dacht aan de stilzwijgende rebellie die ik voelde als ik wist dat ze op zolder de was aan het ophangen was en dat ik het dan waagde om op mijn sokken het tuinpad af te lopen, een paar stappen te genieten van het bijna directe contact met de grond. Hoe de wereld er opeens heel anders uit leek te zien nu ik geen schoenen aanhad: puurder, lichter, groter.

En hoe ik dan door de openstaande deur haar voetstappen op de trap dacht te horen en op mijn tenen weer naar binnen glipte, snel nog even de restjes viezigheid van mijn sokken probeerde te vegen voordat ze me zou zien staan op de deurmat.

Ze verscheen in de deuropening, een stapel theedoeken balanceerde op haar handen.

De woorden 'wat doe jij nou' zweefden in de lucht, maar ze sprak ze niet uit. Ze keek me even aan, haar wenkbrauwen leken een fractie hoger opgetrokken dan normaal, maar ze liep door naar de keuken om haar theedoeken af te leveren en verdween toen weer naar boven.

Ik keek naar de lichamen die van links naar rechts wiegden op de cadans van de bus. Een oude man met een wandelstok, een moeder met een kind, een jongen met een hanenkam. Al hun ogen waren levenloos in de verte gericht. De typische openbaarvervoerblik: stoor me niet, ik ben aan het reizen, ik ga ergens naartoe.

Ik dacht aan de volstrekte willekeur waarmee mensen elke dag hun weg vervolgden. De chaos die je zou krijgen als je iedereen een andere kleur krijtje zou geven en die met een touwtje aan ze vast zou binden, zodat ze die de rest van hun leven achter hen aan zouden slepen. En hoe je dan kon zien hoe iedereen bloemen tekende, kleine bloemen en grote bloemen, maar dat iedereen altijd weer terugkeerde naar huis. Ik dacht aan de wereld als een groot wit vel papier, aan de lijnen die op willekeurige plekken begonnen en even abrupt weer stopten, zonder te worden afgehecht. Ik dacht aan het patroon dat er misschien wel was, maar dat wij waarschijnlijk nooit zouden ontdekken.

Ik dacht aan de witte kalkwolken en vliegtuigstrepen op het donkergrijze broekpak van mijn wiskundelerares. Met een gigantische geodriehoek tekende ze ruimtelijke figuren op het bord, ze deed een paar stappen naar achteren om te kijken of het perspectief van haar piramide klopte. Ze streek met de randen langs haar colbertje, veegde haar witte handpalmen af aan haar gekrijtstreepte pantalon.

Ik dacht aan de nazomerse hitte in het lokaal, aan de spierwitte afdruk van horloges op roodverbrande armen. Aan de jongen die alleen op het schoolplein stond te roken, zich verslikte en bijna stikte in de rook van zijn sigaret. Zijn gehoest weerkaatste tegen de muren van het schoolgebouw.

Ik dacht aan vrouwen in pashokjes die vertwijfeld hun hoofden om het gordijn staken op zoek naar een moment dat niemand ze zou zien, en voetje voor voetje naar buiten kwamen schuifelen. De verlegen blik waarmee ze hun in een veel te strakke spijkerbroek geperste heupen onthulden. De onwennigheid waarmee ze hun adem inhielden en stilzwijgend wensten dat de knoop niet zou springen, en met een hoge stem aan de verkoopster vroegen of dit wel de goede maat was.

Ik dacht aan mensen die er op verjaardagen achter kwamen dat ze de verkeerde leeftijd op de kaart hadden geschreven. Aan oude vrouwen die bij wijze van experiment hun haar drie tinten lichter verfden, waardoor ze er opeens uitzagen als gebleekte pleeborstels.

Ik dacht aan mensen die tijdens de afwas een bord uit hun handen lieten vallen en in duizend stukken op de grond lieten kletteren. Ik dacht aan mensen die per ongeluk de verkeerde vliegreis boekten. Aan mensen die fouten maakten en verkeerde keuzes, die openlijk twijfelden en spijt hadden.

Ik dacht aan alle dingen die ik mijn moeder nooit had zien doen.

Ik vroeg me af hoe ze naar zichzelf keek. Of ze tevreden met zichzelf was, met haar lichaam, haar kapsel. Hoe ze vond dat haar eigen stem klonk, haar naam. Of ze ooit de neiging had gevoeld haar naam te veranderen, omdat ze die tenslotte niet zelf gekozen had.

— Hoe wil je heten? hadden ze haar moeten vragen. Hoe wil je heten? Dan noemen we je zo.

Ik vroeg me af of ze ooit spijt had gehad van mijn naam. Of ze me ooit had geroepen voor de lunch en dat ze opeens bij zichzelf dacht: deze naam hoort niet bij mijn kind. Mijn kind is geen Emma.

Ik vroeg me af of ze ooit spijt van mij had gehad. Of ze ooit, toen ik enkele weken in een wiegje naast haar bed had gelegen, had gedacht: ik ben geen moeder. Ik ben hier niet voor gemaakt. Dit kind hoort niet bij mij.

Ik had geen bewijzen. Ik had alleen een foto, die was gemaakt net nadat ze van mij was bevallen. Haar handen waren om mijn nog broze lichaampje gevouwen, mijn armpjes en beentjes waren verstopt tussen de witte plooien van het ziekenhuisbeddengoed.

Haar vingers rustten op mijn nauwelijks behaarde kruin. Ze keek niet naar mij, naar mijn bruine ogen of naar mijn tien vingers en teentjes, naar mijn piepkleine nageltjes of naar mijn roodgevlekte huid. Haar blik was naar buiten gericht, naar de zon die op haar gezicht scheen en haar rode wangen verlichtte. Haar ogen glansden, maar ik weet niet of ze dat deden van vreugde of van verdriet.

Waar keek ze naar, wat dacht ze? Waarmee was haar hoofd op dat moment gevuld: onvervalst geluk of pure spijt?

Ik had geen bewijzen. Ik had alleen haar zwijgen terwijl ze haar boterham met bosvruchtenjam in stukjes sneed. Haar gebrek aan woorden terwijl ze nipte van haar glas rooibosthee. Haar blik die naar buiten was gericht, haar uitblijvende pogingen een gesprek te beginnen of op gang te houden.

En ik had de blikken van andere vrouwen als ze naar hun kind keken, vol trots over alles wat hun zoon of dochter deed. De ongekunstelde ontroering waarmee ze het zelfgefabriceerde moederdagcadeautje aanpakten dat hun kind had gemaakt op school. Hoe ze zich geen moment bezighielden met de lijm die aan hun vingers plakte, de glitters die op de vloerbedekking dwarrelden, het afgeven van het vochtige crêpepapier.

Zo keek mijn moeder alleen als ik vol trots vertelde dat ik geen moederdagcadeautje voor haar had gemaakt, omdat ik wist dat ze dat zonde vond van het papier en de lijm. Dan trok ze me naar zich toe en legde mijn hoofd tegen haar buik. De koude metalen gesp van haar riem drukte pijnlijk tegen mijn oor.

— Wat ken je me toch goed, fluisterde ze dan.

Ik werd opgeschrikt door de piepende remmen van de bus, die abrupt bij een onbekende bushalte tot stilstand kwam. Ik keek naar buiten maar herkende niets.

Ik wilde opstaan om op het bordje te kijken waar we waren, maar de weg werd versperd door een groep van circa tien oudere mannen en vrouwen die samenklonterden in het gangpad. Zeventig, tachtig waren ze. Ze vormden een rommelige kring rond de buschauffeur, die met luide stem probeerde uit te leggen dat je in deze bus alleen nog maar kon reizen met een ov-chip-kaart.

— Néé, mevrouw, wij doen niet meer aan papieren kaartjes.

— Discriminatie, hoorde ik een van de mannen mompelen, terwijl hij met gefronste borstelige wenk-brauwen brommend weer naar buiten schuifelde.

De vrouwen rommelden in hun leren schoudertas-jes op zoek naar hun portemonnee, speurden naar een pasje dat zou kunnen dienen als geldig vervoersbewijs.

— Voor de scanner houden, bromde de buschauffeur, terwijl hij met zijn vingers op het dashboard trommel-de en ongeduldig naar buiten keek.

Ik zag hoe de vrouwen met hun zorgverzekerings-pasjes langs het scanapparaat wapperden, hun credit-cards, hun lidmaatschapspasjes van de bingo en de bi-bliotheek. Kleingeld rolde over de grond en kwam tot stilstand tegen hun steunsandalen. De scanner bleef onverbiddelijk een schril gepiep uitslaan. Bij elke af-wijzing staarden de vrouwen glazig naar het scherm, dat steeds weer dezelfde foutmelding gaf.

En steeds staken de vrouwen hun hand weer in hun portefeuilles en diepten er een nieuw pasje uit op, ter-wijl een deel van de mannen in gesprek probeerde te gaan met de buschauffeur over het feit dat je tegen-woordig nergens meer kaartjes kon kopen en dat alle reisbureaus waren verdwenen en waarom je bij som-mige kassa's in de supermarkt tegenwoordig alleen nog maar met de pin kon betalen en dat alles tegenwoordig onzichtbaar was. Hun gezichten waren rood van opwinding, ze probeerden hun stokken op te tillen om hun woorden kracht bij te zetten, maar ze moesten zich vastklampen aan de staanplaatsstangen om hun evenwicht te bewaren.

Ik keek naar hun onderarmen. Ze waren verweerd als antieke spiegels.

Straks is ze dood, dacht ik. Straks is ze dood, en wat ben ik dan? Een mislukte nabootsing van iets wat niet meer bestaat, een simulacre, een kopie zonder origineel. Nu zijn het nog haar handelingen die ik nadoe, de manier waarop ik uien snijd en 's avonds waxinelichtjes aansteek terwijl ik eigenlijk helemaal geen waarde hecht aan dat soort kunstmatige gezelligheid. Net als vroeger, als ze een avondje weg was, uit eten of naar de bioscoop met een zogenaamde vriendin, en mijn vader en ik ons genoodzaakt voelden de kaarsjes aan te steken omdat ze anders thuis zou komen en chagrijnig zou mompelen dat we onszelf weer lekker hadden verwaarloosd, dat er ook niets gebeurde als zij niet in actie kwam.

Nu schud ik nog elke ochtend mijn kussen op omdat zij dat ook altijd deed. Nu doe ik altijd de gordijnen net niet helemaal dicht, zodat er nog iets van de avond naar binnen sijpelt. Nu neem ik de tafel nog af met hetzelfde reinigingsmiddel als zij altijd had, en met dezelfde zwenkende haarspeldbochtbeweging. Nu heb ik nog een lege bloemenvaas op tafel staan omdat dat bij ons thuis ook altijd zo was.

Nu kan ik dat nog doen. Maar straks is ze er niet

meer, en dan zijn het alleen maar inhoudsloze handelingen zonder einde of begin, plastic replica's waarvan iedereen ziet dat ze nep zijn. Nu voelde het al alsof ik alleen maar genummerde puntjes met elkaar aan het verbinden was, in de hoop dat uiteindelijk de zonnebloemen van Van Gogh op het papier zouden verschijnen, of een brug van Monet. Hoe zou het dan straks zijn, als ik met mijn kwast op het canvas gedrukt voor mijn schildersezel stond, niet wetend welk schilderij ik vandaag zou gaan proberen na te bootsen?

Straks gaat ze dood, dacht ik. Straks gaat ze dood en dan verdwijnt ze. Niet plotseling maar voorzichtig. Haar handen zullen gaan trillen, haar stem zal gaan haperen. Haar stappen zullen schuifelingen worden, haar haren grijzer. Ze zal al haar post blijven bewaren en blikken maïs en bakjes filet américain leeg eten die al lang over de datum zijn. Ze zal haar afspraken vergeten, de maanden van het jaar, de dagen van de week, mijn gezicht, en uiteindelijk mijn naam.

Straks is ze dood, en dan is het laatste wat ik van haar heb gezien haar gemaakte glimlach half verscholen achter de voordeur. Dan krijg ik een kaart voor haar begrafenis en weet ik niet eens of ik wel moet gaan. En dan ga ik toch, en dan sta ik daar voor een kerk met vooral lege banken en wat oudtantes en ex-collega's, en dan moet ik daar gaan vertellen wat een ontzettend leuk mens mijn moeder wel niet was, hoe erg ik haar zal gaan missen en hoezeer ik het betreur dat ze niet op haar verjaardag gestorven is, omdat ik weet dat ze dat zo mooi symmetrisch vond staan op de rouwkaart.

Mijn bovenlichaam richtte zich op. Mijn armen

wurmden zich door de oudemensenmassa heen. Het ov-apparaat bliepte goedkeurend. Waarschijnlijk had de groep oude vrouwen verbaasd omgekeken toen ze hoorden dat er ook een andere toon uit dat ding kon komen, maar ik keek niet naar ze om.

Mijn voeten droegen me de bus uit. De wind deed de panden van mijn jas openwaaien.

Ik keek om me heen.

Ik had geen idee waar ik was.

Er was alleen maar een lange enigszins kronkelende tweebaansweg met daaromheen heel veel groen. Aan de rechterkant werd mij het uitzicht ontnomen door een kunstmatige heuvel, die parallel aan de bochten van de weg bij me vandaan slingerde. Alles wat ik zag leek te dienen als één grote berm van de strook asfalt waar ik op stond.

De donkergroene bus was al niet meer dan een stift-stipje en verdween gestaag in de verte. De andere kant moest ik dus op, naar links, terug.

Zonder borden lijkt een weg altijd langer.

De koude wind deed mijn ogen tranen. De zon werd bedekt door een dikke laag grijze bewolking. Auto's reden met me mee of tegen me in, duwden me even terug of juist vooruit.

Veel te laat zag ik dat ik net was gepasseerd door eenzelfde donkergroene bus als waar ik uit gestapt was. Nog later zag ik hoe hij afstevende op weer een bushalte, door leek te rijden, maar op het laatste moment toch tot stilstand kwam.

Net als de vorige keer versnelde ik mijn pas. Die bus ga ik halen, besloot ik, zoals je halverwege het ont-

waren van het snoer van je telefoonoplader kunt besluiten dat de knopen vanzelf zullen verdwijnen als je
maar hard genoeg aan de uiteinden trekt. Als het met
geweld niet lukt, heb je niet genoeg geweld gebruikt,
zei Frank altijd.

Frank.

Die zat nu waarschijnlijk nog steeds achter zijn laptop, in exact dezelfde positie als waarin ik hem had
achtergelaten toen ik zei dat ik nog even spaghetti en
tomatensaus zou gaan halen. Die zou zich waarschijnlijk niet eens afvragen waar ik was.

De hele wereld was vaag, alleen die bus was helder.
Ik ging harder rennen, nog harder.

Eerst zag ik alleen het glinsteren van de zwakke
zonnestralen aan de rand van mijn blik. Toen zag ik de
golvende weerspiegeling van de wereld die links van
me was, maar aan mijn rechterhand verscheen, als de
wolken boven je hoofd die weerspiegelen in het zwem-
badwater.

Eerst voelde ik alleen de snijdende pijn in mijn
arm, een steek als wanneer je je gesneden hebt aan
een scherp blad papier, maar dan oneindig vaak uitvergroot. Toen zag ik de scheur in de mouw van mijn
jas. Ik keek achterom, de rest van de wereld werd weer
helder, en ik zag een busje met een aanhanger met on-
verminderde snelheid bij me vandaan rijden. In de
bak, waarvan de wielen vervaarlijk heen en weer slin-
gerden, glansde een glazen plaat, die een stukje over de
rand stak.

Ik durfde niet naar mijn arm te kijken, wist uit erva-
ring dat pijn alleen maar erger wordt als je de oorzaak
ervan ziet.

Ik richtte mijn blik weer op de bushalte, en hoorde mezelf hardop vloeken.

Mijn bus was verdwenen.

Met elke stap die ik zette voelde het meer en meer alsof ik door een grenzeloze woestijn ploegde, en met elke seconde die verstreek vroeg ik me af waar ik eigenlijk mee bezig was.

Uiteindelijk verschenen er weer borden langs de weg die naamplaatsen aangaven die ik kende. Toen begon ik de lantaarnpalen te herkennen en doemden er aan het einde van de weg silhouetten van herkenbare gebouwen op. Mijn voeten kregen een voetpad om op te lopen, rijtjes huizen beschermden me tegen de wind die aan mijn haren rukte.

Ik had deze route in geen jaren gelopen. Ik liep langs het uitgestorven plein van mijn oude basisschool, langs de slager waar mijn moeder me nooit vlees had laten halen omdat ze bang was dat ik het verkeerde meenam, en ik verbaasde me erover dat het dorpsassortiment de laatste jaren blijkbaar was uitgebreid met een sportschoenenzaak en een wereldwinkel.

Mijn voeten knelden in mijn schoenen, alsof die met elke paar honderd meter die ik had afgelegd een maat kleiner waren geworden. Ik drukte mijn linkerhand tegen mijn rechteronderarm, wilde de pijn niet voelen. Ik kreeg het idee dat mijn vingers langzaam vochtig werden, maar ik durfde niet verder na te denken over of het bloed was of het zweet dat automatisch in handen trekt als ze krampachtig iets vasthouden.

Na wat voelde als uren liep ik de straat van mijn

jeugd in. Terwijl ik het tuinpad op liep, bekroop me het gevoel dat ik terugging naar een plek waar ik nooit was geweest.

Opeens drongen zich beelden aan me op van mijn voorgevel in het donker. Het naambordje, waarop ondanks het gebrek aan verlichting de sierletters nog duidelijk leesbaar waren. Hun voor- en achternamen, als adellijke titels, en mijn roepnaam als een lullig postscriptum.

De vitrages, waardoor het vage schijnsel van de straatlantaarns, zo wist ik, in dunne reepjes over de witte vloerbedekking van de woonkamer viel. De donkere ramen, waarop mijn moeder voor mijn achtste verjaardag een keer met speciale stiften in grote schreefletters HOERA en mijn naam had geschreven, en daaronder een zon met slingers in plaats van stralen had getekend. De dagen daarna had ze poetsend doorgebracht, omdat de stiften hardnekkiger bleken dan de verpakking wilde toegeven.

Sindsdien werd ik bijna gelukkig als ik mijn naam op het bordje naast de voordeur zag staan. Ik wist nu namelijk ook hoe treurig mijn halve naam eruitzag.

Het raam waarachter mijn kamer was. De brievenbus. De deur naar de schuur. Het lichtblauw van mijn vaders kamerjas.

Every heart, every heart to love will come, but like a refugee.

De zon brak niet door, dat zou onzin zijn, zonnen breken niet plotseling door als er iets bijzonders te gebeuren staat, maar plotseling brandde de warmte op mijn schouders, voelden mijn handen nog klammer.

Ik veegde met mijn onderarm langs mijn voorhoofd.

Er viel een druppel bloed op de grond.

Shit, was het eerste wat ik dacht. Shit, als mijn moeder dit ziet, vermoordt ze me. Dan scheldt ze me uit zoals ze toen ook deed bij die schilder die een pot witte verf op het terras in de achtertuin liet vallen, toen hij bezig was met het schilderen van de raamkozijnen.

Ik drukte mijn hand nog steviger tegen de scheur in mijn jas om mijn nalatigheid van de seconden daarvoor te compenseren, keek naar het donkerrode vlekje op het lichtgrijze steen. Ik slikte.

Hoe ga ik dit vertellen, dacht ik, zonder vraagteken, want ik kon niet nadenken over het antwoord.

Hoe ga ik dit vertellen.

Ik durfde niet door het raam naar binnen te kijken of ze er nog was, of ze nog in de woonkamer zat of misschien boven de was aan het ophangen was. Ik drukte op de bel voordat ik me kon bedenken, hoorde hem niet, vroeg me af of wij een bel hadden die je van buitenaf kon horen, wachtte, belde nog een keer, hoorde hem nog steeds niet, dacht: straks hoort-ie onhoorbaar te zijn en heb ik heel opdringerig twee keer gebeld.

Ik wachtte maar ze kwam niet. Ik belde nog een keer, nu hoorde ik hem wel en ik dacht: shit, ik heb drie keer gebeld, en meteen daarna: gelukkig, ik heb drie keer gebeld, maar twee keer onhoorbaar.

Maar de tijd verstreek nog steeds en niemand deed open. Ik probeerde geen seconden te tellen, eenentwintig tweeëntwintig drieëntwintig, of zoals vroeger één olifant twee olifant drie olifant, want een seconde

265

duurde vroeger altijd heel erg kort maar nu duurden seconden altijd heel erg lang.

Ik probeerde te denken aan andere dingen. Aan het feit dat ik mensen soms verkeerd verstond, en aan de prachtige gedichten die ze dan zeiden. Of ik de auto wel op slot had gezet. Aan hoe Frank zijn lege glazen en pakken frisdrank altijd achterliet op de keukentafel, als weeskinderen in een leeg pretpark. Aan de woorden die te pas en te onpas mijn hoofd binnendreven als ik naar hem keek.

— Kunnen we niet gewoon vrienden blijven?

Ik probeerde te denken aan lachende kinderen op speeltoestellen, aan de geur van appeltaart. Aan hoe je het beste een ui kunt snijden. Maar de tijd ging alleen maar langzamer en ze kwam niet. Een paar keer dacht ik dat ik schaduwen zag bewegen achter het matglas van de deur, een hand die naar de klink reikte, maar er gebeurde niets.

Misschien was ze niet thuis, bij toeval of expres, had ze geweten dat ik terug zou komen en was ze voor me gevlucht. Of misschien zat ze boven, wist ze dat ik het was die voor de deur stond en was ze in een hoekje in foetushouding tussen de wasmachine en de droger gekropen. Voelde ze het trillen van haar lichaam en weet ze het aan het schokken van de apparaten waar ze tegenaan geleund zat, terwijl ze diep vanbinnen wist dat het haar dochter was die haar dat nare onderbuikgevoel bezorgde. Haar dochter, die twee verdiepingen lager onder aan de trap stond, haar riep met de schelle *tring* van de deurbel. Haar dochter, iemand anders en tegelijkertijd precies hetzelfde, hetzelfde precies.

De scheur in mijn jas voelde steeds groter. Mijn huid klopte onder mijn hand. In een vlaag van ontoerekeningsvatbaarheid wierp ik een blik door het keukenraam, en ik verwachtte dat ik alleen de woonkamer zou zien, onze witte woonkamer en de schuifdeuren daarachter, en de tuin, droog en dor nu, en het water, donker en koud, misschien met een laagje ijs.

Mijn moeders lichaam leunde tegen het aanrecht, haar rug naar mij toegekeerd.

Het was het gevoel dat je krijgt als je in het diepe duikt en naar beneden zwemt om de rode strepen op de vloer aan te raken, dieper, steeds dieper, dat je je arm uitstrekt maar opeens voelt dat je geen lucht meer hebt, en dat het water opeens onmetelijk zwaar is en je lichaam op de bodem lijkt te willen drukken, dat je omhoog kijkt – of is dat wel boven, zelfs dat weet je niet meer zeker – en dat je armen naar iets anders zoeken dan water, maar water is alles wat er is.

Maar er is geen moment van blinde paniek. Dat moment komt pas als je bibberend van schrik weer op de kant staat met je nog nadruppelende zwembroek en je armen tegen je borst geklemd. Op dat moment is er alleen maar het onvermogen te kunnen inschatten wat boven is en wat beneden, hoe ver het nog is naar het wateroppervlak, naar de wereld daarboven, naar lucht. Een leegte, een vraagteken. De leegte die komt met het hebben van een doel, maar geen weg ernaartoe. Een gewichtloos zweven in de ruimte.

Mijn moeder, daarbinnen, werd er in mijn hoofd gefluisterd. Mijn moeder, daar, onaanraakbaar. Maar na die gedachte kwam er niets.

Het was alsof ik weer achter haar liep in een menigte zoals ik me al die tijd had voorgesteld, hoe ik de haartjes in haar nek bijna kon aanraken maar haar nog even liet lopen, en hoe ze altijd op het laatste moment, vlak voordat ik mijn hand wilde uitsteken, weer veranderde in iemand anders. En ook op dit moment richtte mijn hand zich instinctief op, maar nu zat er niet alleen ruimte tussen ons maar ook nog eens glas, vlekkenvrij vingerafdrukloos kristalhelder glas.

Mijn weerspiegeling in het raam viel samen met haar gestalte, en even was het alsof we een en dezelfde persoon waren, alsof je onze gedaantes alleen maar over elkaar hoefde schuiven om ons één te laten zijn. Haar schouders waren de mijne, haar bovenarmen waren op dezelfde manier tegen haar lichaam gedrukt.

Haar handen waren om de rand van het aanrecht gevouwen. Haar blik was strak naar voren, verder van mij weg dan mogelijk.

Doe open, mama, wilde ik zeggen, doe open, alsjeblieft, ik moet je iets vertellen. Ik moet vertellen dat ik bloed heb gemorst op de tegels, dat ik mijn bus heb gemist en dat ik nu opeens bedenk dat we geen Parmezaanse kaas meer in huis hebben. Ik moet vertellen dat ik altijd controleer of ik de deur wel echt op slot heb gedaan als ik hem heb dichtgedraaid. Dat ik dingen die ik met potlood geschreven heb soms uitgum omdat ik de letters niet mooi gelukt vind, en dat ik ze er dan opnieuw overheen schrijf maar dat het dan een vlek wordt, nog veel lelijker dan de eerste keer. Ik moet vertellen dat ik bijna een glazen tafel had gekocht, mama, maar dat ik het op het laatste moment toch niet gedaan heb omdat ik moest denken aan hoe verwoed jij altijd de ramen stond te zemen en begon te zuchten als de zon naar binnen scheen, omdat je dan zag dat je een stukje had overgeslagen. Ik moet vertellen dat ik bang ben geworden voor sneeuw, omdat het zo snel drabberig wordt en dat de wereld dan verandert in één grote bruinige brij.

Ik moet vertellen dat ik cherrytomaatjes in vieren snijd zoals jij dat ook altijd doet, mama, met een kartelmesje, want anders spuit het vocht alle kanten op, en tomatenvocht geeft nare vlekken. Ik moet je vertellen dat ik de oven altijd uitzet vlak voordat de wekker op nul springt en hij begint te piepen, en dat het dan altijd voelt alsof ik een bom heb ontmanteld.

Ik moet vertellen dat ik spijt heb van die ene keer dat ik boos was dat we niet op meivakantie gingen, en dat ik toen probeerde om zelf mijn kleine eenpersoonstent op te zetten op zolder en dat de haringen maar niet de grond in wilden en dat ik per ongeluk putten in de vloerbedekking sloeg.

Ik moet vertellen dat ik weleens bij mensen thuis kom en dat hun levens zijn omringd door troep en stof en onkruid en klimop op de schutting. Dat die mensen stapeltjes tijdschriften op tafel hebben liggen net als jij, maar dat die stapeltjes geen vaste plaats hebben en dat ze daar echt nonchalant liggen en niet nepnonchalant zoals jij dat doet. Die mensen worden omringd door openlijk tentoongestelde stofzuigers en strijkplanken, mama, en die mensen leven daarin. Die mensen banen zich elke dag een weg door gangpaden tussen verhuisdozen door, tussen bouwwerken van plastic zakken en ongeopende kerstpakketten. Ze sluiten zichzelf op, mama, ze stoppen zichzelf weg achter bruingebladerde geraniums en ongewassen ramen. Ze hebben niemand die ze vertelt dat het leven ook helder kan zijn, helder en zuiver. En ik weet niet hoe ik ze dat moet uitleggen, mama. Ik weet niet hoe dat moet.

Ik moet vertellen dat ik ben zoals jij, mama, dat ik altijd hoopte dat dat allemaal alleen jouw eigenschappen waren, dat rechtleggen van papiertjes en dat sorteren van kleren op kleur, maar dat dat ook is hoe ik ben, hoe ik appeltaarten bak en groenten snijd. Dat dat ook is hoe ik leef en adem.

Ik wist dat ze me niet kon horen maar ze hoorde me, dat wist ik zeker. Ze hoorde me, want op dat moment rechtte ze haar rug en maakte ze zich los van mijn spiegelbeeld.

Ze liep bij me vandaan, in een rechte lijn de keuken uit, de woonkamer door. Ze draaide even aan de sleutel in het slot van de achterdeur en stapte over de drempel naar buiten. Ze liep het terras af, over het gras en de aarde, vertrapte de bloemen met haar schoenen.

Ze kwam bij het water, en ik dacht dat ze zou stoppen, maar ze stopte niet. Ze strekte alleen haar rug nog iets meer, liet haar schouders nog iets verder zakken, richtte haar kin op.

En toen stapte ze de rand over, het diepe in.